刘继辉◎著

现代中国歌谣研究史论

（1900-1950）

经济管理出版社

ECONOMY & MANAGEMENT PUBLISHING HOUSE

图书在版编目（CIP）数据

现代中国歌谣研究史论（1900-1950）/ 刘继辉著. —北京：经济管理出版社，
2021.4

ISBN 978-7-5096-7992-0

I. ①现… II. ①刘… III. ①民间歌谣—文学研究—中国—1900-1950 IV. ①I207.7

中国版本图书馆 CIP 数据核字（2021）第 094051 号

组稿编辑：范美琴
责任编辑：范美琴　丁凤珠
责任印制：黄章平
责任校对：陈　颖

出版发行：经济管理出版社
　　　　　（北京市海淀区北蜂窝 8 号中雅大厦 A 座 11 层　100038）
网　　　址：www. E-mp. com. cn
电　　　话：(010) 51915602
印　　　刷：唐山昊达印刷有限公司
经　　　销：新华书店
开　　　本：710mm×1000mm /16
印　　　张：11.25
字　　　数：173 千字
版　　　次：2021 年 6 月第 1 版　　 2021 年 6 月第 1 次印刷
书　　　号：ISBN 978-7-5096-7992-0
定　　　价：78.00 元

广西高校人文社会科学重点研究基地（滇黔桂边革命老区人文精神与社会发展研究基地）基金资助

百色学院 2020 年民族学硕士学位授权点建设经费资助

目　录

CHAPTER
结　语

绪　论

　　中国现代歌谣研究发轫于 20 世纪初，滥觞于整个 20 世纪。经过诸多学者的不懈努力，中国歌谣研究取得了丰硕的成果，收集、整理和出版了大量的歌谣集，有关歌谣理论和方法研究的论文和专著也大量涌现。"以1949 年为界限，前 50 年，歌谣研究多集中在什么是歌谣、歌谣的价值、歌谣的功能和意义、歌谣的收集整理、歌谣的研究方法、歌谣的起源和分类等方面。学者们提出了许多很有建树的观点、歌谣研究也产生了一定的影响，歌谣研究形成了一定的规模，但缺乏具体的实践和操作，具体研究比较少。后 50 年，歌谣研究多集中在歌谣的收集、整理和资料的出版，及歌谣的思想性、艺术性、结构方式、格律和表现方式上。少数民族的歌谣研究也受到了充分的关注"。[①] 回顾 20 世纪上半叶的中国歌谣研究，学者们主要集中在对歌谣基础问题的探讨上，诸如歌谣的概念、歌谣的价值、歌谣的分类、歌谣的研究方法等。他们提出了许多很有建树的观点和看法，对当时的歌谣研究产生了很大的影响，完善了现代歌谣学的理论体系，推动了中国歌谣的研究。用今天的眼光看当时的歌谣研究虽然在许多方面还是不尽如人意的，其中有不少内容已经落后于时代的要求，或与现在最新的研究成果相悖，但其中仍有相当多的内容值得今天的研究者认真汲取和深入挖掘。因此，本书以中国现代歌谣研究为研究对象，在大量原始材料的基础上，对 20 世纪上半叶中国歌谣研究的现状进行梳理，对各种观点和看法进行剖析和归纳，希望能从中得到启发，从而促进中国现代歌谣研究的发展，尽快建立起独立的、系统的歌谣学学科体系。

---

　　① 王娟：《歌谣研究概述》，转引自陈平原主编：《现代学术史上的俗文学》，湖北教育出版社 2004 年版，第 72 页。

一、研究的对象和意义

（一）研究的对象

本书主要涉及现代学术意义上中国文学范畴中的歌谣研究。

清末民初，在文学自身发展规律的支配和西方文艺观念的渗透和影响下，传统的文艺观念和文学模式进入解构与重构的交替之中，歌谣研究由传统的观念研究转向科学化、系统化的现代学术研究。半个世纪的文学观念裂变、学术研究争鸣、理论体系构建、学科建设发展，都包含了丰富的学术史意义，而其中关于歌谣的本体研究、歌谣的收集整理研究、歌谣的类型研究、歌谣的主题研究、歌谣与其他学科之间的关系研究等内容则成为 20 世纪前五十年最值得关注和探讨的学术命题。

1900~1950 年，即公元 1900 年至公元 1950 年，被学术界称之为 "20 世纪上半叶" 或 "20 世纪前期"，前后共计 50 年，期间跨越晚清、中华民国和中华人民共和国（新中国）三个阶段。这是单纯的时间范围，而文学范畴下指向各种思潮、文学现象诞生的时间在很大程度上带有模糊性和笼统性。现代意义上的歌谣研究经历了一个由萌芽到醒觉再到具有现代学科性的过程。以 1918 年北大歌谣征集活动为分界线，1918 年之前为现代歌谣研究的萌芽期——前学科时期，1918~1922 年为现代歌谣研究的觉醒时期，而真正意义上的现代歌谣研究则是以 1922 年 12 月 17 日《歌谣周刊》创刊为起点的，标志着科学化、系统化的现代歌谣研究的诞生。对此，周作人在《歌谣周刊·发刊词》中曾指出："本校发起征集全国近世歌谣，前后已有五年，但是因为种种事情，不能顺遂进行，以致所拟刊行的歌谣汇编和选录均未能编就，现在乘本年纪念日的机会创刊《歌谣周刊》，作为讨论和征集的机关"。① 所以，本书所借用的 "1900~1950" 这个时间单位，既指歌谣研究从 1900 年开始的萌芽时期和觉醒时期，又指自 1922 年以后的存续发展时期，时间大致截止到 20 世纪 50 年代初。

"现代" 是针对 "古代" 而言的。歌谣研究自西周始，一直延续至今。

---

① 周作人：《歌谣周刊·发刊词》，《歌谣》周刊第 1 期，1922 年 12 月 17 日。

但 20 世纪开始的歌谣研究有别于此前的研究，因为它受欧美现代学术思想的影响，具有严格的学术规范和科学的学科指导，是现代科学意义上的学术研究。因此，"现代"一词指向的是学科发展的阶段。

"中国"一词最早是地域概念，指黄河流域黄河中下游的中原河洛地带。所谓"天子有道，守在四夷"，即中国是居天地之中者，四夷是居天地之偏者。中华民国成立后，"中国"一词正式成为国家概念的政治名词。中华人民共和国成立后，"中国"一词具有了政治、文化、地域的多重含义。本书的"中国"即指向具有多重含义的现代概念。

本书以问题研究为导向，以歌谣研究史料为基础，以歌谣研究为研究对象，对当时歌谣研究中的一些问题所涉及的所有相关研究材料进行梳理和比较分析，归纳出他们的主要观点和看法，指出其中的一些疑问，并以此为基础提出自己的看法和见解，从而让人们更清晰地了解现代歌谣研究的现状和现代歌谣学的发展。

(二) 研究的意义

本书是对歌谣学学术史的梳理，其研究意义有以下几个方面：

首先，推动歌谣学学科体系的现代建构。中国现代歌谣研究起步于 20 世纪 20 年代，肇始于对近世歌谣的征集。1918 年初，《北京大学日刊》发表《校长启事》征集全国近世歌谣，并刊登了征集歌谣的简章。1920 年冬，北京大学成立歌谣研究会；再次明确歌谣征集的目的和范围。1922 年末，《歌谣》周刊创刊，成为我国第一个专门的民间文学刊物。学者们以此为阵地，从学科发展的角度对歌谣的本质、歌谣的内容、歌谣的功能、歌谣的研究方法、歌谣与音乐、歌谣与新诗等问题进行了系统的研究和论述，初步形成了中国现代歌谣学学科体系。本书希望通过回顾 1918~1950 年歌谣研究的历史，对其进行较为系统的学术梳理，勾勒现代歌谣研究的早期脉络，从中吸取经验和获得启发，从而推动现代歌谣学的发展。

其次，探索歌谣学学术史的诸问题，不仅能提高人们对歌谣的认识与了解，而且还能影响和促进其他相关学科的发展。作为新文化运动的一部分，发源于北京大学的歌谣征集活动和歌谣研究"不仅标志着民俗学和民间文学的兴起和产生，更揭开了民俗文学研究的帷幕。同时，歌谣征集活动和歌谣运动还促进了方言文学的产生、繁荣和发展"。① 因此，本书通过对 20 世纪上半叶歌谣研究相关问题的梳理与剖析，以弥补其他相关学科学术史研究中的不足，促进相关学科体系的建构与发展。

最后，由歌谣学当时发展的状况进一步探讨其影响因素及深层原因，可以作用于当下歌谣学的学科建设。中国现代歌谣研究始于 20 世纪 20 年代，当时正是中国社会、文化发生巨大变动的时期。虽然封建帝制被民主革命所代替，但流传千年的封建思想在西方文明的冲击下死死挣扎，促使人们不得不重新审视正统文化与非正统文化。而当时的歌谣征集活动和歌谣运动"改变了知识分子对文学、对社会乃至对普通民众的根本态度，使学者们突然发现，他们多年来精心研习和维护的所谓正统文学、正统文化却原来正是束缚人们、禁锢人们思想的枷锁。因此，民间文学的发现使他们不仅重新认识了中国文学、中国文化，而且还发现了改造旧有文化，传播新文化、新思想的工具和手段"。② 从当时学者对歌谣的认知和歌谣学学科构建的角度入手剖析他们对歌谣学学科建设中出现的诸多问题的观点和看法，揭示他们在文化大碰撞下的思想变动下，透视他们通过对歌谣诸问题的回答来回应当时人们对整个文化重构的看法，从而为当下的歌谣学建设厘清脉络，促进中国文化的繁荣与发展，树立文化自信。

二、相关研究成果回顾

在新文化运动的影响下，歌谣征集活动逐渐蔓延开来，吸引了大批歌谣爱好者。与此同时，学者们以歌谣研究会的成立为契机，以《歌谣》周刊为阵地，迅速将歌谣研究推向高潮。歌谣采辑和歌谣研究立刻引起当时学界的重视，并随着人们对歌谣认识的加深不断地将歌谣研究推向深入，从而完善了现代歌谣学的学科体系。从 20 世纪初至今，已有不少学者对歌谣研究史的问题进行过探讨，出现了许多优秀的研究成果，对歌谣学术史研究和歌谣学的学科建设产生了深远影响。相关著作及文章按时间顺序概述如下：

1926 年由福建协和大学出版的《中国歌谣学草创》应该是第一部关于

---

①② 王娟：《歌谣研究概述》，转引自陈平原：《现代学术史上的俗文学》，湖北教育出版社 2004 年版，第 72 页。

现代歌谣学研究的著作。这部著作主要对歌谣的起源、歌谣的意义、歌谣学成立的必要、歌谣学与各学科的关系、歌谣的编辑及其歌谣在民俗学中的地位等问题进行了比较全面的阐释和论述。书中指出，"凡是一种学问，要想他发展，仅少须放他在一般学问的水平线以上，才能持得起大家的兴会。歌谣受了两千多年的闷气，现在突然露面，但终于不堪被人重视，就因为没人把他看作一种学问，也就是不曾放在一般学问的水平线上的缘故。我们现在称他为'歌谣学'，是把他升入学问之林，使得他占有学术界的一帝。这也并非推崇他过分，因为他具有两层极多贵的资格"。① "旧的资格"是指借助孔了选编、增删《诗经》之名，两千多年来"歌谣汇集"被人誉为"经学"宝典，深受世人的尊崇。"新的资格"是指借助新文学在于"表现人生"的唯一条件，歌谣是从下层民众中诞生出来而又表现下层民众真实生活的文学，从而获得民国时期平民文学者的推崇。因此，"有这两层资格，所以歌谣应该成为一种专门的学科，从而集合多数学者聚精会神的研究他，将来定有可惊的成就"。② 该著作为现代歌谣学作为学科体系的相关问题研究奠定了基础，指明了方向。

1928 年《民俗》周刊第 1 期刊登了钟敬文的《数年来民俗学工作的小结账》。他在文章中对数年来歌谣研究的现状做了简要的总结："歌谣研究会，所从事的虽只是民俗学中一小部分的工作，而当日致力于此种运动的诸先生，也非全为民俗的研究而着眼，但他们终于做了中国民俗学工作的开始者，并且成绩很不坏（曾刊行了九十六期的歌谣周刊、数种的小丛书，所收集的谚语歌谣等在两万首以上）。若非因经济困竭而停止进行，它的前程正为可限量呢"。③ 同时，他还肯定了周作人、顾颉刚学者在歌谣研究方面的贡献。"周作人先生是一个颇有意于探讨民俗的人，在他的文章里，往往有这个理论的提示与实地工作的显示""顾颉刚先生也是一个对于民俗很致力的人。在民间文学里，他已著的成效，是对吴歌的整理和孟姜女故事的研究"。④ 由于此文是关于民俗学研究的小结，所以对于歌谣研究并没有进行详细的论述。作为现代歌谣研究的发轫者，钟敬文在现代歌谣学初期做出了重大贡献，并在很长一段历史时期引导和推动着歌谣研

---

① 彦堂：《中国歌谣学草创》，福建协和大学出版社 1926 年版，第 8 页。
② 彦堂：《中国歌谣学草创》，福建协和大学出版社 1926 年版，第 10 页。
③④ 钟敬文：《数年来民俗学工作的小结账》，《民俗》（周刊）1928 年第 1 期。

究的发展和歌谣理论的建设。

1929 年，朱自清在天津《大公报·文学副刊》上发表了一篇题目为《中国近世歌谣叙录》的文章。在这篇文章中，朱自清不仅介绍了自北京大学歌谣征集活动以来北京大学、中山大学所开设的歌谣科目以及中央研究院设立民间文艺组等情况，而且还就歌谣的范围、概念及童谣问题提出了自己的看法。更重要的是，他在文中编录了 20 世纪前 30 年有关歌谣的汇集、论著及刊登歌谣论文的期刊，"以近年来北京大学、中山大学及各书房所印的《近世歌谣集》及关于歌谣的刊物为主；一般刊物里关于歌谣的材料，也附在里面"。[1] 他依据歌谣材料的内容、性质和来源将其分为"歌谣总集""歌谣论著""关于歌谣的期刊"，并在"歌谣论著"中分别设立"歌谣专书""民间文艺专书""文学与艺术批评专书""古今歌谣笔记""儿童文学著作""期刊论文"。针对编录的不同歌谣材料，他采取了不同的介绍方法，既有详细的评述又有简略的介绍，还有单纯的条目。他也对有些歌谣材料给予一定的评价，如在介绍胡怀深所编的《中国民歌研究》时曾指出："此书所谓民歌（歌谣），范围似乎太广，如大鼓书乃是职业的，不应列入。又此书偶然也将个人作品与民间流行的歌谣相混，如说《长帽歌》'不能说一定是民歌'，其实这一定不是民歌"。[2]对一些歌谣材料进行考证，如对《粤讴》作者的考证就提出了几种不同的版本。对一些歌谣材料提出质疑，如在介绍苗志周选编的《情歌》时，曾说"总题下注云，'用官话译出'；不知是谁译的。我很怀疑这些歌是译文，因为它们是那么流利。我们只消看看刘乾初、钟敬文二氏所译的《狼僮情歌》便知道这种歌的翻译的不易了"。[3]对于一些歌谣材料仅列出题目和作者以供参考，如（十八）《闽歌集》林培庐、李幻云编。因此，从其内容看，这篇文章可看作一部中国现代歌谣学的学术史。

1957 年出版的朱自清遗著《中国歌谣》是根据他在 1929～1931 年的大学讲稿整理而成的。这是一部未能全部完成的著作，纲目十章，仅存前六章。尽管残缺不全，但它仍然是五四运动以来中国歌谣研究较早的一部专著，也是现代歌谣研究中影响最大的著作。因为它不仅是一本较早的歌谣概论，还是一部歌谣研究史。这本著作分为"歌谣释名""歌谣的起源与发展""歌谣的历史"，"歌谣的分类""歌谣的结构""歌谣的修辞"和

---

[1][2][3] 朱自清：《中国近世歌谣叙录》，《大公报》（文学副刊）1929 年。

其余的四章存目（歌谣的评价、歌谣研究的面面、歌谣收集的历史、歌谣叙录）。从其目录看，他是围绕歌谣基本结构展开论述的，带有明显的普及性。即便是每一章的结构安排也同样采用概论的形式，如"歌谣释名"章分为"歌谣与乐""歌谣的字义""歌谣的异名""歌谣的广义与狭义""自然民歌与假作民歌""民歌歌词与歌谣"六个部分。而从这部著作的内容尤其是所用的论证材料看，它更像是一部现代歌谣研究史。在展开论述的过程中，朱自清引用了大量的歌谣论著，采用了许多现代学者的观点，如周作人、顾颉刚、钟敬文、郭绍虞等。他不仅借鉴了他们的观点和看法，而且对其中的一些内容提出质疑，如"歌谣的起源与发展"章就引用郭绍虞《中国文学史纲要》中"韵文先发生之痕迹"的一节、钱肇基的《俗迷溯源》、顾颉刚《广州儿歌甲集·序》和《闽歌集·序》来回答歌谣的起源问题。因此，对于朱自清的这部遗著，我们与其将它看作一本歌谣概论，不如将它视为一部中国现代歌谣研究史，因为它的史料价值和学术价值远远大于它的普及性。

1993 年上海文艺出版社出版了美国学者洪长泰所著《到民间去——1918～1937 年的中国知识分子与民间文学运动》（以下简称《到民间去》）的中译本。这部著作不是单纯的民间文学史而是思想史，从文化思想史的角度，使用民间文学和民俗学资料，探讨 20 世纪初五四运动至抗日战争前的民间文学运动及其影响。"在方法学上，《到民间去》采用了介于民俗学、文化史和思想史之间的方法。本书既非是纯民俗学著作，也不是传统思想史的写法，而是集历史、文学与民俗学于一身。这种写法，缺点是有些'杂乱无章'，好处则是打破了一般学术的界限，取长补短。作者希望借此从多种角度看同一问题，从而得出新观点、新结论。"① 本书分为七个部分，其中涉及歌谣研究方面有两个部分：民间文学的开拓者和民间文学之歌谣。作者在对歌谣的相关问题进行论述时，尽管对当时有关歌谣研究的材料进行了大量的梳理，但又不致力于此。作者在梳理材料的过程中发现当时研究的局限，提出自己的看法。如在"收集方法"问题中曾提出"面对歌谣、传说、谚语等不同的民间文学体裁，是否需要采取不同的收集整理方法？收集者怎样才能在偏僻闭塞的乡村，在不致使农民惶恐、掩

① ［美］洪长泰：《到民间去——1918～1937 年的中国知识分子与民间文学运动》，上海文艺出版社 1993 年版，第 19 页。

饰的条件下开展工作？怎样才能使民歌歌手信任自己，在自己面前摆脱羞涩陌生的感觉，放声演唱他们心中的那些从前被嘲弄的民歌？”① 等一系列问题。作者在梳理歌谣研究材料时还有意识地引发思考，对歌谣研究中涉及的众多事象、人物和问题给予评价。如在“征集歌谣与政治”问题上“新文化运动的领导者回避政治运动，民间文学家也似乎恪守这一点，”是因为“政治歌谣往往使军阀政府或国民党政府大光其火，他们绝不情愿让这种危险出版物在社会上流传，制定了层层文网。这就使民间文学界之间形成了一种心照不宣的默契，为了保留学术活动的权利，还是少卷入政治圈子的好”。② 作者通过这种既梳理又评价，还提出问题供大家思考的方法，从而实现他的写作目的：“考察 20 世纪早期知识分子如何在传统学术版图之外发现民间文学，又如何阐释民间文学的文化地位。进而推出其核心论点：‘中国知识分子正是通过研究民间文学，乃至民间文化，才发现了民众的重要性，同时也重新认识了他们自己。’从而说明‘中国现代民间文学运动的意义，不完全在于它把民间文学的研究纳入了学院式的正轨，更在于它对现代中国知识分子产生的深刻思想影响。’”③ 因此，该著作开创了歌谣研究的文化先河，拓宽了研究角度和研究视野。

2004 年出版的《现代学术史上的俗文学》中《歌谣研究概述》一文，对 20 世纪的歌谣研究进行了简要回顾与评述。文章指出：“歌谣研究虽然有很多地方还是不尽如人意的，但总体来说，歌谣研究的展开与发展不仅提高了人们对歌谣的认识与理解，还影响和促进了其他一些学科的发展。回顾近百年来歌谣研究的情况，歌谣研究的成果集中表现在以下几个方面：歌谣的定义及其特点；歌谣收集、整理和出版；歌谣的理论研究”。文章对 20 世纪上半叶的歌谣研究进行了总结：“以 1949 年为界限，前 50 年，歌谣研究多集中在什么是歌谣、歌谣的价值、歌谣的功能和意义、歌谣的收集整理、歌谣的研究方法、歌谣的起源和分类等方面。学者们提出了许多很有建树的观点，歌谣研究也产生了一定的影响，形成了一定的规

---

① ［美］洪长泰：《到民间去——1918～1937 年的中国知识分子与民间文学运动》，上海文艺出版社 1993 年版，第 89～90 页。

② ［美］洪长泰：《到民间去——1918～1937 年的中国知识分子与民间文学运动》，上海文艺出版社 1993 年版，第 131 页。

③ 施爱东：《洪长泰〈到民间去〉》，《民俗研究》2007 年第 3 期。

模，但缺乏具体的实践和操作，具体研究比较少"。① 与此同时，文章还对20世纪上半叶的歌谣运动给予很高的评价，"歌谣运动具有多重的意义。它不仅标志着民俗学和民间文学的兴起和产生，更揭开了俗文学研究的帷幕。同时，歌谣征集活动和歌谣运动还促进了方言文学的产生、繁荣和发展。更重要的是，它改变了知识分子对文学、对社会，乃至对普通民众的根本态度。使学者们突然发现，他们多年来精心研习和维护的所谓正统文学、正统文化却原来正是束缚人们、禁锢人们思想的枷锁"。②

　　2004年河南大学出版社出版了高有鹏教授所著的《中国现代民间文学史论——中国现代作家的民间文学观》。作者选取中国现代文学史上8位与民间文学研究有缘的作家，其中胡适、周作人、闻一多和朱自清在现代歌谣研究领域做出了卓越的贡献。作者对他们的研究成果进行了梳理与诠释。胡适的主要贡献是为歌谣研究提供方法——比较研究法的倡导与运用，以建立比较歌谣学体制。周作人在歌谣研究中做出了多方面的贡献，如儿歌研究、歌谣与方言研究、对歌谣概念的界定和歌谣分类方式研究、对歌谣价值的具体论述。闻一多主要是运用西方文化人类学的方法对《诗经》重新进行解读，其成果主要集中在《〈诗经〉的性欲观》《匡斋尺牍》《诗经通义》等著作中。朱自清的贡献主要表现在他试图建立现代歌谣学的理论体系，其成果集中在《中国歌谣》一书中。作者还对他们的贡献给予中肯的评价。如"胡适是一位杰出的新诗人，他的《尝试集》所进行的白话实验其中也包含着他对民间歌谣的理解与运用；他不但是一位伟大的新文化先行者，而且形成自己系统的歌谣学思想，即他独具特色的民间文化诗学观念。他对中国现代歌谣学理论和方法都做出了突出的贡献。与周作人、朱自清他们一起筑成现代学术史上的一道风景线。胡适的现代歌谣学理论观念的形成，尤其是比较歌谣学方法的形成，是中国现代民间文艺学学术体系建立过程中的里程碑"。③ 如闻一多的"这种突破传统限于文献材料，面向包括民间文化在内的更广大的文化生活实际的多重证据法，不但推动了歌谣研究的深入发展，而且对于整个民俗学，包括闻一多做出了

---

①② 陈平原：《现代学术史上的俗文学》，湖北教育出版社2004年版，第72页。

　　③ 高有鹏：《中国现代民间文学史论——中国现代作家的民间文学观》，河南大学出版社2004年版，第33页。

突出贡献的神话传说研究都具有异常重要的意义"。① 如朱自清"以自己的学术实绩奠定了中国现代歌谣学在现代学术史上的重要地位，推动了整个民俗学、民间文艺学的迅速发展"。② 这部著作单以理论与方法的发展史而言不能称为完全意义上的"学术史"，但它实际上体现的是作者对现代歌谣研究的一种回顾和评价。正如刘锡诚所说，"在整个 20 世纪中国人文学界对民间文学的文化价值的重新认识和发掘上具有时代意义的转折中，一批中国现代作家的历史功劳是不可低估的，他们的论述或曰理论，推动了新文学的发展和现代学术格局中的文化研究。"③ 因此，该著作不仅弥补了歌谣研究的理论探究，也开启了学界对当时人文学者"民间意识"的研究。

2006 年出版的《20 世纪中国民间文学学术史》由刘锡诚先生所著。他以翔实的学术史料、公正的学术史史梳理了近百年中国民间文学的学术历程，从而填补了 20 世纪民间文学学术史专题研究的空白，改变了民间文学学科发展不平衡的状况，促进了学科的整体、均衡发展。其中第二章"歌谣研究的兴衰"论述了 1918～1926 年现代歌谣研究从兴起到衰弱的过程。1918 年北大歌谣征集运动的开展拉开了现代歌谣研究的序幕。1920 年歌谣研究会的成立及 1922 年《歌谣》周刊的发行，将歌谣运动由单纯的征集活动延伸到对歌谣相关问题的研究，如歌谣的概念、歌谣的价值、歌谣的搜集整理、歌谣的研究方法、歌谣的起源和分类、歌谣与妇女、地方性歌谣研究等。歌谣研究会以《歌谣》周刊为阵地，汇集了一大批对歌谣研究感兴趣的学者。他们从各自的研究领域出发，以歌谣材料为研究对象，对歌谣进行全方位、多次层、多角度的研究，取得了丰硕的成果，为现代歌谣研究和现代歌谣学的建设做出了卓越的贡献。如胡适提出比较歌谣研究法和比较歌谣学的建设构想；周作人提出歌谣分类的方案，引发"歌谣与方言"的讨论；董作宾引进歌谣的"母题"研究，以"看见她"为研究对象实践比较研究法，创立了家乡歌谣学；顾颉刚的吴歌研究掀起乡土歌谣研究的高潮，带动了一批学者，如刘经庵的歌谣中的妇女问题研

① 高有鹏：《中国现代民间文学史论——中国现代作家的民间文学观》，河南大学出版社 2004 年版，第 419 页。
② 高有鹏：《中国现代民间文学史论——中国现代作家的民间文学观》，河南大学出版社 2004 年版，第 492 页。
③ 刘锡诚：《中国现代民间文学史论·序》，《民间文化论坛》2004 年第 4 期。

究、孙少先的城市歌谣研究、台静农的淮南歌谣研究、钟敬文的歌谣传说研究等。

2006 年巴蜀书社出版了徐新建的博士论文《民歌与国学——民国早期"歌谣运动"的回顾与思考》是一部旨在解构中国学者如何面对"跨文化研究"与"比较文学"研究的著作，作者试图采用一种新的方法或转换一种新的思维方式或角度，去回答中国学者如何面对西方文化的再一次冲击的问题。作者选择民国初期民歌运动为切入点，通过分析"民歌"与"国学"的种种关系，企图揭示中西文化差异。诸如作者所说，"单从民国早期的'歌谣运动'入手，重新梳理近代以来中国社会官、十、民各阶层在对待民俗传统上的不同立场和文化原因，同时也对中国文论和诗学演变的过程加以辨析，并由此回顾和反思自那以来'中西交往'的因果关系"。①尽管如此，作者还是用大量的笔墨在书中对民国初期的一些歌谣问题进行了分析和评价。作者以"歌谣运动"的民国歌学为关注点，以"参与发起到组织此项运动的'新知识界'以及其有关民众歌谣的'学'与'思'、'言'和'行'"为研究对象，将其分为"采集—宣传、研究—致用、模仿—新作"三个层次展开论述。作者还探讨了有关歌谣运动的一些问题，如歌谣征集运动的发起、歌谣的概念、歌谣的采集、歌谣采集的目的、歌谣与新文学、歌谣与音乐、歌谣学的发展与演变等。作者不仅着重于对研究材料的梳理，而且还探究这些问题背后的文化因素，从更深的角度理解民国初期"歌谣运动"的意义和影响。

除以上专著和综述性文章外，还有一些学术论文涉及现代歌谣研究，他们从不同的角度对现代歌谣研究史做出历史回顾和学术传统的反思，这里暂不综述。综观上述学术史文献，无论是单篇的文章还是成系统的论著，笔者发现一个共同之处，即以歌谣研究材料为研究对象，为自己的研究领域服务，他们或通过歌谣研究构建思想史或为"跨文化研究"提高佐证，或以人物为中心评价其在歌谣研究方面的贡献，或建构现代歌谣学概论。因此，笔者以上述学术史文献为参考对象，以歌谣问题为重点，对1900~1950 年的歌谣研究进行梳理，并加以评价，从而让人们清晰地了解现代歌谣研究和现代歌谣学。

---

① 徐新建：《民歌与国学——民国早期"歌谣运动"的回顾与思考》，巴蜀书社 2006 年版，第 2 页。

三、研究思路和研究框架

学术史的研究是一个综合性的命题，包含着社会环境、政治意识、历史文化以及当时研究者的个人经历、群体意识、价值观等多方面因素。因此，学术史的研究必须立足于学术本身，从整体研究出发，将学术史置于更加广阔的时间、空间背景上，探讨学术史与社会环境、历史发展的关系，改变学术史研究单纯为"历史叙述"的研究现状。本书坚持以歌谣研究为本位的立场，注重整体的考察和点线的结合，将现代歌谣研究的本质问题、收集整理问题、主题问题等融为一体，以期对学术史进行逼近本质的梳理。在具体行文中，本书注意把握以下两条线索：

一是学术史本身的线索，即现代歌谣研究如何发生发展。本书从现代科学意义上现代歌谣概念的诞生开始探究歌谣研究步步发展的过程，在具体行文注重线点研究结合，从而展现现代歌谣研究的纵向发展规律。

二是学者与歌谣研究对象的关系线索。现代歌谣学起源于学者的学术关怀和人文关怀，并受其影响不断地发生变化。学者们从各自的学科领域出发对歌谣进行了研究，取得了丰硕的成果。在具体问题的研究上，他们由于学术背景不同而表现出各不相同的看法和观点，使歌谣研究呈现出各取所需的功利性特征和非整体研究的散乱趋向，导致歌谣学始终依附于其他学科的尴尬处境。

鉴于以上思考，本书以歌谣学学术史为本位，重在勾勒其发生发展的过程，梳理和整合歌谣研究中诸问题的不同观点和看法，揭示现代歌谣研究初期的发展轨迹和影响因素，其目的是通过总分结合，完成对 1900 ~ 1950 年中国现代歌谣研究的整体认识。本书的主要内容如下：

第一章"歌谣研究的本体论"。本章主要涉及歌谣本身的基本问题，集中讨论了古代及现代的各种对歌谣概念进行界定的观点，并依此指出当时出现的新旧民歌的差异；还对当时流行的几种歌谣起源的看法进行了探讨，并指出歌谣在内容表现上的特性。通过对这些问题的梳理，提高人们对歌谣的认识与理解。

第二章"歌谣研究的实践论"。本章是对收集和整理歌谣中诸问题的诠释，主要涉及歌谣收集的范围、所用方法和所遇困难，歌谣整理中的分类问题。通过对这些问题的解读，明确歌谣采集过程的学术性，为歌谣在实际的搜集和整理过程指明方向。

第三章"歌谣研究的主题论"。本章对歌谣所表现的内容研究进行分析，主要是对歌谣中的女性问题和民间风俗中的婚俗进行论述。通过对这些问题的整理，帮助人们进一步认识歌谣的价值。

第四章"歌谣研究的交叉论"。本章探讨歌谣与其他相关学科的关系，主要阐释歌谣与新诗、歌谣与音乐的关系。从新诗的歌谣化、歌谣的诗化及歌谣与新诗的相互转化三个方面揭示歌谣与新诗的关系；通过论述歌谣在音乐家眼中的地位和作用、讨歌谣中的音乐特征、音乐创作对歌谣的借鉴，说明歌谣与音乐的关系。

结语"走向现代的歌谣研究"，主要是对书中涉及的诸如歌谣的起源、歌谣的收集和整理、歌谣与新诗与音乐的关系等内容做出简要的总结，指出研究过程的不足，并指出所选的研究对象在现代歌谣学学科体系建构中的地位和价值。

四、研究方法

（一）文献研究法

文献研究法主要指收集、鉴别、整理文献，并通过对文献的研究形成对事实的科学认识的方法。在对现代歌谣的具体研究中，广泛收集、研读、整理与 20 世纪歌谣研究相关的图书、期刊、网络等文字资料和音频、视频等音像资料，力争在全面继承前人研究成果的基础上，增强选题研究的广度、深度、高度、效度和信度。

（二）比较分析法

中国现代歌谣研究诞生于 20 世纪上半叶，并在这一时期取得丰硕的成果。具体表现在歌谣的概念、歌谣的起源、歌谣价值、歌谣的功能和意义、歌谣的分类、歌谣的收集整理、歌谣的研究方法等方面。要对歌谣进行细致、深入的研究，就不能将其孤立起来，不能采用片面的研究方法，而应对歌谣展开多维立体的研究。应该采用比较研究的方法，在共时和历时两个向度上进行比较。在研究过程中，既要对不同领域的学者的研究方法、研究特点加以比较，又要对不同类型或同一母题不同区域的歌谣研究进行比较，以此来探究歌谣研究的特点及歌谣研究在这一时段的共性。因此，比较研究是一种多元观察、多视点透视的研究视野。

（三）归纳总结法

在歌谣研究中，不同的研究者由于自身学术背景的不同，所选取的研究角度和研究方法也不同，会对某一问题提出诸多不同的看法和观点。在进行歌谣学学术史的研究时，有必要对相关材料进行分析、归纳，从而总结出他们具有共性的地方，进而对研究的进一步展开提供便利，这就是歌谣学学术史研究中所要利用的归纳总结的方法。

（四）历史演进法

文学的发展同历史的演进一样，深受社会环境的影响，凸显时代的特征。歌谣研究同样也反映着时代的特色，在历史的每一个阶段打上时代的烙印。在对歌谣研究的历史现状进行解读时，虽然不能完全还原到其产生之初的场景，但能无限地接近其本真。这也决定了在进行歌谣学学术史研究时，除了深切了解歌谣本身的发展轨迹外，更应该关注歌谣研究者本身的时代性。因此，在研究过程中，将历史研究方法纳入歌谣学学术史的研究中，可以更深刻地认识歌谣学的发展与演变。

第一章

歌谣研究的本体论

尽管中国现代歌谣研究源于 1918 年北京大学的歌谣征集活动，但是单纯的歌谣搜集不能实现歌谣运动的目的。在对歌谣材料进行采辑、整理和研究的过程中，学者们发现对歌谣本身的模糊认识给歌谣收集、整理工作带来很大的困难，阻碍了歌谣研究的顺利进行。因此，他们尝试性地从各自的学术领域出发去探究歌谣的一些基础问题，如歌谣的概念、歌谣的价值、歌谣的起源与表现、歌谣的研究方法等。在这些基本问题中，歌谣概念的界定和歌谣起源问题是当时学界关注的重点对象，也是当时学者们争论比较多的问题。他们或引用古代典籍文献，或借鉴西方的理论学说，试图更准确地提出自己的看法和观点。尽管这些看法和观点存在颇多争议，甚至有些不合实际，但他们的确为当时的歌谣研究做出了重大贡献，推动了歌谣学的发展。

第一节　歌谣概念的界定探讨

20 世纪上半叶是中国思想意识、社会形态、文化文学发生巨大变化的一段时期。它表现出的不仅是现代文明的到来，而且还有人们对传统文化的总结和反思。从历史的发展看，中国在这一时期依次经历了封建社会、半封建社会、旧民主主义革命时期、新民主主义革命时期。从文化发展的角度看，中国正由传统文化时代向现代文明时代跨越。就歌谣而言，三种社会形态的变更造就了人们对歌谣概念认识的三种现象：对古代歌谣的总结、对现代歌谣的界定、新旧歌谣之辩。"一门学科的建设，首要的步骤在于清楚概念。概念不清，则学问的对象不能确定，研究的范围无从划分，学说无从建，体系无从立"。① 因此，以史料为依据，通过对这一时期有关歌谣概念研究的梳理，展现这一时期学界对歌谣概念的认识与界定，从而更准确地把握歌谣的研究对象和研究范围。

一、"歌""谣"之辩

中国开展歌谣收集活动的历史源远流长，可以追溯到先秦的西周时期。后来，随着国家体制的不断完备，官方采集歌谣的活动渐微，人们对歌谣的看法也逐渐发生转变，歌谣在社会上的地位随之下降，由"观风俗，知民事"沦落为"街头里巷的淫词浪语"，以至于被地方官方屡屡禁止。尽管歌谣的地位变得非常尴尬，但古人对"歌谣"二字的阐释并没有因为其地位的下降而停止。在大量的古籍文献中，古人从不同的角度对"歌谣"二字的字面意义进行解释，以期充分地利用"歌谣"，区别"歌"与"谣"，又能准确地把握"歌谣"。进入20世纪后，随着歌谣运动的发起和歌谣研究的深入，学者们不得不重新审视古籍中关于"歌谣"的记载，通过整理古籍以完善现代歌谣的概念或定义的界说，从而为歌谣研究提供更大的空间。

邵纯熙在《我对于研究歌谣发表一点意见》一文中谈论歌谣分类问题时曾对"歌谣"二字的意义提出自己的看法。他继承了《尚书》《诗·大序》《韩诗章句》《毛传》等古籍文献中关于"歌谣"二字意义的解释，认为："歌字的意义，是咏的意思，引长其声之谓；以曲合乐唱之者。徒歌而无章曲者，是名曰谣，从此看来，歌谣二字的意义既然有区别，自不能混为一起。"② 白启明在《对〈我对于研究歌谣发表一点意见〉的商榷》一文中对邵纯熙的"歌谣"观点提出质疑。他认为在古籍文献中不仅存在着"曲合乐曰歌，徒歌曰谣"的记载，而且还有"歌谣对文如此，散文则歌为总名"③ "考上古之世，如卿云采薇。并为徒歌不皆称谣；击壤叩角，

---

① 吴超：《中国歌谣》，浙江教育出版社1995年版，第8页。

② 邵纯熙：《我对于研究歌谣发表一点意见》，《歌谣》（周刊）第13期，1923年4月8日。

③ 《诗经·魏风正义》，转引自白启明：《对〈我对于研究歌谣发表一点意见〉的商榷》，《歌谣》（周刊）第4期，1923年4月15日。

亦皆可歌，不尽比有琴瑟——则歌谣通称之明验也。"① 因此，他提出："以我个人的意见，歌谣的严格区分，历史中字义方面的讲法。若普通所说的歌谣，就是民间所口唱的很自然很真挚的一类徒歌，并不会合乐；其合乐者，则为弹词、为小曲——这些东西，我们久主张当另加搜辑，另去研究；不能与单纯质朴的歌谣——徒歌，混在一块。"② 尽管他们对于"歌谣"的认识存在着不同的意见，但是他们却通过梳理古籍文献中的材料提出了对"歌谣"基本定义的界说。

朱自清在《中国歌谣·歌谣释名》中对"歌谣"概念进行了基本界定。他没有简单地回答"歌谣是什么"，而是着力梳理各种典籍文献，从不同的方面展示了歌谣的意义，使人们全面地理解歌谣。首先，"歌谣与乐"，他通过对曲、谣、乐、歌等歌唱形制的文献资料进行比较，展示不同历史时期的学者们对歌谣音乐性的理解。其次，"歌谣的字义"，他梳理了《书》《诗》《尔雅》《广韵》等典籍中关于"歌谣"的解释，诠释了"歌谣"二字的"本义"。再次，"歌谣的异名"，他对文献记载的各种"歌谣异名"做出比较研究，指出因地异称、因韵异称、因字异称也是造成歌谣概念差别的原因。最后，歌谣的广义与狭义，他针对"中国所谓歌谣的意义，向来极不确定"③ 的现象，从"合乐与徒歌不分""民间歌谣与个人诗歌不分"两个方面对歌谣的"广义"和"狭义"做出界说。以上的这些看法是朱自清大胆地参照和吸收古代典籍而对"歌谣"基本定义做出的分析与界定，而诸如"自然民谣与假作民谣""民歌歌词与歌谣"等比较界说的研究，则反映了他对"歌谣"基本概念界说的全面性和论证的严谨性。

方天游在《中国歌谣的研究》一文中对中国有文字记载以来的各种典籍中有关"歌谣"阐释的材料进行了梳理。他认为，"'歌谣'二字现代连成一双字名词。古人则或谓之歌，或谓之谣；意义稍有不同。大致的区别，则合乐为歌，徒歌为谣。"④ 因此，他从不同的角度对"歌""谣"进

---

① 徐师会：《文体明辨·古歌谣辞》，转引自白启明：《对〈我对于研究歌谣发表一点意见〉的商榷》。

② 白启明：《对〈我对于研究歌谣发表一点意见〉的商榷》，《歌谣》（周刊）第 14 期，1923 年 4 月 15 日。

③ 朱自清：《中国歌谣·歌谣释名》，中华书局香港分局 1976 年版，第 4 页。

④ 方天游：《中国歌谣的研究》，《民众教育季刊》1932 年第 1 卷第 1 期。

行了整理与分析。首先，歌与谣分言。有见于古籍中"歌"的意义共计 19 次，"可知歌有多义，或以'声音'诠释，这是歌的最广泛的意思，或以咏叹与长言诠释，或以歌谣为诗，或以歌为乐与和乐（比于琴瑟）"。有见于古籍中"谣"的意义共计 6 次，"不外'徒歌'行歌；因它是不合乐的缘故"。其次，歌与谣对言。《魏风·园有桃》说："心之忧矣，我歌且谣"。《毛诗·序》云："曲，合乐曰歌，徒歌曰谣"。《韩诗章句》云："有章曰歌，无章曰谣"。再次，歌与谣连用。《后汉书·郅寿传注》云："歌谣，谓诗也"。《南齐书·五行志引洪范五行传》云："歌谣，口事也"。《园有桃·郑笺》云："我心忧君之行如此，故'歌谣'以写我忧"。最后，他指出，现在"歌谣"二字主要是指民间流行的徒声歌，与"民谣"或"民歌"等义无区别；而合乐的歌曲出于次要地位。

　　以上这些看法都是依托中国古籍文献的记载对"歌谣"的概念或定义的界说。从学科建设的范畴看，这些关于"歌谣"定义的记载不能认为是真正意义上的"歌谣"概念，这些记载更多的是给我们判断歌谣的一种标准。然而，当时学者们的这种研究方式却为歌谣研究提供了一种新思路，正如高有鹏在评价朱自清时所说，"有许多问题的研究，实际上已超过了歌谣学的范畴，即扩大到了民俗学的更大范围之内。特别是在研究方式上，朱自清既有对古代典籍文献的使用，包括了考据等方面的运用，又有对现代学术资源的使用，如其对《歌谣周刊》等书刊的材料运用，而且使用相当多的国外学术文献，如 Frank Kidson 的《英国民歌论》、Louise Pound 的《诗的起源于叙事歌》"。[1] 尽管借鉴文献材料界定"歌谣"概念存在着诸多不足，但我们不得不承认，他们"大胆地提出自己的见解，对学者不同的遗迹表明自己的观点和态度"[2]的做法值得我们深思。

二、现代意义上的歌谣

　　中国现代学科意识源于西方现代文明的影响，而真正意义上的学科建设出现则在新文化运动前后。歌谣学的诞生在很大程度上受到日本、美国、英国及其他欧洲国家的歌谣研究和歌谣理论的影响。歌谣征集处、歌

　　①② 高有鹏：《中国现代民间文学史论——中国现代作家的民间文学观》，河南大学出版社 2004 年版，第 480 页。

谣研究会、《歌谣》周刊的发行以及一批对歌谣感兴趣的研究者，初步构成了歌谣学作为一门现代学科的基本要素。在对歌谣研究进行深化、细化的过程中，他们也尝试性地探讨原本为他们所模糊或淡化的歌谣概念或定义问题。针对歌谣概念或歌谣界定问题，他们一方面关注于中国古籍中对歌谣界定的记载，另一方面积极地吸收西方对歌谣概念的解说。由于古人对歌谣二字字面意义的过度关注和认识的过分感性化，周作人、胡怀深、朱自清等学者在界定歌谣概念时更多地参照西方的歌谣理论。这就给当时的歌谣研究造成一种西方歌谣概念主流化的倾向，也使中国学者对歌谣的界说更趋于理性化、学科化。

20 世纪上半叶被中国学者重点参照和引用的西方歌谣概念有：

英国吉特生（Frank Kidson）在《英国民歌论》里说，民歌是一种歌曲，"生于民间，为民所用以表现情绪，或（如历史的叙事歌）为抒情的叙述者。……就其曲调而论，它又大抵是传说的，而且正如一切的传说一样，易于传讹或改变，它的起源不能确实知道，关于它的时代也只能约略知道一个大概"。① 他曾指出，"有人很巧妙地说，谚是一个人的记录，多人的智慧。对于民歌，我们也可以用同样的界说，便是由一人的力将一件史事，一件传说或一种感情，放在可感觉的形式里表现出来，这些东西本为民众普通所知道或感觉到的，但少有人能够将它造成定形。我们可以推想，个人的这种制作或是粗糙，或是精练，但这关系很小，倘若这感情是大家所共感到的，因为通用之后，自能渐就精练，不然也总多少磨去它的棱角，使它稍微圆滑了"。②

刘易斯·庞德在《诗的起源与叙事歌》也有相似的话："在文学史家看来，无论哪种歌，只要满足下列两个条件，便都是民歌。第一，民众必得喜欢这些歌，必得唱这些歌，它们必得'在民众口里活着'；第二，这些歌必得经过多年的口传而能留存，它们必须能不靠印本而存在。"③

---

① ［英］吉特生《英国民歌论》第一章（1915 年出版），曾多次被周作人（《中国民歌的价值》《自己的园地·歌谣》）、方天游（《中国歌谣的研究》）、茅宗杰（《民歌与民众教育》）、朱自清（《中国歌谣·歌谣释名》）等学者引用到文章中以作"歌谣"定义，是当时中国学者比较认可的说法。

② ［英］吉特生：《英国民歌论》第一章，曾被周作人（《自己的园地·歌谣》）、朱自清（《中国歌谣·歌谣释名》）等学者引用，是吉特生"歌谣"定义的进一步解释。

③ 刘易斯·庞德：《诗的起源与叙事歌》（1921 年出版），曾被朱自清（《中国歌谣·歌谣释名》）引用。

近代民俗学家劳依舍耳（Larl Reusche）提出了他对于歌谣观念的看法。他认为民歌的定义应该为"民歌是一种民间的歌；以内容论，以语言的及音乐的形式论，它合乎最广的地域之情感生活，想象生活；并且不被人视为私有的东西，又带来典型的姿态，至少有十年之久，经过人口口相传"。①

卡萨司在《卡拉鲁尼亚的歌谣》一文中说："歌谣是民众的可惊异的著作，是那些听着它、唱着它的人们的著作；它是每个人的作品，同时又不属于任何人。歌谣经过一切人的传授、影响、修改和润饰。因为一切人全都是它的合法的主人，但没有人可以绝对地把它看成是自己私有的东西。那些能够把它唱得很动听的，或是能够欣赏它的内容的人，都可以算是他的主人。因为这个缘故，所以歌谣所达到的美丽是远非任何的人类知识所可得而模仿的，因为在它里面包含着歌唱它的人们的心灵的精粹；凡是唱它的人的灵魂都有一部分在内，他们把他们自己的某种东西放到它的里面。歌谣有一种比任何最大天才作家的作品更为亲切动人的魅力。因为一个作家只能在他的作品中浸入他自己的灵魂。而歌谣是借了一切唱过它的人的灵魂的火焰而丰富起来的"。②

上述关于歌谣概念之说，"虽不够系统，未形成一个完整的概念，却都试图从不同侧面、不同角度揭示民间歌谣的特质，都有其一定的道理，也不乏精辟之笔，给人不少启示。但有的偏重于内容方面，有的偏重于艺术形式；有的多看到它的外部表现，未看到它的本质；有的含义模糊，让人捉摸不定"。③然而，我们不得不承认这些歌谣概念是当时比较流行的，普遍被认可的。有些看法还多次被引用以作为界定中国民歌定义或论证中国民歌现象的论据。周作人、胡怀深、茅宗杰、朱自清等学者对于歌谣的概念或"歌谣是什么"的问题多参照上述西方学者关于歌谣概念的阐释和论述，形成了既符合中国民歌特征又体现现代学科意义的概说。

周作人是现代歌谣学和歌谣研究的奠基人和开创者，他在其早期的歌谣文章中就已经意识到歌谣概念对歌谣收集和歌谣研究的重要性。他继承了英国吉特生关于歌谣定义的看法，但他并没有就此提出自己对歌谣概念

---

① 李长之：《略论德国民歌》，《歌谣》（周刊）第 2 卷第 36 期，1937 年 2 月 27 日。

② 于道源：《歌谣论——卡塔鲁尼亚·卡萨司原作》，《歌谣》（周刊）第 2 卷第 21 期，1936 年 10 月 24 日。

③ 吴超：《中国歌谣》，浙江教育出版社 1995 年版，第 11 页。

的界定。在一些歌谣文章中，他通过引用和阐释吉特生的歌谣定义回答了"歌谣是什么"的问题。他认为，民歌"原是民族文学的初基"，① 是"表达民众心声"的韵文作品，"最强烈的最有价值的特色是他的真挚与诚信"②，其特异性质"是原始文学的遗迹，也是现代民众文学的一部分"。③因此，周作人提出，"民谣可以说是原始的而不古老的诗"，又说"民歌是原始社会的诗"。④周作人将一向被鄙视为不登大雅之堂的民间歌谣，誉为反映"国民心声"的珍贵材料，有力地回击了当时知识界视歌谣为"淫词浪语、难登大雅之堂"的态度。

胡怀深在《中国民歌研究·绪论》中说："照'民歌'二字的字义说，自然是很容易答复；就是流传在平民口上的诗歌"，⑤ 又指出"流传在民间的长篇纪事诗"的西方民歌定义不符合中国民歌的现状，也无法彰显中国民歌的多样性。因此，他提出民歌是"流传在平民口上的诗歌，纯是歌咏平民生活，没染着贵族的色彩；全是天籁，没经过雕琢的工夫，谓之民歌。而一切的诗，都发源于民歌。在今日说，民歌变了诗中的一部分；在最初的时候，民歌就是诗，诗就是民歌"。⑥ 与其说他的歌谣概念是建立在对西方古典民歌定义的批判上，不如说他更多地参照了中国古籍上的有关歌谣的界说，从内容到特征都显示出本土化的特色。

茅宗杰既认同胡怀深对于"民歌是什么"的看法，又参照了周作人和英国吉特生的民歌定义，从《毛诗序》和意大利韦大列的《北京歌谣·序》中认识到歌谣是下层民众情感发泄的需要，是"根于这种歌谣和民族的感情，新的一种民族的诗或者可以发生出来"。⑦ 因此，他认为民歌"是民间真正的自然的文学，民族思想的结晶"。⑧ 他不仅承认"民歌是流传在平民口上的诗歌"，而且将民歌的社会地位提升到"民族思想结晶"的高度，从而将歌谣的社会作用发挥到极致。

朱自清在《中国歌谣》一书没有明确地提出歌谣的概念，但他在列举

---

① 　周作人：《中国民歌的价值》，《学艺杂志》第 1 卷第 2 期，1919 年。
②④ 　周作人：《自己的园地·歌谣》，《晨报》，1922 年 4 月 13 日。
③ 　周作人：《歌谣与妇女·序》，东方文化书局 1972 年版，第 1 页。
⑤ 　胡怀深：《中国歌谣研究》，商务印书馆 1925 年版，第 1 页。
⑥ 　胡怀深：《中国歌谣研究》，商务印书馆 1925 年版，第 2 页。
⑦ 　［意大利］韦大列：《北京歌谣·序》，《歌谣》（周刊）第 20 期，1923 年 5 月 27 日。
⑧ 　茅宗杰：《民歌与民众教育》，《教育与民众》1931 年第 1 卷第 4 期。

英国吉特生和刘易斯·庞德对歌谣的定义时提出了自己的看法。他说："我们对歌谣有正确的认识，是在民国七年北京大学开始征集歌谣的时候。这件事有多少'外国的影响'，我不敢说，但我们研究的时候，参考些外国的材料，我想是有益的。我们在十一年前，虽对歌谣已有正确的认识，但直到现在，似乎还没有正确的歌谣的界说。"[1] "民国七年以来，大家收集的歌谣，大抵与这些标准（指吉特生和刘易斯·庞德的歌谣定义）相合，虽然也有一部分有着文人润色的痕迹，不是'自然的民歌'"。[2] 朱自清肯定了西方歌谣理论对中国歌谣研究的价值，同时又指出我们正确认识歌谣界说方面的不足，没有形成符合中国歌谣的理论体系的观念和看法。

以上这些看法是当时关于歌谣概念界定比较典型的观点，也代表着当时学术界对歌谣定义的认识。周作人、胡怀深、朱自清等学者在进行歌谣界定时都是经过深思熟虑而又通过研究实践证实的，他们的观点和看法符合当时歌谣研究的需要，具有一定的现实意义和参考价值。同时，由于受到各方面的影响和当时各种条件的限制，他们在回答"歌谣是什么"的问题时也存在某些不足。因此，周作人、胡怀深、朱自清等学者关于"歌谣概念"的理解和认识代表了当时的学术思潮，"他们的许多论述，虽然并未形成一个完整的体系，但也粗具轮廓。使我们看到他们的观点，既受到西方民歌理论的影响，也体现了五四运动前后歌谣学运动追求民主、科学的倾向。"[3]

三、新民歌与旧民歌

从中国历史发展的角度看，歌谣并不存在新旧之分。因为中国两千多年的思想认识、道德观念和社会形态造就了下层民众在歌谣内容、形式、观念、表达方式等方面具有惊人的相似性。实际上，20世纪上半叶西方现代文明所带来的国人思想观念的转变、社会形态的转化以及社会的动荡和全国性抵御外敌侵略的大规模战争，逐渐影响了下层民众对社会的认识，转变了他们的人生观、价值观和世界观。他们将这些变化融入歌谣之中，充分发挥歌谣表情达意的功能，表现他们当时的情感和内心的触动，从而造就了当时一批有别于传统的民间歌谣。可以说，特定的社会环境、特殊

---

[1][2] 朱自清：《中国歌谣》，中华书局香港分局1976年版，第5~7页。
[3] 吴超：《中国歌谣》，浙江教育出版社1995年版，第11页。

的社会需求带来了歌谣在题材选择、内容表现上的突变。因此，从取材与内容表现方面上讲，20世纪的民歌出现了新旧之分的现象。

（一）旧民歌

旧民歌是指旧社会的下层民众在封建统治阶级的强制和封建礼教影响下创作和传唱的民间歌谣。尽管这些歌谣反映了下层民众的心声，表达了下层民众追求美好未来和幸福生活的渴望和理想，但由于中国长达两千年的封建社会的统治和封建道德观念的渗透，这些歌谣都不可避免地烙上封建文化的色彩。"产生在旧社会的民歌的确主要是农民的诗歌，而且主要反映了他们过去的悲惨生活以及对于那种生活的反抗。由于中国的封建统治特别长久，中国农民的精神生活不能不被打上封建主义的深深的烙印。这是中国民间文学的一个共同特点。而在民歌当中，这种烙印主要并不是表现在某些封建思想的入侵，而是表现为和压在农民头上的封建秩序作对抗的作品占了很大的数量。既然封建阶级的统治在当时看起来似乎是稳固的，而农民除了在'伟大的叛乱时代'以外又是没有组织的，看不见整个社会的前途和远景的，他们的反抗就不可能总是很集中，总是很正面，他们容易从多种不同的角度来非难他们所遭遇到的不合理的事物，并且有时采取一种曲折的方式。"①

旧民歌在某些方面体现出下层民众的消极、颓废和安于现状，它"偏重暴露，消极的憎恨多于积极的反抗，调子也较深沉"。② 这些消极、颓废表现在旧民歌的思想内容和题材选择方面。在思想内容上，旧民歌存在不少缺点，有些意识是模糊的、荒诞的、迷信的，如赞美地主宽待的《揽工秧歌》、赞美地主阶级的千金小姐们寄生生活的《套娃娃》等；在取材上，它们"已堕落到只对颓废糜烂的生活发生兴趣（如《梳妆台》《跳槽》《打茶园》），而唱者的目的也不同了，有的依靠它作为一种生活的手段（如歌女的卖唱），有的作为卖出商品的口头广告（如《卖梨花糖》《卖花女》《卖广东橄榄》之类）"。③歌谣本是下层民众生活劳动的结晶，是他们抒发情感、表达追求和理想的方式；但一些旧民歌"和原来的劳动人民的歌相比，它不但内容和形式都已变质，目的和效果也都绝不相同。我们

---

① 何其芳：《论民歌》，《人民文学》1950年第3卷第1期。
②③ 严辰：《谈民歌》，《人民文学》1950年第2卷第2期。

不应该把它归到真正的劳动人民的作品中的。"① 因此，有人曾把民间文艺或者民歌看作"和平时代粉饰太平的作品，故其形式不为靡靡之音，即为苦闷的呻吟，而非表现战斗反抗的适切形式，其描写反抗者，亦多属封建权威的卫护，鲜有反抗权威的民主成分"。② 或者是对旧民歌表示绝望，"说它只有死灭的前途"。

（二）新民歌

新民歌是指新民主主义革命时期在中国共产党领导下的革命根据地的民众所传唱的民间歌谣。"在新民主主义革命阶段开始以后，中国农民的命运发生了根本的变化。在无产阶级领导的农民运动、农民战争中，中国农民的觉悟程度和组织程度达到了空前未有的高度。这种根本的变化在农民的抒情文学上也有反映，于是在旧的民歌之外，产生了新的民歌。这种民歌不再是对农民悲惨生活的反映，而主要是革命的战歌和对于新社会的生活的赞颂了。"③新民歌更多地表现出根据地民众反抗剥削、反抗压迫，与封建主义统治阶级和地主阶级进行坚决斗争，以及反抗外敌侵略的不屈精神，体现了根据地民众在共产党领导下思想的转变和社会认识的提高，具有很强的人民性、民主性和革命性。与旧民歌相比，新民歌"多是乐观的、建设性的，歌颂和赞扬的调子也比较健康。"④

在中国两千多年的历史发展中，出现了数以千次的大大小小的农民运动和农民战争。人们将其编制成歌，并在民间广泛流传。这些歌谣真实地记载了当时战争的残酷、民众对美好生活的向往和追求，体现了农民反抗封建统治阶级的伟大壮举。然而，由于当时统治阶级对这类歌谣的禁止和知识阶级对歌谣的鄙视和不认可，使这类歌谣没有记载下来。自新民主主义革命时期开始以来，在中国共产党领导下的根据地涌现出大量反抗剥削、反抗压迫、抵御外敌，追求民主、追求平等，歌颂共产党、赞美伟大领袖、描写新生活、表现社会新风尚的民歌。尤其是1942年《在延安文艺座谈会上的讲话》（以下简称《讲话》）召开以后，在革命的圣地——延安及其陕北地区，不但新民歌不断地涌现，而且在《讲话》精神的指引下文艺工作者还组织了对这类民歌的收集与整理。"这种新的民歌，迄今

---

①③　何其芳：《论民歌》，《人民文学》1950年第3卷第1期。
②④　严辰：《谈民歌》，《人民文学》1950年第2卷第2期。

为止还是在陕北地区收集得较多。这是由于在土地革命中创造的陕北解放区一直保持在人们的手里。这种新的民歌便于流传、发展,是因为其曾经由一些音乐工作者和文学工作者做了较多的收集工作。这是一些很宝贵的作品和材料""陕北这些新民歌当然也还是一些片段的记录和反映,但合在一起,的确是把当时的革命气氛相当地表达了出来的。它们唱出了革命战争和人们的愿望,以及它们对革命战争充满了胜利的信心。它们对于共产党、工农红军和革命领袖热烈地拥护和颂扬。而对于革命的敌人,从地主豪绅一直到帝国主义分子,它们却表示了非常坚决的态度。"① 新民歌不仅在当时的革命根据地发挥了巨大的作用,而且在很长一段历史时期成为民间文学的主流,引导着文学的发展和社会的变革。

(三) 旧民歌与新民歌的共同之处

由于时代的变化和社会的需求,在 20 世纪三四十年代出现了新旧民歌。这种现象引起当时学界的关注,并通过收集这类歌谣进行分析比较研究。有人认为,"新民歌的思想性很高,但它的艺术性似乎不及旧民歌"。其实新旧民歌是一脉相承的,存在许多相同之处,"旧民歌和新民歌却是一个地方发出的,它们同样发于对自由、民主的追求,对生活向上的理想和渴望"。② 尽管歌谣的新旧之分源于歌谣思想内容和题材选择的不同,但是它们在艺术上有着许多相同之处。关于新旧民歌的共同特征,何其芳在《陕北民歌选·序》中曾精辟地说:

> 无论新旧,许多抒情的民歌都有这样一个共同的艺术上的优点,它们常常能够一下子打进我们的心坎里去。这真是如民歌中自己所说,"山歌无本句句真"。这当然首先是由于它们的作者本来有着劳动人民的可贵的思想情感,而且他们又都是有所为而作,不吐不快,因此首先在内容上具备了动人的要素。其次,某些艺术上的特点也是有助于这种内容的表达和感染人的。
> 艺术最主要的特质是形象性,而民歌的形象常常是生动的、新鲜的,表现劳动人民自己的生活的。我们读着陕北的一首流行的信天游

---

① 何其芳:《论民歌》,《人民文学》1950 年第 3 卷第 1 期。
② 严辰:《谈民歌》,《人民文学》1950 年第 2 卷第 2 期。

"前沟里糜子后沟里谷，哪哒想起你哪哒哭"，我们一下子就感到这是一个农民妇女的表白，她朴实的情感与她所在的农村环境是很和谐的。"脚踏踩杆手搬扣，我与哥哥没盛够"，我们看见了一个坐在织布机上的年轻妇女，她在劳动中想起了她的爱人……

普希金和高尔基都强调从民间文学学习语言的重要，中国民歌在南方许多地区主要是七言绝句体，自然有时不免有凑字凑韵的缺点。但在那种限制中，也运用了一些生动的口语。江苏的四句头山歌打破了七言的限制，因而比那些每句字数一样的七言绝句体就显得活泼一些。北方许多地区的民歌在形式上更自由。陕北的民歌就是一个很显著的例子。虽说仍然常是五言七言的节拍，但字数却并不一定。这就更自然，更接近口头语，更多地保存了劳动人民的语言的特点。我们学习劳动人民的语言，当然更重要的是从他们的生活中去学习，但从他们的口头文学中去学习却也有一种另外的好处，这就是这种语言是经过了提炼的。对于那种还不大能够把劳动人民的口头上的语言提炼为文学的语言的作者，这种学习就是特别重要的了。而民歌中的语言又比别的篇幅较长的口头文学（如民间戏剧、说书等）更加洗练，也是更少滥调的。

如果说精练是一切诗歌形式上很重要的特点之一（就是那些篇幅很长的成功的作品，按照它所反映的丰富的生活内容来说也仍然是精练的），那么民歌这一个艺术上的优点是值得我们的诗歌作者充分注意的。这并不是说我们只能写民歌那样短小的抒情诗，相反地，为了表现现代的丰富复杂的生活，我们必须除了写短诗外还要写长诗；但是，我们在写长诗的时候也要力求精练。

由于民歌还和最初的诗歌一样，是和音乐密切结合着的，这就带来了又一个艺术上的优点，它的节奏鲜明而自然。我们写新诗并不需要每一个作者每一首诗都模仿或采取民歌的节奏；但是，无论格律诗也好，自由诗也好，都应该具有优美的节奏①

新旧民歌在思想内容和取材方面表现出它们的不同，似乎是民间文学中相互独立的部分。而从艺术表现看，它们之间有许多相同之处。人物塑

---

① 何其芳：《论民歌》，《人民文学》1950年第3卷第1期。

造的形象化、语言表达的口语化、形式上的精炼化、内在节奏的音乐化，都彰显着新旧民歌独有的艺术特征和审美价值。由此可见，歌谣就是歌谣，无论其思想内容抑或取出如何变化，作为歌谣基本要素和鲜明标志的艺术特征不会因为外界的影响而发生变迁，因为它们是歌谣之所谓歌谣的根基，而是判断歌谣之所谓歌谣的一种标准。

四、结语

中国大量的典籍文献中都记载了古人对"歌谣"概念的一些界定，如《毛诗序》《韩诗章句》《尔雅》《广韵》等。邵纯熙、白启明、朱自清、方天游等学者都对文献中记载的"歌谣"概念进行了对比分析，认为"曲，合乐曰歌，徒歌曰谣""有章曰歌，无章曰谣"等界定并非是对歌谣概念的准确解释，而是分辨其是否属于歌谣的一种简单而又行之有效的标准。随后周作人、胡怀深、茅宗杰等学者参照西方当时流行的几种歌谣概说，提出了自己的看法，回答了"歌谣是什么"的问题。尽管他们的看法和认识存在着一些缺陷，但是这些看法和观点却是从现代学科的角度来引导研究者对歌谣的认识，并以此为标准分析了当时出现的新旧歌谣的异同。新旧歌谣的出现源于当时社会现实对人们生活的冲击，特定的环境、特定的需求使人们不得不在歌谣的题材选择、内容表现有所改变，从而更好地发挥歌谣反映人生、表达情感的需要。然而，这并不代表新旧歌谣截然地分开，它们在人物塑造的形象化、语言表达的口语化、形式上的精炼化、内在节奏的音乐化等艺术方面依然彰显着独特的审美价值。因此，歌谣并不会因为所表现内容的改变而失去歌谣的本质，只能说明歌谣具有强大的社会适应性。

第二节　歌谣起源与性质问题

起源问题历来是学术研究者重点关注的对象，也是他们孜孜不倦的学术追求。因为追根溯源能够让我们揭开事物神秘的面纱，从而更多地了解事物、更准确地把握事物、更有效地引导事物的发展。同样，对于事物起源的各种推测的探讨也有利于我们了解事物的多元发展，推动学术研究的进一步深化。歌谣的起源问题一直是学界关注的对象，也是许多学者尝试性地去探究歌谣的源头或歌谣产生的原因。而歌谣性质的探索在一定程度上推动了歌谣起源的研究。因此，对歌谣起源问题和歌谣特性研究的梳理可以加深我们对歌谣性质与内容的了解，推动歌谣研究的深化和细化。

一、歌谣起源问题之歌谣功能方面

有人说："艺术源于劳动。"这是因为在人类的远古时期，劳动将人类与动物彻底地分离。这就造成凡属于艺术范畴的一切形式都源于劳动的观点，而且这种观点在中国存在多年，似乎已成定论。"近年来，随着学术思想的空前活跃，已有人对此提出质疑"。歌谣作为最古老的艺术形式之一，一直是中外学界探索艺术起源的途径。他们认为，歌谣起源问题的解决能够为其他艺术形式提供参考。从目前已有的研究成果看，有关歌谣的起源说法可为五花八门、名目繁多。"有关专家学者在论述歌谣的起源时，往往对其中某一类实践活动有所侧重，从不同侧面、不同角度探讨歌谣的起源，建立了不同的学说"。① 赵晓兰在《歌谣学概要》中列举了有关歌谣起源的几种代表性的说法：模仿说、游戏说、心灵表现说、宗教说和劳动说。其实，早在 20 世纪初期，一批既深受西方现代文明影响又继承中国传统文化的学者就歌谣起源问题提出了不同的看法，尽管这些看法只反映了歌谣起源的某一方面而非全部，但是了解这些看法对活跃当前学术思想、推动学术研究有很大的参考价值。

（一）情感说

持这种观点的人认为，歌谣是人类受外界刺激而产生的情感波动的外在表现方式，"是古代社会因为文化的低下，所以把歌唱来表现当时的情绪和故事，流行社会里，而形成了古代社会的即兴歌叙事谣"。② 情感波动是人类的一种本能，需要不时地释放从而保持人心理和生理的平衡，歌唱正好符合了人类发泄的需要，成为"人类表现优美情感，高尚意志，活泼

---

① 赵晓兰：《歌谣学概要》，电子科技大学出版社 1993 年版，第 29 页。
② 朱志行：《歌谣的研究》，《民智月报》1935 年第 4 卷第 5 期。

思想的唯一工具"。① 邵纯熙在谈歌谣的分类时曾指出：

> 人类的情绪，于不知不觉间，起了一种感想。遇着欢喜的事情，便唱出一种语调，表现欢喜的状态。遇着愤怒的事情，复唱出一种语调，表现愤怒的状态。如实则悲哀时表现悲哀，恐惧时表现恐惧，亲爱时表现亲爱，恶憎时表现恶憎，欲望时表现欲望。所以农人在田野间，高唱秧歌，渔人在江湖间，高唱渔歌。闺女小孩则在房屋里唱歌，游人旅客则在深林旷野唱歌。都是大自然的音响，以为志喜遣怒举哀示惧示爱泄恶排欲之具，消磨可喜可怒可哀可惧可爱可欲之事情。我以为歌谣的起源是如此。②

茅宗杰在阐述歌谣的概念时也认同这种观点，他说：

> 本来文学的作物，多少由于情感的冲动而生，富于情感的人，受了外界的刺激，他的情感冲动于中，精神遂反乎平常。无论他是喜极是悲极，总要把他发泄出来，然后才觉得痛快。这正是所谓"不吐不快"。③

通过分析南方地区现存的在族群集体捣米时而唱的"杵歌"，台静农认为生活带来了人情感的波动，而情感成为歌谣的原动力。他说：

> 原始人类主要的生产技术是渔猎、牧畜、播种，除了这些劳作外，精神上的慰安，只有放情的歌唱。在辛苦的时候，拿歌来减轻疲乏；在喜悦的时候，拿歌来表示兴奋；在不幸的时候，拿歌来抒写悲哀。所歌唱的未必都有意义，至少他们的情感是一致的。感情是歌谣的原动力，而感情的现象如何，则界定人类的生活。④

---

① 彦堂：《中国歌谣学草创》，福建协和大学出版社 1926 年版，第 1 页。
② 邵纯熙：《我对于歌谣研究的一点意见》，《歌谣》（周刊），1923 年 4 月 8 日，第 13 期。
③ 茅宗杰：《民歌与民众教育》，《教育与民众》1931 年第 2 卷第 4 期。
④ 台静农：《从"杵歌"说到歌谣的起源》，《歌谣》（周刊）第 2 卷第 16 期，1936 年 9 月 19 日。

事实上，歌谣源于情感之说早在我国的秦汉时期就已经被发现。学者们通过对《诗经》的研习和当时大量的采风实践活动，充分地证实了歌谣是人情感发泄的外在表现方式。《礼记·乐记》云："凡音之起，由人心也；人心之动，物使之然也；感于物而动，故形于声。"《毛事序》云："情动于中而形于言，言之不足，故嗟叹之；嗟叹之不足，故咏歌之。"《太史公自序》云："诗三百篇，大抵贤圣发愤之所为作业。此人皆意有所郁结，不得通其道也，故述往事，思来者。"情感之说不仅体现在民间歌谣上，而且也表现在一切文学形式上。也许中国曾被誉为"抒情的国度"就缘于此。

（二）劳动说

持这种观点的人认为：劳动创造了人，创造了文学艺术赖以生产的物质基础，也创造了一切艺术形式；歌谣就是其中之一。在他们看来，原始人在劳动过程中"为了协调集体动作、提高劳动效率、减轻疲劳，交流感情、鼓舞劳动情绪，常常'按照一定的拍子，并且在生产动作上伴以均匀的唱的声音和挂在身上的各种东西发出的有节奏的响声'。当原始人把这种有节奏的劳动呼声和声响与包含一定意义的语言结合起来时，就产生了最早的歌谣"。[①] 汉代典籍《淮南子·道应》曾记载："今夫举大木者，前呼邪许，后亦应之，此举重劝力之歌也"。这说明歌谣起源于劳动的声音，而最初的一些诗歌是劳动呼声的发展。对此，鲁迅先生曾说：

> 我们的祖先的原始人，原是连话也不会说的，为了共同劳作，必须发表意见，才渐渐的练出复杂的声音来，假如那时大家抬木头，都觉得吃力了，却想不到发表，其中有一个叫道"杭育杭育"，那么，这就是创作；大家也要佩服，应用，这就等于出版；倘若用什么记号留存下来，这就是文学。[②]

劳动起源说在中国共产党领导下的革命根据地产生了广泛的影响，他们认为劳动创造了一切文艺形式，包括人们喜闻乐见的民间艺术。关于歌

---

① 赵晓兰：《歌谣学概要》，电子科技大学出版社 1993 年版，第 33 页。
② 鲁迅：《门外文谈》，《申报·自由谈》1934 年。

谣的劳动起源说，索开曾说："歌谣的创作缘起是劳动。当人们劳动时，要受到外来许多刺激，使生活感觉快乐或苦痛，甚至受了欺骗，在工作的疲惫中还是劳动；于是把这些内在的郁积发之于声。吼叫、哭诉……此谓'心声'又叫歌谣。"① 在他看来，"歌谣是人类劳动生活藉以调解精神愉快的一种艺术"，"在没有文字之前，这种艺术就在原始人的劳动中继续创作着，继续传布而歌唱着。歌谣是艺术的源泉，先有歌谣然后才有现在各种各样的艺术，犹如树之根为原始艺术的歌谣，茂密的枝叶则为当今艺术之繁多了"。②

曾长期生活于陕北解放区的严辰先生真正地感受到劳动的力量、劳动人民的伟大。他通过分析当地的民歌后发现真谛：民歌的特点是与劳动紧密结合，民歌直接产生于生产劳动。他在《谈民歌》一文中曾说：

> 民歌的特点，首先在于它和劳动的紧密结合，直接歌唱劳动这一点。劳动，创作了人类，也创作了人类的诗歌。而我们的民族，又是一个勤谨刻苦的爱劳动的民族，本来在这一方面一定会有不少的产品的。只是过去由于封建阶级以及他们的文士们轻视人民，和劳动隔离，没有很好地记录下这些口传的作品，以致逐渐淹没，这是非常可惜的。

> 劳动的民歌就不一样，它们都直接从劳动中产生，表现了劳动的情绪，流露了朴质的健康的韵律。它们有的配合了劳动的节奏，为了协同集体的动作，像泥木工人的吆号声，打夯歌、纤夫的歌，搬运工人的歌等；有的是为了减轻疲倦，为了诉说身受的苦难，像采茶歌、船夫的歌、樵夫的山歌等；有的作为对牲畜的命令、催促、召唤，像牧童和农夫的某些歌是。③

歌谣起源于劳动之说之所以能够长期在我国学界被认可，甚至成为一种定论，是因为这种观点不仅来源于中国古籍的证实，而且它还受到西方达尔文进化论和马克思主义理论的影响。更重要的是这种观点不仅在理论上得以承认，而且在当时中国共产党领导下的革命根据地得到了充分的实

---

① ②　索开：《劳动与歌谣》，《西北工合》1942 年第 4 卷第 17、18 期。
③　严辰：《谈民歌》，《人民文学》1950 年第 3 卷第 1 期。

践验证。根据地军民的劳动热情以及大量描绘劳动生产和在劳动生产中所唱的民歌，深深地感染了一批文艺创作者和文艺理论家，让他们突然感觉到先祖们的生产生活也不过如此。除此之外，劳动在当时特定环境中也的确发挥了巨大的作用。这些从理论到实践的论证奠定了劳动起源说的基础。尽管现在的学术思想得以解放、学术空间得以扩展，歌谣的劳动起源说不再是"一枝独秀"，然而我们也不得不承认，劳动是歌谣的起源之一，而且是最主要的源泉。

二、歌谣起源问题之歌谣创作方面

通常，我们在回答歌谣的起源或歌谣的来源时，总是从歌谣的功能或作用及对产生歌谣的场面的描绘性记载中去推测歌谣的来源。这是探究歌谣起源的一种途径，但不是唯一途径。我们还可以从歌谣创作机制的角度去研究歌谣的起源，即利用已有的歌谣资料从人的角度或创作者的角度去推测歌谣的起源。西方现代文明告诉我们：自从人类与动物彻底分离后就不断地发挥自身的主观能动性，创造了一个又一个奇迹，以适应自然、进而改造自然，从而得以生存、繁衍后代。这引发了当时刚触及西方现代文明的学者的思考，他们从传统的客体研究角度转向对主体的研究。而对于歌谣起源研究而言，将歌谣主体的人的作用作为研究视角不得不承认是当时学术研究的一种突破。在他们看来，究竟是什么人，运用什么方式，出于什么目的，采取什么手段，才使歌谣得以产生、传播和发展？在现代歌谣学建立之初，这种研究思路曾得到一些人的认可，更有诸如傅振伦、朱自清、朱光潜等学者就此展开对歌谣起源的探讨。

（一）歌谣起源研究的现代意识

傅振伦在《歌谚的起源》一文中论述了歌谣的起源问题。"歌谣是一种无一定记载的民众所作的押韵诗歌，所以大多数歌谣的起源，除了从他的内容，有点痕迹可考外，可以说是无处可考，至于谚语的起源，就更难找了。"他认为，"我们也只能从形式、内容去考求他们的起源，加以推定罢了。"尽管他强调歌谣内容和形式在研究歌谣起源中的作用，但在他看来，歌谣是以歌谣主体的人为中心的，歌谣的一切内容和形式都是为人的需要而不断地转变。因此，傅振伦从三个方面对歌谣起源问题进行研究，首先就是歌谣的创作者。歌谣的创作者是人，但不是所有人都能成为创作歌谣的人；只有那些身份特殊、职业特殊和经历特殊的人才能够成为创作歌谣的人。他说："据我个人看歌谣谚语的经过，创作歌谣的人，可说是六种人：小学生、儿童、乞丐、说书的、杂耍游戏的人和妇女"。

其次，创作歌谣的动机。人类与动物界的区别之一在于人类的每一次创造、每一项发明都带有明显的功利性，在于满足人类某方面的需求。就歌谣而言，无论是较早的生活歌还是晚期的滑稽歌都是源于人类的需要。他认为，人类创作歌谣有五种原因："有些歌谣，是一般劳动界的人造的，用意不过，减少他们的劳苦，歌咏忘苦而已""有些歌谣是当无聊之时，信口吟咏，用以自慰，用以消遣，或用以写自己已受的痛苦和冤屈""有些歌谣是助兴的，这类歌谚多半是，与乐器相伴""有的歌谣是为穷人赖以谋生而作的"① 和毫无修饰、不加润色、自然质朴的童谣。

最后，创作歌谣的方法或方式。歌谣是底层民众的作品，是一定地区多数人所熟知和歌唱的。但歌谣通行于某一地区必有一个过程、一种经历。"这种经历可以说就是歌谣的来源，也就是新歌谣的方法。"他认为新歌谣产生的方法或手段大概可以分为抄袭或仿效、改变、仿效及联合、格式的仿效、扩大歌谚的范围以仿效、缩小古歌谚的内容和无意义歌谣的仿效。用他的话来说：

> 歌谣之所成，抄袭及仿效，仿效之法不同，可分——
> (1) 仿古谚语形式（如对偶式及句构造外表之形式）；
> (2) 仿古意以造歌谚；
> (3) 仿其他歌谚，而改变其形式而造者；
> (4) 扩大歌谚范围或缩小其内容者；
> (5) 无意义之仿古②。

尽管傅振伦从创作者、成因和创作者用的方法三个方面回答了歌谣的起源问题，但是他论述的不是严格意义上的歌谣起源问题，而是现代歌谣的起源。这从他的论证依据、参考对象及解决方法等方面就能充分地表现出来。他在列举歌谣创作者时曾说"据我个人看歌谣的经验"，这就说明

---

①② 傅振伦：《歌谚的起源》，《歌谣》（周刊）第 87 期，1925 年 4 月 19 日。

他的参考对象是当时的歌谣研究现状，即现代歌谣运动以来的歌谣研究和他本身对歌谣的理解。他所认为的歌谣创作者如小学生、说书者、乞丐等下层民众是社会发展到一定时期的产物，而在歌谣产生的原始社会是不会存在的。至于后面所谈的"歌谣之所以成"和"歌谣之所由成"同样是社会发展后的表现。因此，傅振伦的歌谣起源研究是现代意义的起源研究，而不是传统的追根溯源的研究；但他的这种研究思路和研究方法对于现代歌谣研究具有很大的参考价值：立足当下，关注传统问题。

（二）"歌谣起源于个人创作"说

《中国歌谣·歌谣的起源与发展》是朱自清的歌谣研究中常被学界提到并赞赏的一部分，他通过对中外歌谣起源研究的对比和"歌谣起源的传说"的论述表明了他对歌谣起源的看法。他首先提出"外国对于歌谣起源的学说"，论及"歌谣—叙事歌—起源问题"。他介绍了英国 R. Adelaide Witham 所著《英吉利苏格兰民间叙事歌选粹》中所引用的五种西方学界流行的学说："民众与个人合作说""Grimm 说""散文先起说""个人创作说""Pound 说（个人制作说）"；并对这些理论学说进行比较分析。最后他说："以上各说，都以叙事歌为主，但他们除了 Pound 外，都是以叙事歌为最古的歌谣；我们只须当他们是在论'最古的歌谣'的起源看，便很有用，至于叙事歌本身，我相信 Pound 的话，是后起的东西"。[1] 所谓"Pound 的话"是指：

> 她说，主张民众与个人合作说的人，大抵根据旅行家、探险家、历史家、论说家的五花八门的材料，那些是不可考的。他们由这些材料推想史前的社会，只是瞎猜罢了。我们现在却从南美洲、非洲、澳洲、大洋洲得着许多可靠的现存的初民社会的资料，由这里下手研究，或可有比较确实的结论——要绝对确实，我们是做不到的。
>
> 她说文学批评家的正统的遗迹（民众与个人合作说），人类学家并不相信。他们的材料，都使他们走向个人一面去。她说歌谣不起源于群舞；歌舞同是本能，并非歌由舞出。儿童的发展，反映着种族的发展，现在的儿童本能地歌唱，并不等待群舞给以感兴，正是一证。

---

① 朱自清：《中国歌谣》，中华书局香港分局 1976 年版，第 14 页。

其实说歌与舞起于节日的聚会，在理都不可通。各个人若本不会歌舞，怎么一到节日聚在一起，便会忽然既歌且舞呢？这岂非奇迹？她研究现在初民社会的结果，以为初民时代，歌唱也是个人的才能，大家都承认的，正如赛跑、投标枪、跳高、跳远一样。

正统派的意见以为叙事歌是最古的歌谣。她说最古的歌谣是抒情的，不是叙事的。那时最重要的是声，是曲调，不是义，不是词句。①

朱自清曾说："歌谣起源于文字之前，全靠口耳相传，一代一代地保存着。它并无定形，可以自由地改变、适应。它是有生命的；它在成长与发展，正和别的有机体一样"。而 Pound 的论述为他自己的观点进行铺垫，即 "歌谣起于个人的创造，原始的歌谣其主流是抒情的而不是叙事的"。

其次，朱自清在 "中国关于歌谣的起源的学说" 中既引用了大量的古籍文献，又巧妙地运用了现代的学术研究材料。他对郑玄的《诗谱序》《虞书》、孔颖达的《正义申郑》《毛诗序》、沈约 "歌咏所兴，自生民始" 等古籍文献加以分析，指出："以上都是论诗之起源的。歌谣是最古老的诗；论诗之起源，便是论歌谣的起源了。"他引述了郭绍虞的《中国文学史纲要·韵文先发生之痕迹》和《中国文学研究》的部分内容，重点讨论了史前时期是韵文在先还是散文在先的问题。"舞必合歌，歌必有辞。所歌的辞在未有文字记录以前是空间性的文学；在既用文字记录以后便成为时间性的文学。此等歌辞当然与普通的祝辞不同；祝辞可以用平常的语言，歌辞必用修饰的协比的语调，所以祝辞之不用韵语者，尚不足为文学的萌芽，而歌辞则以修饰协比的缘故，便已有文艺的技巧。这便是韵文的滥觞"。② 朱自清既赞成了郭绍虞的看法，又有所批判和补充。最后他说："郭先生着眼于诗；他只说古初 '先' 有韵文，却不说 '怎样' 有的。我们研究他的引证及解释，我想会得着民众制作说的结论，至少也会得着民众与个人合作说的结论。但他原只是推测，并没有具体的证据，况且他也不是有意地论这问题，自然不能视为定论"。③

再次，在论述 "歌谣起源的传说" 时，朱自清首先表明了自己的看

---

① 朱自清：《中国歌谣》，中华书局香港分局 1976 年版，第 12~13 页。

② 王国维：《宋元戏曲史》，转引自朱自清：《中国歌谣》，中华书局香港分局 1976 年版，第 15 页。

③ 朱自清：《中国歌谣》，作家出版社 1957 年版，第 20 页。

法："我们还有许多歌谣起源的传说，虽是去古已远，却也可供参考"。①随后他列出了历史上的"荧惑说""怨谤说""《子夜歌》传说""河南传说""淮南传说""江南传说""两粤传说"七个关于歌谣起源的传说，并加以比较分析。尽管这些地方性的传说或带有神话意味，或源于政治的需要，或取出于孟姜女的故事，或是对山歌的起源，但是它们都在无形中佐证了朱自清对歌谣起源的观点："在这几种传说里，我们可以看出一种共同的趋势，就是，歌谣起于个人的创作"。②

朱自清在论述歌谣起源时可谓搜罗宏富、旁征博引。他不仅引用了古代典籍文献，运用了现代学术资料，而且还使用西方流行的学术理论，更可贵的是他用民间传说引证歌谣的起源。这一切材料都为了充分地证实他的观点：歌谣源于个人创作。

(三) 歌谣起源的二重创作说

所谓"二重创作说"是指"个人草创，群众增减修改"，即"民歌的作者第一是个人，其次是群众；个人开始，群众完成"。它强调群众对民歌增减修改的重要性并不亚于原作者的第一重创作，因为一首民歌能否在原始部落或族群中得以流传并不取决于原作者的创作而且取决于它是否表现了"某部落或阶层全体的情趣和信仰"。这是朱光潜在《诗的起源》中所重点论述和赞同的看法。在他看来，解决诗歌起源问题的研究方法有两种：其一，历史学的方法，即"从文字记载追溯古代诗歌起源的情形，断定它的年代，寻求它的写定和搜集印行的经过"。中国学者向来喜欢采用历史学（传统考据学）的方法研究诗歌问题，但这种方法并没有取得既定的效果："用历史的方法去寻求诗的起源，不但是据渺茫难稽的史料下以偏概全的结论，而且含有两个错误的见解"，即"从文字记载中寻求诗的起源是容易得到真相的。最早见于书籍的古诗不一定可以做诗源问题的论证""诗的原始与否以文化和教育程度而定，不以时代先后而定"。③ 其二，以自然科学方法为主、历史学方法为辅的方法。"从我们的观点看，历史学所收集的证据远不如人类学和社会学所收集的重要；因为古诗歌渺茫难

① 朱自清：《中国歌谣》，作家出版社1957年版，第22页。
② 朱自清：《中国歌谣》，作家出版社1957年版，第28页。
③ 朱光潜：《诗的起源》，《东方杂志》1936年第33卷第7期。

稽，现代歌谣确鉴可据。我们应该以后者为主，以前者为辅"。其结论有两个：一是"诗歌音乐跳舞在起源时是一种混合"，这种观点已被现代的原始部落材料和中国古代文献典籍所证实；二是"在起源上，诗歌大半是群众的艺术"，因为"原始诗歌都不标明作者的姓名，甚至不流露作者的个性。它们所表现的是某部落或阶层群体的情趣和信仰。所以每个唱歌者都不觉得他所唱的是属于某个人的诗。在一个社会里流行的诗歌是社会的公有物，既然流行的诗歌成了社会的公有物，社会就有权去更改它、增删它。它形式不是固定的"。

尽管"原始诗歌是群众的艺术"已成定论，但近代学者还是就原始诗歌的作者提出不同的看法：一是以民歌为群众的自然流露，谓之"群众合作说"；一是以民歌为个人的艺术意识的表现，谓之"个人创作说"。朱光潜认为，这两种看法"虽恰相反，实际未尝不可调和折中"。"在原始社会中'群众合作说'与'个人创作说'可以并行不悖"是指原始社会群体劳作时所唱的歌谣来源于"群众合作说"，而单人劳作时所唱的多为临时的自编歌则来源于"个人创作说"。"群众合作说"与"个人创作说"并行的第二种方式是"个人草创，群众增减修改"。朱光潜在文中重点论述了这个问题。在阐释"民歌的作者第一是个人，其次是群众；个人开始，群众完成"的看法时，他不仅引用了美国基特里奇关于民歌起源二重创作说的理论，而且还用周作人《儿歌之研究》的浙江儿戏歌和董作宾的《看见她》的不同版本证实了这种看法。因此，他说："歌谣在活着时都在生展流动。它所流行区域的民众对于它的生命的绵延，都有维持的功劳。民歌无论有个人作者没有，究竟是'属于民间'的，是民间共同情趣的反射，共同努力的结果。所以我们说它是民众的艺术，虽然明知道极端的'群众合作说'在今日为多数人所怀疑"。[①] 这就说明朱光潜还是认同"民歌起源于二重创作"的观点。

三、歌谣性质问题的探讨

歌谣产生于下层民众的需要，满足他们描绘生活、表现理想、抒发情怀、追求幸福等的需求。从内容上看，歌谣"是经过了许多人的组织改订

---

① 朱光潜：《诗的起源》，《东方杂志》1936年第33卷第7期。

和修润的具有共同意识的民众的诗词。这也是纯粹的毫无虚伪的国民性的自然流露，诚然，歌谣有着民族的素质。从歌谣的地理的分布已可以看到它不仅是民族的作品，也是各地域的作品，来充分表现它民族的特征和各地的思想、风俗的特殊的性格。"① 歌谣是下层民众抒发情感、表现生活的工具。它不仅承载着民众对物质方面的反映、对精神生活的诉求，而且还表现着不同地域、不同身份、不同年龄、不同职业的鲜明特征。"歌谣是民众的人生的表现，所谓'我歌且谣''高歌一曲'，无论贩夫走卒、村妇牧童，皆可借此流露自己的自然的情意的思念，所以它不仅包括精神的，同时也包括着物质的。"② 在现代歌谣研究深入一定程度后，学者注意到对歌谣内容的研究不仅仅局限于歌谣的主题研究，而且还应该进行歌谣内容的表现性研究。朱行志、何其芳、严辰等学者从内容表现性的角度出发，指出了歌谣所体现的下层人民的大众意识和人生态度。

朱志行在《歌谣的研究》一文中指出歌谣内容表现为"人民性质""人民思想""生活状况""风俗习尚""社会情形""土地特产"。针对歌谣内容的这些表现特征，他说："我现在简单地分为下列几点，加以分别的叙述。虽然不一定尽能包含了人生，但这是人生的表现，是不可否认的事实"。③ 尽管如此，我们还是可以看出它们体现了歌谣反映民众生活的作用。"人民性质"是指民众对于生活的特殊认识，通过歌谣的形式表现出来；如北平歌谣"死了男儿别怨天，十字路口有万千。东来的，西去的，挑他个知心合意的"，这是一首反映妇女破除封建婚姻制度、大胆追求个人幸福的歌谣。"人民思想"是指民众将他们的经验用语言组织起来，加以详细的叙述，表现他们的思想，如表现青年男女之间相互爱慕的情歌，反映赌博危害的劝人向善的歌。可以说"歌谣是民众思想的蓄积"。"歌谣的产生，就是基于生活的表现，所以在歌谣里生活歌所占的成分最多"，如反映妇女不幸命运的，反映农村民众生活困难的。除此之外，还有反映社会人情冷暖、世态炎凉的等社会现状的歌谣，体现各地风土人情、风俗习惯的地方性歌谣。它们体现了歌谣反映的社会现状、地方风俗和地方特产。歌谣内容所表现的"人民性质""人民思想""生活状况""风俗习尚""社会情形""土地特产"等特性说明了歌谣是人民生活的反映；同样，反映人民生活的歌谣才能体现歌谣的价值和意义。

---

①②③　朱志行：《歌谣的研究》，《民智月报》1935 年第 4 卷第 5 期。

严辰认为歌谣的特性主要体现在它的人民性和民主性与革命性方面。其一，歌谣的人民性首先表现在歌谣与劳动的紧密结合，劳动的歌谣"直接从劳动中产生，表现了劳动的情绪，流露了朴质的健康的韵律。它们有的配合了劳动的节奏，为了协同集团的动作，像泥木工人的吆号声、打夯歌、纤夫的歌、搬运工人的歌等；有的是为了减轻疲倦，为了诉说身受的苦难，像采茶歌、船夫的歌、樵夫的山歌等；有的作为对牲畜的命令、催促、召唤，像牧童和农夫的某些歌是。"① 其次表现在"对地主阶级剥削制度的不平等和反抗方面。这包括地主享乐生活和各种剥削方法（而有些是超经济的剥削）的揭发，农民苦痛生活的申诉……这些歌，直接间接都是揭发剥削的。虽然由于时代的限制，他们还不可能产生斗争性更强的作品，但必须承认，暴露、怨诅和讽刺本身就含有反抗的意义，这部分作品，是应该被当作人民要求自由、平等的民主斗争的心声来看待的。"② 其二，歌谣的民主性与革命性首先表现在民众对封建统治阶级的武装和政权的态度上。封建统治阶级为了个人的或家族的利益驱赶成千上万的劳动人民去流血牺牲，给劳动人民带来无尽的灾难。那些反抗的民歌哀怨凄凉、悲愤激切，既沉痛地说明统治阶级犯下的罪恶，又包含了劳动人民的反抗情绪，如《孟姜女》《死路旁》等。其次表现在对战争的态度上。人民憎恨战争、反对战争，但他们也懂得必须用战争才能消灭战争。"当战争不是保护剥削阶级的利益，而是为了卫护人民利益的时候，人民对当兵的看法就改变，对战争的看法也改变，而歌唱的态度也随之改变了"。在中国共产党领导的革命根据地，革命战士利用歌谣发动群众，宣传抗战；而人民群众通过歌谣表达他们对战争的痛恨、对民主革命的拥护和赞赏。在严辰看来，歌谣，尤其是革命根据地的歌谣，更多地体现着民众的诉求和希望，体现着人民对生活的真实描绘和对理想的追求。他曾说："这不但是革命战争的胜利，不但是人民长久盼望，曾经在民歌里流露了民众精神的胜利，不但是人民全体的胜利，也是具有人民性的民歌的胜利"。③

何其芳认为歌谣内容的表现在于它的思想性。他说："农民在过去的社会里被剥夺了掌握文化知识的可能，就那样被束缚在地主的土地上或者他们自己的小片土地上，而他们对于现实的观察和理解竟达到如此清醒的

<hr />

① ② ③　严辰：《谈民歌》，《人民文学》1950 年第 2 卷第 2 期。

程度，创作出这样一些诗歌来，的确是十分值得珍视的"。① 这里所说的"值得珍视的诗歌"是指在旧社会封建道德规范和封建礼教的束缚和统治阶级的剥削和压迫下，劳动人民创作了反抗地主阶级剥削压迫和人们生活态度的歌谣。其一，关于农民阶级和地主阶级的矛盾，在民歌中有直接的表现。虽然这类歌谣的数量并不多，但在全国各地都流传着一些描绘雇农反抗的歌谣，如江西南昌的《长工歌》、福建长汀的《牧童歌》、陕北的《揽工调》。"这一类民歌中常用一些讽刺的语句，也是因为除非在'伟大的叛乱时代'，农民的愤怒很难直接发展为激烈的行动，就自然容易转化为尖锐的讽刺。""这些民歌都是旧社会的产物。这些民歌产生的时候，无产阶级运动还没有出现。因此，我们不要以为这是响着悲观绝望的音调。相反地，应该从这里面看到农民对当时现实的清醒的认识，并且感到他们的反抗的情绪和潜在的力量"。② 其二，劳动人民在民歌中对生活的态度和看法。如陕北秧歌片段《一月里来打过春》和《正月出来二月来》描写了农夫在地里劳动时嘲弄自己妻子的民歌。一个说自己的妻子不会做饭，一个说自己的妻子不会打扮；但劳动妇女的繁重劳作使她们无暇"细炒饭、巧打扮"。这类民歌旨在说明"在旧社会里，舒服的生活和漂亮的装饰都是只有有闲阶级才能获得"。再如陕北、山西和河北的小调《夸老婆》旨在说明劳动是衡量妇女的标准。尽管这些带有反抗意识和体现民众真谛的歌谣来自旧社会封建统治影响下的旧民歌，但是它们表现出了劳动人民的思想认识和政治觉悟，充分地体现了歌谣的价值和意义。

综上所述，我们可以看出，茅宗杰、严辰、何其芳等学者从歌谣所表现的思想内容方面进行分析，指出歌谣所具有的特性。歌谣是反映民众生活、抒发民众情感的工具，这体现了歌谣的人民性。歌谣又是民众揭露社会黑暗、控诉法西斯侵略罪行、争取民主、宣传革命的武器，这表现了歌谣的思想性、民主性和革命性。同时，歌谣还有对地方风俗习惯的记载和土地特产的描述，这说明了歌谣具有地方性。因此，歌谣是以反映民众生活和记载地方风土为主而创作和传唱的，具有思想性、民主性、革命性和地方性等特征。

---

①② 何其芳：《论民歌》，《人民文学》1950 年第 3 卷第 1 期。

四、结语

歌谣的起源研究一直是学界探讨的重点问题。在 20 世纪上半叶的歌谣研究中，学者们从歌谣功能和创作两个方面回答了歌谣的起源问题。从歌谣的功能方面看，对歌谣起源问题产生了两种观点：邵纯熙、茅宗杰等认为歌谣起源于人类内在情感的波动，而严辰则认为歌谣起源于人类日常的劳动活动。从歌谣创作方面看，朱自清认为歌谣起源于个人创作，而朱光潜则认为歌谣应该源于"二重创作"，即"个人草创，群众增减修改"。无论是从功能方面还是从创作方面看，他们关于歌谣起源问题的观点都有一定的道理，都是从歌谣本身出发对其起源进行探讨的。除此之外，他们还通过对歌谣内容的分析与归纳，概括出歌谣在内容表现上的特性：人民性、民主性、革命性和地方性。这些特性都是源于民众对现实生活的反映而表现在歌谣中的，具有一定的社会价值。

第二章

歌谣研究的实践论

歌谣研究是建立在歌谣材料的基础上的。没有歌谣材料的支撑，就无所谓歌谣理论的探讨和歌谣学学科机制的建构；而摒弃真实材料基础上的理论探究是伪命题，经不起实际的检验和历史的鉴证。因此，科学的方式是歌谣研究以歌谣材料为核心和基础，正所谓"研究歌谣就要以歌谣来论歌，不要拿你个人的鞋给大家来穿，不见得都能合适。这是武力统一的办法，我是不赞成的"。① 歌谣材料的获得需要歌谣爱好者和研究者到民间去、到底层民众的生活中去采集、调查和整理，即所谓"研究歌谣有三种手续是不能避免的：①采集；②辨明；③分类"。② 在具体的实践过程中，还会出现许多研究者无法回避的问题，如采集的方法和方式、歌谣材料整理中的分类问题。针对歌谣实践活动中的一系列问题，我们的先辈以自己的亲身体验提出了行之有效的解决方法。他们的实践经验和研究方法完善了歌谣学的学科建构机制，也为后世研究者提供了参考依据和研究思路，指明了研究方向和路径。

第一节　歌谣研究的收集问题

歌谣采集是歌谣研究中最基础、最核心、最重要的部分。没有歌谣采集活动的展开，就无法将歌谣研究进行深化、细化、实证化。中国是一个感情丰富、表达含蓄的国度，人们喜欢用歌将生活的现状、对自然宇宙的领悟、内心的喜怒哀乐表现出来。因此，我国自古以来就有"采风"习

---

① ②　邵纯熙、常惠：《歌谣分类问题》，《歌谣》（周刊）第 17 期，1923 年 5 月 6 日。

俗，保留了许多歌谣集。先秦时期的《诗经》是中国第一部影响深远的歌谣总集，是由周朝的史官们对流传于各诸侯国下层民众的歌谣进行收集汇编而成的。汉代设立乐府机构，定期派乐官对各地的民歌进行采集，从而形成了体现写实主义的乐府诗集。明代学者冯梦龙利用身份之便深入下层民众的生活中，搜集民歌而成《童痴一弄·挂枝儿》《童痴二弄·山歌》《夹竹桃顶真千家诗》。清代学者吴淇深入广西浔洲地区，"从粤西苗、猺、狼、獞人间收集歌谣数百篇，编成《粤风续九》"。[1] 然而，无论是政府官派的采集还是私人的收集，留给我们的仅是那些意义重大、影响深远的民歌材料，而没有在文献中记载他们的采风经历、所用方法以及所遇困境，因此后世辨伪、考订、研究那些歌谣较为困难。20 世纪 20 年代，在北京大学校长蔡元培的大力支持下，周作人、刘半农等学者发起收集全国近世歌谣的征集活动，他们从现代学科构建的角度出发，以科学的方法对歌谣征集提出明确的要求。这次征集活动不仅获得了大量的原始歌谣材料，而且歌谣收集者还用自身经历讲述了他们采集歌谣的经过、所用的方法和遭遇的困难。这些经验和心得为后世的歌谣收集提供了有效的参考依据。

一、歌谣采集中对象的选择

事物研究是以事物为对象，涉及研究对象的属性、范围、内容、种类、类型等。明确的研究对象能够推动事物研究的进程，加快事物研究的速度，挖掘事物研究的深度。就歌谣而言，歌谣研究是以歌谣材料为依托，而大量歌谣材料的获得需要歌谣研究者或爱好者的收集与整理。歌谣属于底层民众的口头文学，反映底层民众的喜怒哀乐。然而，口头文学不仅包括歌谣，还包括其他的文学类型，如弹词、小调、说唱、谜语等。因此，歌谣收集者必须对歌谣本身有清晰的认识，并能够做出明确的选择。在具体的歌谣收集过程中，采集人不仅对歌谣有比较准确的判断，而且还要对采集时间、地点以及被采访者做出适当的选择，从而保障歌谣收集的顺利完成。在现代歌谣学发展的初期，我们的前辈们以自身的经历，通过分析和总结，探索出歌谣收集中对象选择的重要性和选择对象的必然性。

---

① 叶德均：《清代歌谣的采集》，《新青年》1934 年第 6 卷第 4 期。

（一）歌谣范围的界定

在歌谣收集中，采集者对歌谣的范围应该有一定的认识和判断，从而更好地完成歌谣的收集工作。通常，歌谣范围的确定分为歌谣属性的确定和歌谣内容的判断。首先，对歌谣属性的认识。从特征上看，歌谣最明显地表现为语言的口语化。它属于底层民众描绘生活、抒发情感的口头文学。然而口头文学不仅包括情感丰富的歌谣，还包括流传于底层民众中的其他文学体裁，如"散文的口头叙事文学，包括神话、传说和各种民间故事""韵文类的民间诗歌、谜语、谚语""综合叙事、抒情、歌舞，具有较大表演成分的民间说唱、民间戏曲"。① 所以，在口头文学中，有些韵文类的口头文学与歌谣极为相似，如长篇叙事诗《孔雀东南飞》《格萨尔大王传》等。除此之外，还有一些歌谣类似于古典的文人诗词，"唐朝以来的七言绝句体最初是从民间的歌谣来的。从现在已收集的歌谣来看，我们可以知道这个七言绝句体（四句，每句七字，第一句、第二句、第四句押韵）至今还是西南各省民歌的最普遍体裁""山歌的组织和节奏都还是用七言绝句体做基本的。所以我们可以说：四川、云南、贵州、广西、广东、福建的武夷山、苏州的歌谣的最普遍的形式是七言四句的'山歌'体裁"。② 顾颉刚在《吴歈集录的序》中写道："苏州的唱歌种类，约计之，有昆曲、皮黄、梆子、弹词、打诨头、摊簧、宣卷、扬州调、东乡调、说因果、女说旧书、五更调、小热昏、百弗得、打连镶、奶奶小姐所唱的歌、乡村女仔所唱的歌、农工及流氓灯男子所唱的歌、儿童在家里唱的歌、儿童在学校里唱的歌"，共计二十种，而真正属于歌谣的只有"儿童在家里唱的歌、乡村女子所唱的歌、奶奶小姐们所唱的歌、农工流氓灯所唱的歌、杂歌"。③ 因此，对于歌谣属性的认识有利于采集者在收集过程中做出一定的判断，以保障歌谣收集工作不因其他口头文学体裁的影响而偏离。

其次，歌谣收集内容的选择。民间歌谣数量庞大，内容丰富，体现了底层民众千姿百态的生活。从理论层面讲，各种类型的歌谣都应该属于歌

---

① 钟敬文：《民俗学概论》，上海文艺出版社 1998 年版，第 241 页。
② 胡适：《全国歌谣调查的建议》，《歌谣》（周刊）第 3 卷第 1 期，1937 年 4 月 3 日。
③ 顾颉刚：《吴歈集录的序》，《晨报》1920 年 1 月 3 日。

谣收集的范围；而实际上，由于歌谣反映生活的现实性，歌谣收集者在采集歌谣的过程中还存在一定的疑虑。刘半农、周作人等在制定《征集全国近世歌谣简章》时明确地提出歌谣收集的标准：

> 入选之歌谣当具备左列各项资格之一：
> （1）有关一地方一社会或一时代之人情风俗政教沿革者；
> （2）寓意深远有类格言者；
> （3）征夫野老游女怨妇之辞不涉及淫亵而自然成趣者；
> （4）童谣谶语似解非解而有天然之神韵者①。

后来在发行《歌谣》周刊时，他们对《征集全国近世歌谣简章》进行了修订，其中最明显地表现在对歌谣收集标准的修改："歌谣性质并无限制，当一并录寄，不必先由寄稿者加以甄择"。② 而且还在《发刊词》中特别指出："我们希望投稿者自己不要加以甄别，尽量的录寄。"③ 以后有关歌谣性质或歌谣收集范围的问题，都是以修订后歌谣收集标准为标准。

王显恩在《中国民间文艺》一书中曾说："写实的故事固然好，荒唐的神话也好；美妙的情歌固然好，粗鄙的童谣也好；民间识字人做的固然好，乞丐和走江湖的做的也好；可以当文学作品读的固然好，可以作民俗材料研究的也未使不好……故不论其内容和形象，作者和价值，都在被搜集之列。"④

抗战时期延安民歌社在收集民歌时也指出，"歌谣也是一种客观（历史和社会的）的存在，不能以个人的好恶作取舍标准"。⑤

因此，我们可以将当时歌谣的收集范围和标准归纳为：以学术研究为目的和出发点，不采非歌谣。

（二）时间和地点的确定

所谓"时间的确定"是针对被采访者而言的，因为底层民众的时间是

---

① 《北京大学征集全国近世歌谣简章》，《太平洋》1917 年第 1 卷第 10 期。
② 《北京大学歌谣研究会征集全国近世歌谣简章》，《北京大学》（日刊）1922 年第 1124 期。
③ 周作人：《歌谣周刊·发刊词》，《歌谣》（周刊）第 1 期第 1 版，1922 年 12 月 17 日。
④ 王显恩：《中国民间文艺》，上海文艺出版社 1992 年版，第 262 页。
⑤ 民歌社：《怎样收集民歌》，《文艺信箱》1947 年第 8 期。

依照四时节令的变化而进行调整的，并不是随意地将时间掌控在自己的手上。中国自古以来就是以农业为主的国家，底层民众多是以农耕为主，以其他行业为辅，按照四时节令的变化不断地调整自己的工作，使其"不废其时"，又能够做到张弛有度，从而达到调节身心的目的。作为一名歌谣收集者，也同样应该熟悉四时节令的变化与农耕的关系，依此确定底层民众的农闲时段以作为采集的选定时间，从而能够收集到更多的歌谣材料。针对"什么时候才能收集到更多歌谣"的时间问题，江鼎伊认为："①逢着月夜时采集，"因为"月夜，人们多喜玩月，孩子也喜玩月。于月白风清之夜，每每引起高人雅士的诗思来，但孩子也有他们的童谣兴来，唱童谣的唱童谣，盘诗的盘诗""这都是我们采集童谣的天假之缘"。"②逢着节气时采集"，因为"一年之中，自然有好多的节气，一节气都有一节气的童谣，如祭灶时有祭灶之歌；上元时有欢灯之歌。于时令的当中，触物歌唱，我们采集，更觉容易"。"③逢着婚嫁丧葬时采集"，[1] 因为婚嫁中有哭嫁歌、酬谢歌，上轿歌、对答歌、进门歌、撒帐歌等；丧葬中有哭丧歌、哀悼歌等。除了上面提到的常规性时间外，作为一名歌谣收集者，还应该根据实际情况及时地调整采集时间。何植三曾写道："去年冬季因事回到故乡，极想趁机收集一些，可是故乡土匪闹得很凶，人心惶惶，一般民众终日谈的是木壳枪的用法和火药的制造法；你去请求他们，他们就把你当作怪人和不识时务的傻子看，那些小孩子，也受到了大人的影响，不曾唱首有趣的"；[2] 而他有一天在村前散步时从一个抱着婴孩的女孩那记录了一段儿歌。因此，歌谣收集是漫长而艰巨的工作，歌谣收集者应该时刻保持警惕，随时记录所听到的来自底层民众的歌谣。

　　所谓"地点的确定"是指歌谣收集者要明确采集歌谣的地点，而且地点必须是具体的。有人认为，采集歌谣的地点是不确定的，或是山涧的小路上或是河道的行船上。作为歌谣收集过程中的一个环节，除了那些偶然的因素外，歌谣搜集的计划中对采集地点的选择有着比较明确的说明，以保障歌谣收集能够达到预期目的。歌谣收集者的首选地点往往是自己比较熟悉的地方，通常指自己的故乡。这样的地点对于歌谣收集者来说比较便利，因为有歌谣收集者熟悉的环境、熟悉的民众和听得懂的语言。顾颉刚

　① 江鼎伊：《我与童谣的过去和将来》，《歌谣》（周刊）第 95 期，1925 年 6 月 14 日。
　② 何植三：《搜集歌谣的困难》，《歌谣》（周刊）第 29 期，1923 年 10 月 21 日。

在谈到《吴歌甲集》的收集经历时曾说："从我家小孩子口中收集起，又渐渐推至邻家的孩子，以及教导孩子唱歌的老妈子。我的祖母幼年时也有唱熟的歌，在太平天国占了苏州后又曾避至无锡一带的乡间，记得几首乡间的歌谣，我都抄了，我的朋友叶圣陶、潘介泉、将中川、郭绍虞诸先生知道我正在收集歌谣，也各把他们自己知道的写给我。"① 白启明在接受采集歌谣的方法时提道："虽然各地方的歌谣极富，仅靠个人的热心努力，在暑假或寒假的时期回到家乡爬罗之访辑之，则所得究属有限。"② 江鼎伊也提出："就地采集，即童谣一地有一地的不同，一乡有一乡的不同，我更觉得一乡之中，乡头与乡尾也有不同，其至一个孩子所唱的和他的邻舍的孩子所唱的也有不同，这样看来，必须就地采集，也许可以尽量搜罗。"③ 除此之外，歌谣爱好者利用外出的机会可以沿途采集歌谣。刘兆吉在《西南采风录·序》中提出他参加了由长沙到昆明的西南旅行团并被编入民间歌谣采集组，"由长沙至昆明，三千三百华里的徒步旅行，路过的大小城池近三十个，所过村镇不可胜计，为期两个月，沿途与民众接近机会很多。以前既有采集民歌的志趣，当然不肯辜负了这个良好的机会"。④ 乐嗣炳在"由广州到桂林，经过珠江下游及桂江两岸"⑤ 时，沿途或乘船或坐轿，既领略了岭南的风俗，又采集了沿途的民歌，如船歌、劳动歌、男女对歌等，收集了一批反映岭南文学的歌谣材料。因此，从个人的角度看，歌谣收集者的首选地点应该是自己比较熟悉的家乡，从歌谣爱好的角度看，也可以利用外出的机会进行异地收集，但必须经过后期的整理，比如方言词的标注、特定名称的注释等。

（三）被采访者的选定

根据当时歌谣收集者亲身经历的记载，可以看出并不是人人都可以成为优秀的歌唱者。由于性别、年龄、职业的不同，他们表现出参差不齐的歌谣才能。根据实践调查的结果，能够成为歌谣采风对象的有以下三类。

---

① 顾颉刚：《吴歈集录的序》，《晨报》1920 年 1 月 3 日，转录《歌谣》（周刊）第 15 期，1923 年 4 月 23 日。
② 白启明：《采辑歌谣的一个经济方法》，《歌谣》（周刊）第 34 期，1923 年 11 月 25 日。
③ 江鼎伊：《我与童谣的过去和将来》，《歌谣》（周刊）第 95 期，1925 年 6 月 14 日。
④ 刘兆吉：《西南采风录·序》，东方文化书局 1970 年版，第 3 页。
⑤ 乐嗣炳：《桂江两岸的歌谣风俗》，《微音月刊》1931 年第 1 卷第 2 期。

一是女性。中国女性同胞由于其特殊的经历和不幸的遭遇，在她们的脑中保存着大量的歌谣，或是对美好爱情的向往，或是对家庭婚姻的不满，或是对人生遭遇的控诉，或是单纯的育儿歌，她们成为民间歌谣传唱的主力军。正如黄朴所说："乡间歌谣的'大师'，不是文人学士，也不是小孩，是成年的女子或妇人。"[1] 刘经庵曾说："歌谣是平民文学的极好的材料，这话任谁亦不能否认的；但这样的材料，是谁造就的？据我自己的观察，妇女的贡献，占有一半。"[2] 叶镜铭在总结其歌谣收集经验时也曾说："母亲还健在，她并不认字，但因为记忆力特别强，在她脑子里，却藏蓄着不少民间文学的资料，单只歌谣一项，经我陆续记下来的就有了百余首（前赠启明先生百卅余首，出我母亲之口者十之八）。"[3] 因此，女性尤其是成年女子或已婚年轻妇人，成为歌谣收集者的重点采访对象。

二是儿童，儿童是人类的第一个阶段，从诞生起就伴随着歌谣。歌谣在这个阶段发挥着重要的作用。儿童通过模仿歌谣学会说话，学会娱乐。因此，儿童的世界里也保存着许多歌谣，如游戏歌、数字歌等，从而成为歌谣收集者的另一个采风对象。顾颉刚在谈到《吴歌甲集》的收集经历时曾说："从我家小孩子口中收集起，又渐渐推至邻家的孩子，以及教导孩子唱歌的老妈子。"[4] 江鼎伊在《我与童谣的过去和将来》一文中也曾提出："由国民学校学生口中采集"和"由夏令儿童义务学校采集"。[5]

三是特定的职业者。由于所从事职业的不同，在每个行业的内部都流传着一些属于本行业而又略带神秘的歌谣。这些歌谣记载着某个行业内的真实情况，也反映着从业者的态度，体现着他们的情感和意愿。因此，这些特定的职业者也成为歌谣收集的对象。如乞丐，常惠曾说："还有一天，一个要饭的在门外唱，我就把他请进来，倒闹得他立坐不安了。但他着实给了我不少的材料"。[6] 如船夫，江鼎伊提出："由船夫船妇口中采集"。[7] 刘半农在由江阴北上的途中，就向船夫采集了20首吴歌民歌。亲身实践，

① 黄朴：《歌谣谈》，《歌谣》（周刊）第33期，1923年11月18日。

② 刘经庵：《歌谣与妇女》，《歌谣》（周刊）第30期，1923年10月28日。

③ 叶镜铭：《我也谈谈搜集歌谣的经过》，《歌谣》（周刊）第3卷第8期，1937年5月22日。

④ 顾颉刚：《吴歈集录的序》，《晨报》1920年1月3日，转录《歌谣》（周刊）第15期，1923年4月23日。

⑤⑦ 江鼎伊：《我与童谣的过去和将来》，《歌谣》（周刊）第95期，1925年6月14日。

⑥ 常惠：《我们为什么要研究歌谣》，《歌谣》（周刊）第2期，1922年12月24日。

忠实记录；后来就编辑成歌谣集《江阴船歌》。这本书"分量虽小，却是中国民歌的学术的采集上第一次的成绩"。[①] 如行商者，王森然提道："我在陕西收集的歌谣，仍然很多；因为一方面从民间直接的收集，不是学生——一方面从土匪占据的山谷里收集，材料当然宝贵了，成功就比较迟慢些。榆林是往内蒙古、河套、新疆、甘肃去的大道，最使我喜欢的事，就是有许多商人，给我提供热心的帮助，从各方面收集这种久不出世的神秘的歌谣。还有几位朋友，到青海西藏去，我也托他代为收集了。"[②]

二、歌谣收集的方法和方式

研究方法的采用决定着事物研究的方向，为事物发展指明道路；而方式的运用影响着事物研究的成败与深浅。因此，方法与方式的选择在宏观和微观方面保障事物研究的顺利进行，从而达到既定目标。同样，歌谣收集有赖于收集方法的指导和搜集方式的运用。只有歌谣收集者在进行采集活动时使用正确的收集方法，运用适当的采集方法，才能够最大限度地收集歌谣材料，从而完成歌谣收集活动。

(一) 歌谣收集的方法

歌谣采风习俗可以追溯到先秦时的周朝，而具有现代学科意义的歌谣搜集方法却是由 20 世纪初歌谣研究者通过实践而归纳出来的。正如常惠所说，"征求歌谣的方法，从前是没有成规的。经我们多数同志费尽了心思，把所有的方法一样一样的尝试过来，最后才觉得有一个比较好一点的方法"。[③] 因此，这一时期的歌谣收集方法具有很强的科学性和可操作性。

综观这一时期的歌谣收集方法，我们发现它们都是来源于《北京大学征集全国近世歌谣简章》。1918 年，北京大学在《北京大学日刊》上发布了《征集全国近世歌谣简章》，其第二条为："其材料之征集用左列二法：一是本校职教员学生，各就闻见所及，自行搜集。二是嘱托各省官厅，转嘱各县学校或教育团体代为收集。"[④] 后来，在《歌谣》周刊发行之时，周

---

① 周作人：《中国民歌的价值》，《学艺杂志》第 1 卷第 2 期，1919 年 9 月 1 日。
② 王森然：《致常维钧先生的信》，《歌谣》(周刊) 第 87 期，1925 年 4 月 19 日。
③ 常惠：《一年的回顾》，《歌谣》周刊纪念增刊，1923 年 12 月 17 日。
④ 《北京大学征集全国近世歌谣简章》，《太平洋》1917 年第 1 卷第 10 期。

作人、常惠、沈兼士等人对《征集全国近世歌谣简章》进行修订，其中根据实际清楚对歌谣收集方法进行了修改：

> 其材料之征集用左列三法：
> 一是本校职教员学生，各就闻见所及，自行搜集
> 二是嘱托各省官厅，转嘱各县学校或教育团体代为搜集
> 三是如有私人搜集寄示，不拘多少，均所欢迎①

常惠在回顾《歌谣》周刊创刊一年来的成就时，将歌谣收集方法概括为三种："凭借官厅的文书""专恃个人的力量""委托中小学校的教员向学生征集"；并指出："第一法不可靠，第二法虽有困难而收效还算可以，第三法最经济"。② 十多年后，魏建功在《歌谣采辑十五年的回顾》一文中肯定了常惠所归纳的三种搜集方法，并重新对这三种搜集方法的效果进行解释，指出："从现在的社会风气看第一项却也渐渐自己成长，因为民教运动的机构能够注意它了。回顾从前的歌谣收集现象倒是我们这总汇处所的采辑方法有些困难。"③ 概括起来，这一时期的歌谣搜集方法可以分为直接方法和间接方法。

直接方法就是本人亲自到民间去——专恃个人的力量。这种方法"虽有困难而收效还算可以"，而且还是当时乃至现代歌谣收集的主要方法，许多采集者都是亲自参与歌谣采集活动，取得了很大的收获。常惠曾说："还有一天，一个要饭的在门外唱，我就把他请进来，倒闹得他立坐不安了。但他着实给了我不少的材料"。④ 顾颉刚在谈到《吴歌甲集》的收集经历时曾说："从我家小孩子口中搜集起，又渐渐推至邻家的孩子，以及教导孩子唱歌的老妈子。我的祖母幼年时也有唱熟的歌，在太平天国占了苏州后又曾避至无锡一带的乡间，记得几首乡间的歌谣，我都抄了。"⑤ 邵纯熙在谈到采集歌谣经过时也曾说："待暑假回家，我就在家中先收集起来，

---

① 《北京大学歌谣研究会征集全国近世歌谣简章》，《北京大学日刊》1922年第1124期。
② 常惠：《一年的回顾》，《歌谣》（周刊）纪念增刊，1923年12月17日。
③ 魏建功：《歌谣采辑十五年的回顾》，《歌谣》（周刊）第3卷第1期，1937年4月3日。
④ 常惠：《我们为什么要研究歌谣》，《歌谣》（周刊）第2期，1922年12月24日。
⑤ 顾颉刚：《吴歈集录的序》，《晨报》1920年1月3日，转录《歌谣》（周刊）第15期，1923年4月23日。

晚上无事的时候，大家都围着灯火坐着，我命我的妹妻等唱几首，我一方面听他们念，一方面写……此后常招呼几个小孩，到柳树堤上，或是绿草场中，叫他们唱歌，唱出来，也记写下来。"① 刘兆吉的《西南采风录》就是他参加西南旅行团后沿途采集歌谣而汇编成的，"在中国民间文学的学术史上，的确不愧是一个直接从老百姓口头采风的典范"；② 朱自清曾评价："他（刘兆吉）以一个人的力量来作采风的工作，可以说的前无古人"。③

间接方法是从搜集者收集手续上看的，其实也是直接搜集的，只不过不是亲自到民间去而是由其他机构或个人代为收集，即"凭借官厅的文书"和"委托中小学校的教员向学生征集"。从中国历史的发展看，"凭借官厅的文书"应该是一种行之有效的方法。因为发放官厅文书是一种政府行为，是通过国家的统治力量，利用行政手段进行的。然而，当时的士大夫或乡村的上层阶级对于民间歌谣存在很大的偏见和歧视，认为歌谣是"淫词浪语"，有伤风化。因此这种方法"是不可靠的"，因为歌谣"常被地方官禁阻，故欲求各行政官厅或各劝学所征集，那是完全无效的。他们或许以为贵会（北大歌谣研究会）是害了神经病呢。"④ 虽然这种方法在后来歌谣搜集中的地位有所改变，"从现在的社会风气看第一项却也渐渐自己成长，因为民教运动的机构能够注意它了"⑤，但是人们对民间歌谣的认识还是存在一定的距离。尽管这种方法在当时有些不可取，但是通过官方的行政力量发布征集歌谣的通知和简章可以扩大歌谣的影响力和知名度。尽管当时有些文人雅士并不认同歌谣的文学地位，但是他们也不得不重视歌谣的存在及其影响力。正如 Tsertshii Lieu 所说，"这法（凭借官厅的文书）本来不生多大影响，诸位也曾所过；但至少可使他们生一种'研究歌谣是正大的事'的印象，较少阻力；或竟因功令所在，不敢或不便反对"。⑥

白启明曾指出，"委托中小学校的教员向学生征集"是采集歌谣的一

---

① 邵纯熙：《我之采集歌谣的兴起和经过及本刊将来的希望》，《歌谣》（周刊）纪念周刊，1923 年 12 月 17 日。
② 刘锡诚：《20 世纪中国民间文学学术史》，河南大学出版社 2006 年版，第 429 页。
③ 朱自清：《西南采风录·序》，商务印书馆 1946 年版。
④ 张四维：《歌谣的采集》，《歌谣》（周刊）第 5 期，1923 年 1 月 14 日。
⑤ 魏建功：《歌谣采辑十五年的回顾》，《歌谣》（周刊）第 3 卷第 1 期，1937 年 4 月 3 日。
⑥ Tsertshii Lieu：《再论歌谣采集的方面》，《歌谣》（周刊）第 65 期，1924 年 10 月 26 日。

个经济方法。他说："虽然各地方的歌谣极富，仅靠个人的热心努力，在暑假或寒假的事情内回家乡爬罗之访辑之，则所得研究属有限，那么我们为广搜计，就不得不找个手续简单而收效却普遍的经济方法了，这个方法，说起来亦很平常，就是各中小学的同志的教员先生们，出以热心，继以毅力，向全体学生要求他们每人最低限度缴歌谣十首。若十首以上或数十首或百余首，那更越多越好了。果试之，其美满效果，可操左券以待。"他认为这种方法是一种行之有效的方法。因为"王森然行之，竟得了八百首，杨一峰行之，也有很好的成就，我同我的朋友赵健平先生行之，亦得四五百首，且日日增加而未有已"。① 邵纯熙也说："后来我另换一种方法，来采集歌谣。就是托我的朋友，在小学校教书的，请他于上课的时候，叫小学生写出自己知道的歌谣，算是一种国学成绩……托他（其在工业学校的当教员的弟弟）向学生们征求歌谣，也收到十余首。"② 因此，常惠评价说："唯有第三个方法是最经济的。我们希望今后除了个人尽量采访之外，还要有大多数的中小学校教员和先生，来同我们合作着学术上最有价值的事业！"③ 尽管这种方法是最经济的、最有效的，但在实施的过程中需要人们对歌谣的价值有一定的了解和认识，尤其是那些从事中小学教育的教育先生们。Tsertshii Lieu 在总结其收集经验时提到，他在一所小学当教员，利用"委托中小学校的教员向学生征集"方法向学生征集歌谣，结果不仅没有收集到歌谣，而且还因为这件事受到校长的批评而失去工作。因此，他提出，一是通过政府行为转发歌谣征集的通知，"使他们生一种'研究歌谣是正大的事'的印象，较少阻力；或竟因功令所在，不敢或不便反对"；二是将《歌谣》周刊"直接寄送各省县机关，给他们阅读"，增加他们对歌谣的认识，以扩大歌谣的影响力，从而"把校长的顽固化除，引起教员兴味。……那么，白先生（白启明）妙法方可实施"。④

还有一种间接的方法，就是对别人曾搜集的歌谣进行收集。这种方法在当时歌谣收集中也起到很大的作用。刘兆吉在《西南采风录·序》写到："收集当地印行的歌谣本及钞本"也是采集歌谣的一种方法，因为他

① 白启明：《采辑歌谣的一个经济方法》，《歌谣》（周刊）第 34 期，1923 年 11 月 25 日。

② 邵纯熙：《我之采集歌谣的兴起和经过及本刊将来的希望》，《歌谣》（周刊）纪念周刊，1923 年 12 月 17 日。

③ 常惠：《一年的回顾》，《歌谣》（周刊）纪念增刊，1923 年 12 月 17 日。

④ Tsertshii Lieu：《再论歌谣采集的方面》，《歌谣》（周刊）第 65 期，1924 年 10 月 26 日。

在湘西桃源买到当地非常畅销的一本茶山歌,文字浅显,音调和谐简单,易懂易唱;又收集到当地"农民工作之暇,收集了许多山歌小曲,记录在一块"① 而成的钞本。这些歌谣本及钞本成为他收集歌谣的一种途径,也是我们收集歌谣时应该注意的一种方法。

(二) 歌谣收集的方式

方法是歌谣收集的方向,而方式则是歌谣搜集中的关键。它决定着歌谣收集活动成败,决定着在具体的实施过程中采用什么手段,从而保障歌谣收集活动的顺利完成。在具体的实践过程中,歌谣收集者主要采用了以下两种方式:

一是诱导式,即根据不同的年龄和心理需求,提供不同的东西而满足他们不同的喜好,从而达到采集歌谣的目的。这种方式在当时的歌谣采集中发挥了巨大的作用,其效果非常显著。当时许多歌谣收集者都采用了这种方式,如王德周在来信中说:"得信后,白天买些糖果,约些小孩到花园里来,他们在唱,我在写;晚上略备烟茶,请些唱秧歌的人来,他们一面说,一面唱,我一面听,一面记。七日而成稿,四日胆清。"② 韦大卫在《北京的歌谣序》中写道,他收集北京的歌谣是从他的先生开始的,他的先生之所以能够答应为其收集歌谣不是因为他的先生认识到歌谣的价值而是因为收集歌谣可以从中得到钱财,"我要公平地说,他的约他也实践了,洋钱他也收。可是等他搜集约有四十来首的时候,他的存货也就尽了,我也就只得去找别的帮助"。③ 刘枝在对歌谣与民间故事进行比较时曾说:"歌谣可以拿支笔求认识的妇女们唱一个,用糖果饼干哄着儿童们唱一个,或怂恿着儿童游戏从中听一个"。④

二是参与式,即让自己化身为歌谣演唱中的一员,亲身参与到歌唱活动中,通过与他人的合唱或对唱等形式,消除人们的疑虑,从而忠实地记录卜歌谣。这种方式也可以到达收集歌谣的目的,而且在当时的确也发挥

---

① 刘兆吉:《西南采风录·序》,东方文化书局1970年版,第4页。
② 张四维:《张四维来信》,《歌谣》(周刊) 第11期,1923年3月25日。
③ 韦大卫:《北京的歌谣序》,《歌谣》(周刊) 第20期,1923年5月27日。
④ 刘枝:《关于搜集民间故事的一点小小意见》,《歌谣》(周刊) 第54期,1924年5月11日。

了一定的作用。如刘达九提出"采集歌谣的人，须化身为唱歌谣的人"①的观点，因此他在收集歌谣的时候就是通过与人对唱方式，以歌换歌，引起他人的注意，从而搜集许多情歌和山歌。延安民歌社在民歌收集方式上也提出收集人应该学会歌谣小调，因为"如果是学生在暑假里回到家乡去，当夏天夜晚，趁稻场上乘凉唱歌起来，自然而然就会有许多人跟着和唱，等到唱开场，精彩的作品也便可集录下来。所以有人主张收集民歌的人自己先得学会唱，收集民间故事的人最好自己能讲故事。尚一时不会，只好请邻舍亲戚一类的人，请他们教唱。"② 马荫稳曾说："我是从各种不同的场合里采到各种不同类的歌谣"；③ 收集山歌时，和他们一起山上采柴，跟他们学唱歌，并以记性不好为理由记录歌词以打消他们的顾虑；收集劳动歌时，和他们一起劳动，跟他们唱歌，并以同样的理由记录歌词；收集诉苦歌时，先以挚诚和热爱与他们建立良好的基础，再用同样的方法记录歌词。

三、歌谣收集中的困难

在中国，歌谣采集是既古老又现代的活动。其古老表现在中国自西周时就已开始了采集歌谣的活动；其现代则表现为以现代学术研究为目的，以科学为着眼点，进行歌谣收集活动。20 世纪初期是国人思想剧烈涌动的时期，新旧文化的碰撞加剧了国人思想认识的矛盾冲突，遗老故旧的传统文化与青年学者的现代文明成为当时矛盾冲突的主体。这种文化冲突现象给歌谣搜集带来了一定的困难。而经济的不景气、社会的动荡也加重了歌谣搜集的难度。鉴于此，歌谣收集的困难主要集中在人们的思想观念和社会客观因素两个方面。

（一）思想观念方面

思想观念或思想认识是当时歌谣搜集者在采集过程中所遇到的最大的困难，也是最难克服的问题，因为这种片面的认识或错误的观念来自人们

---

① 刘达九：《从采集歌谣得来的经验和佛偈子的介绍》，《歌谣》（周刊）纪念增刊，1923 年12 月 17 日。

② 民歌社：《怎样收集民歌》，《文艺信箱》1947 年第 8 期。

③ 马荫稳：《采集民间歌谣的初步经验》，《文艺生活》1950 年第 6 期。

的脊髓，是他们一代又一代人受社会影响而长期积累的结果。这种片面认识或错误观念主要表现在两个方面。

首先，对歌谣本身的错误认识。中国采集歌谣的习俗源于西周时期，其目的是"观风俗，知民事"。这种采集歌谣的习俗成为当时统治者了解国家大事的一种手段，同样民间歌谣在当时也享有很高的地位。然而，两千多年的历史文化发展，文学体裁已经走向成熟。歌谣被彻底地游离于主流文学之外，成为文人雅士的批判对象、地方官禁阻的对象，民间歌谣承载着自娱自乐的活动以至于"不为外人道也"。普通民众不理解歌谣的价值，以至于将歌谣搜集者认为是疯子或有病者。常惠曾说："我到家去访问歌谣，有的说我是孩子气，有的说我是疯子。只有我的侄儿还肯给我唱了许多，这实是我极大的兴起。"[1] 何植三也说："你去请教他们（底层民众），他们就把你当作怪人或不识时务的疯子看"。许竹贞在谈歌谣研究方法时曾提道："我那天去问我们昆明几首方言的意思，那老族长就人发雷霆的教训我，叫我有这点时间——你去拜望我吃斋念佛的你婶……我是抱着正大光明的宗旨，所以同他辩驳一阵，他反说我是疯了"。[2] 歌谣也成为地方官禁止的对象，在张四维和常惠来往的书信中，他们曾这样描述："这种'秧歌'常被地方官禁阻，故欲求各行政官厅或各劝学所征集，那是完全无望的。他们或许以为贵会是害了神经病""再者你说'秧歌'常被地方官禁阻；但是岂止'秧歌'呢，一切的民间的歌词，都受他们的戕贼，到处如是，也不只国内，连外国的政府也要禁止的。他们总是借口于'妖言惑众'或'淫词浪语'，我们实在恨文明进步阻碍歌谣的发展。"[3] 在国外，统治者对于歌谣也是采取同样的手段，有时候甚至更残酷。"在英国，伊丽莎白女王简直禁止他们（底层民众）唱，把他们列在乞丐棍徒之列。"[4]

其次，对女性地位认识的缺失。在封建道德观念的束缚下，中国妇女遵循着"在家从父，出嫁从夫，夫死从子"的三从四德，其社会地位非常低，没有任何自由可言，甚至是被当做传宗接代的工具。特殊的生活经历和不幸的社会遭遇成就了她们民间歌谣传唱主体的地位。她们通过歌唱来

---

[1]　常惠：《我们为什么要研究歌谣》，《歌谣》（周刊）第 2 期，1922 年 12 月 24 日。
[2]　许竹贞：《我今后研究歌谣的方法》，《歌谣》（周刊）第 42 期，1924 年 1 月 20 日。
[3]　张四维、常惠：《歌谣的采集及答复》，《歌谣》（周刊）第 5 期，1923 年 1 月 14 日。
[4]　家斌译：《歌谣的特质》，《歌谣》（周刊）第 23 期，1923 年 6 月 17 日。

表达家庭婚姻的不幸，对美好理想的追求。刘经庵在《歌谣与妇女》的绪论中说："歌谣是民众文艺极好的材料，但这样的材料是谁造成的？据作者观察，多半由于妇女们造成的。——平民文学，妇女的贡献，要占一半。"① 旧礼教的束缚带来男女之间的隔阂，"男女授受不亲"的思想给歌谣搜集者带来一定的困难，使得许多歌谣都淹没在历史的洪流中。黄朴在谈论歌谣搜集曾写道："我的十二岁的小弟弟常对我说：'寿山的媳妇多会唱歌'。我对他说：'这个只好你去请她唱'。因为在乡间年青男女对话吗，已足诱起蜚语，何况一个叫一个唱歌呢？我的弟弟不肯去，我又没有偶然听她唱，结果是许多新歌关在新娘肚里。"② 刘兆吉在《西南采风录·序》中也说："我认为这话有相对的道理。就个人所采到的歌谣中，也有很多是妇女的口气，所以采集民歌这个工作，只是访问男子是不够的，因为还有许多很好的歌谣被妇女记忆着，吟咏着，但在旧礼教的束缚之下，虽然有这样的打算，而没有这样的勇气，眼巴巴地走完了三千三百多华里。这种念头也无时无刻不在脑中盘旋，心有余而力不足，丢掉了千千百百的机会，因为文化越不开通的地方，男女关系越隔膜。一般妇女乍逢我们这些异言异服的外乡人，简直像怪物一样的看待。"③

（二）社会环境的因素

社会环境不是影响歌谣采集的主要因素，但是我们也不否认国家安宁、社会稳定以及交通发达的确会给歌谣收集带来一定的便利；反之则不利于歌谣采集的进行。回顾 20 世纪上半叶，中国的社会现状不堪目睹。战争连绵不断，整个中国几乎都处于战火之中；饥荒让人们远离故乡，流离失所；土匪强盗成灾，民众的生命得不到任何保障；加之交通不便，教育普及没有展开，这些不稳定的社会现象不仅阻碍了歌谣采集，而且在一定程度上还加剧了歌谣采集的难度和危险。北大歌谣研究会给俄国伊凤阁的回信中就曾谈道："近一年来虽能因此采得许多歌谣，但还觉力量甚小，而且即在中国本部稍微偏僻的省份尚未能收集，目下因教育交通多未发达故有这些窒碍，以后还想设法征求，关于中国以外各处的歌谣故事书籍，

---

① 刘经庵：《歌谣与妇女》，《歌谣》（周刊）第 30 期，1923 年 10 月 28 日。
② 黄朴：《歌谣谈》，《歌谣》（周刊）第 33 期，1923 年 11 月 18 日。
③ 刘兆吉：《西南采风录·序》，东方文化书局 1970 年版，第 7 页。

将来亦要购求以供比较研究之用"。而白启明 1923 年在《采辑歌谣的一个经济方法》中直说："现下我们的国家，成天闹个不休。许多大政尚且搁在脑后，哪里能有青眼，顾盼到这个闲事情。"① 这才引起他提倡"中小学校的教员向学生征集歌谣"的方法，从而减少不必要的损失和伤亡。因此，我们可以说社会环境因素在一定程度上也能够影响歌谣收集活动的进行。

四、结语

歌谣搜集是歌谣研究的基础，也是一项实践性特别强的活动。自 1918 年北京大学在校长蔡元培先生的支持下发起歌谣征集活动以来，不同身份、不同学术背景的有志之士积极地响应，纷纷加入歌谣搜集活动中。他们利用一切条件来搜集全国各地的民间歌谣，并在收集过程中不断地总结经验、探索方法。在歌谣收集对象上，他们明确地提出了歌谣的范围、采集歌谣的时间和地点及其被采访者。在歌谣收集的方法和方式上，他们总结了"凭借官厅的文书""专恃个人的力量""委托中小学校的教员向学生征集"的三种方法和"诱导式""参与式"的两种方式。同时，他们还就歌谣采集中的困难给出明确的指示。可以说，20 世纪上半叶的歌谣搜集活动是初级的，是不系统的，是以个人采集为中心的。但是，这些经验、方法和心得对于歌谣研究者而言是一笔宝贵的财富，它为后世的歌谣搜集，乃至民俗学、人类学的田野调查提供了有效的参考依据。

第二节 歌谣研究的分类问题②

分类是研究者认识研究对象的一种手段。他们依据不同的目的，对研究对象的性质、形态与表现形式的异同进行总体上的分类处理，从而使人们更清晰、更系统地认识事物。建立在结构学与形态学发展基础上的分类

---

① 白启明：《采辑歌谣的一个经济方法》，《歌谣》（周刊）第 34 期，1923 年 11 月 25 日。
② 这一部分发表在《江南大学学报》（人文社会科学版）2014 年第 2 期。

学应运而生，被应用在许多现代学科的研究体系中，并发挥着重要的作用。"任何一种学科在处理其考察对象时，首要的步骤就是分类。分类学的建立与分类体系的完善程度，标志着该学科的成熟程度"。① 歌谣分类是现代歌谣研究的重要问题，也是歌谣学不可或缺的组成部分。早在现代歌谣学诞生之始，北京大学歌谣研究会所主持的《歌谣》周刊上就刊登了数十篇有关歌谣分类的文章，引发了学术界对歌谣分类问题的探讨。以周作人、顾颉刚、邵纯熙为主的歌谣分类方法代表了当时歌谣分类的三种理念，影响了一大批歌谣收集者和研究者。他们的分类方法看似合情合理，但在实际的操作中困难重重，引起了人们颇多争议。

一、周作人的"六分法"

周作人既是近世歌谣征集活动的发起人，也是现代歌谣研究的先驱者。对于歌谣搜集和研究中出现的一些问题，他都鲜明而独特地提出自己的看法，及时地影响和引导歌谣研究。1922 年 4 月 13 日，周作人在《晨报副刊》上以仲密为笔名发表了一篇题目为《歌谣》的文章，后又改名为《自己的园地·歌谣》转发在 1923 年《歌谣》（周刊）第 16 期上。在这篇文章中，周作人就歌谣分类问题发表了自己的见解，提出了著名的"六分法"。这种分类方法"在当时的歌谣研究中属发人之所未发之作，占了学术研究的首倡之功"；② 而且它影响了一大批学者对歌谣分类问题的探讨。

早在周作人提出歌谣的"六分法"之前，一些对歌谣搜集和研究感兴趣的学者就注意到，"无论是搜集、保管，还是研究，都痛感到没有科学的分类，事情就难以进行下去了。所以，歌谣分类问题因搜集工作的现实需要而被提到了歌谣研究会的议事日程上来"。③ 如顾颉刚在家乡苏州搜集吴歌时，就与魏建功、沈兼士等人进行关于歌谣收集过程中所遇到问题的书信来往，探讨了诸如记音、分类等问题。1921 年，在给顾颉刚的一封信里，沈兼士曾谈到自己对歌谣分类问题的看法，他说：

---

① 张紫晨：《民间文艺学原理》，花山文艺出版社 1991 年版，第 57 页。
②③ 刘锡诚：《20 世纪中国民间文学学术史》，河南大学出版社 2006 年版，第 109 页。

民歌可以分为两种：一种为自然民谣，另一种为假作民谣。二者的同点，都是流行乡里间的徒歌；二者的异点，假作民谣的命意属辞，没有自然民谣那么单纯质朴，其调子也渐变而流入弹词小曲的范围去了，例如广东的粤讴，和你所采苏州的戏婢十劝郎诸首皆是。我主张把这两种民谣分作两类，所以示区别，明限制，不知你以为如何。①

沈兼士所谈到民谣分类只是民谣这种体裁的范围界定问题，而不是民谣内部的分类；而且所谓的"假作"与"自然"两个概念模糊笼统，在实际的操作中很难把握。而周作人的"六分法"在某种程度上解决了当时学者们在搜集和研究中的混乱问题，为歌谣的进一步研究扫清了障碍。

周作人以歌谣的题材为标准，在民歌的总名下将歌谣分为六类，即情歌、生活歌、滑稽歌、叙事歌、仪式歌、儿歌；又以歌的性质将儿歌分为事物歌和游戏歌。同时，他又对其中一些歌谣的分类类型进行了阐释，比较清晰地指出每一类的大致内容和它们的大致范围，从而使这种分类方法更加实用，便于人们的实际操作（如表2-1所示）。

表2-1 周作人的歌谣分类

情歌			
生活歌		包括各种职业劳动的歌谣及其描写社会家庭生活	童养媳及姑嫂的歌
滑稽歌		嘲弄讽刺及（没有意思）的歌	
叙事歌		韵文的故事	孔雀东南飞、木兰辞
		叙事当代事情的（即事）民歌	
仪式歌		结婚的撒帐歌，占候歌诀，采用歌谣形式又与仪式占候歌有连带关系的谚语	
儿歌	事物歌	包含一切抒情叙事的歌谣，咏物的谜语，只用住歌唱而没有意思且各句相联系、衬韵的滑稽歌	
	游戏歌	歌唱以伴动作的歌，游戏时担任苦役者所唱的没有意义的抉择歌	

① 顾颉刚、沈兼士：《歌谣讨论》，《晨报》1922年，《歌谣》（周刊）第7期转载，1923年1月28日。

周作人的"六分法"是建立在歌谣题材基础上的，具有一定科学性。它克服了其他分类方法过于简略笼统或失职烦琐芜杂的弊病，比较系统、清晰地将各种歌谣分门别类地展现在人们的面前。这种分类方法自进入歌谣研究领域后立刻产生了很大的影响，被当时认为是"大体上比较的最适用"的一种。白启明、黄韶年、朱自清、方天游等学者在歌谣分类问题上都借鉴或参考了周作人的分类方法，根据各自的认识进一步完善了歌谣分类体系。

白启明在歌谣研究方面做出了突出的贡献，也是首先呼应歌谣分类讨论的一位学者。他在认真思考和具体实践后，认为周作人的分类方法是"大体上比较的最适用"，并在此基础上提出自己的歌谣分类体系。他写道：

> 现在且将我的分类，效效颦，学学步，也列个表，以供研究歌谣的先生们的参考。但是还有几句要紧的声明是：这个分类，大体上采取周仲密先生的办法；我绝不敢说"这是一条极长的线"，不过这是我的研究成果，觉得这个法宝，对我所对敌之三头六臂姓歌名谣这位豫宛（河南西南部）家乡的神仙，尚能用得出，拿得住，他俯首帖耳，归降于我。① 如表2-2所示。

黄韶年是20世纪30年代民间文艺研究的集大成者，在民间文艺研究的一些问题上提出了自己的看法，其中有些涉及歌谣研究的问题。他在《民间文艺的分类——赵景深钟敬文诸友指正》一文中列举了自20世纪以来流行的几种民间文艺的分类方法。他在谈到民间文艺分类时曾说，"周的歌谣分类，可算是比较完备"；又说"如上面所讲歌谣的分类，周作人的是横，顾颉刚的是纵。因为纵横两下明白后，一切的内在我们都可以明白得像自家人的手掌一样"。② 因此，他参照前人的分类方法和分类标准将民间文艺分为散文、韵文和片段三部分，其中韵文部分专指歌谣的分类（如表2-3所示）。

---

① 刘文林、白启明：《再论歌谣分类问题》，《歌谣》（周刊）第16期，1923年4月29日。
② 黄韶年：《民间文艺的分类——赵景深钟敬文诸友指正》，《一般（1926年）》1929年第7卷第1~4期。

表 2-2　白启明的歌谣分类

甲组（自然类）	生活	家庭		
		职业		
		社会		
	抒情			
	人物	人		
		景物		
	母歌			
	滑稽	拟人		
		反语（颠倒语）		
		急说		
		嘲弄		
		讽刺		
		形容过分		
	儿歌	事物		
		游戏	单独、二人、二人以上	
	故事	历史		
		习俗	仪式	
			非仪式	庆祝、厌禁
乙组（怀疑类）或自然或假作	生活			
	抒情			
	事物			
	劝诫			
	滑稽			
	故事			

表 2-3　黄韶年的歌谣分类

散文的			
韵文的	情歌		男唱
	生活歌	各种职业的	
		社会生活的	
		家庭社会的	
	滑稽歌		女唱
	叙事歌		
	仪式歌		
	儿歌	事物的	对唱
		游戏的	
		滑稽的	
	杂歌	流氓的	
		佛婆劝善的	
		其他	
片段的			

　　朱自清在《中国歌谣》一书中列举了中外多种歌谣分法方法和分类标准。在民歌分类方面，他经过对比分析，最终吸取了周作人的分类方法和分类标准，确定以"《歌谣》一文中的分类为主"① 的分类体系（如表 2-4 所示）。其中，周作人的歌谣分类标准是朱自清歌谣分类体系的标准，朱自清又对周作人的分类体系有所补充和细分化，对具体的每一种类型进行解释和举例证实。

　　方天游在《中国歌谣研究》一文中完全参照周作人的歌谣分类标准和分类方法，并以大量古今歌谣材料形象地说明周作人的分类体系具有很强的实际操作性和清晰便捷性。陈志良在《广西特种部族歌谣集》的上部《广西特种部族歌谣之研究》中参考周作人的歌谣分类标准，依据事实材料，将流传在广西少数民族民众口头的大量歌谣分为七类，即历史歌、古

---

　　① 朱自清：《中国歌谣》，中华书局香港分局 1976 年版，第 152 页。

言歌、祭祀歌、礼仪歌、情歌、抗战建国歌、杂歌（如表2-5所示）。这种分类方式在一定程度上完善了中国歌谣分类体系，极大地推动了人们对少数民族歌谣的认识和研究。

表2-4 朱自清的歌谣分类

情歌	又称恋歌	凡与职业上无关系而只描写男女爱情的
生活歌	家庭生活歌	多为妇女自作咏妇女的，如婚姻、姑嫂、妻妾、童养媳等
	社会生活歌	咏社会生活的，咏风俗的歌
	职业歌	以职业为主，如农歌、渔歌、船歌、采茶歌、商人歌，军人歌
滑稽歌	嘲弄的歌	关于形貌方面的
		关于职业的
		关于家庭的
	颠倒的歌	
	趁韵的歌	文字上有联系而理论上无联系
叙事歌	故事歌	
	即事歌	
	景致歌	虽与叙事略有不同，但性质是相同的
仪式歌	碬辞	各种喜庆仪式上的歌，如婚礼上的撒帐歌
	诀术歌	以禁厌歌为多。又称为"医事的歌谣"或"迷信的术语"或"奶儿经"（多为儿童）
劝诫歌	含教训意义的歌	

表2-5 陈志良歌谣分类

历史歌	苗傜用来记载民族历史的歌	叙述祖先的来源及其传说
		为叙述民族的功绩及其迁移
		为讲历史上历代的事迹
古言歌	受汉人影响，将故事用整齐的韵文编辑而成的歌	
祭祀歌	苗傜巫公在祭祀仪式上所唱的古代巫诗	祭鬼神的
		祭祀祖先的

续表

仪式歌	用于苗傜社会各种活动中的歌，有一定的唱歌礼节	婚嫁、送亲、敬酒、贺喜、新年、分离、祝贺、交际等	
情歌	苗傜情歌多，都是青年男女用来表情达意的歌	言情的歌	叙述爱慕、修缘等情由的
		哀情的歌	表达愁思、失恋等
		寄情的歌	青年男女自从认识而分别之后，不能互相晤会谈情，用情歌互投以叙情怀
抗战建国歌	全面抗战开始后，各族同胞纷纷加入神圣的抗战。苗傜同胞用歌唱来歌颂保卫国家、民歌，拥护领袖。或旧歌修改，或直接编新歌		
杂歌	不能归入历史歌、古言歌、祭祀歌、仪式歌、情歌和抗战建国歌的歌谣，性质不统一，内容不一致，但依然有价值		

尽管周作人的歌谣分类标准和分类方法产生了很多的影响，带来歌谣整理上的便捷和实用，但在当时的研究过程中，学者们还是发现他的分类体系存在着某些不足之处。林敬之曾指出，"周作人先生的分类不统一，并有许多缺点，自称上当不小"。① 这些不足主要表现在两个方面：首先，对歌谣种类估计不足。何植三曾指出，周作人在民歌总名下将其分为六大类，"似可把民歌包括无遗，但找鄙见似还待商榷，还可加一类乞颂歌"；因为在"浙江诸暨有一种木铎，似一种类似的乞丐，以理知的谚语缀成颂歌，专在民间劝人向善，得点钱米以维持生活""如归之生活歌类，它既不是描写自己生活，不过赖以维持生活；归之滑稽歌类，而木铎歌只有严肃氛味，扫地歌亦无多大的滑稽，其他更不容易归了。我想不容再立颂乞歌一类，以收容之"。② 在黄韶年、朱自清等学者的分类中，他们也在周作人的六大类基础上依据实际的需要加入其他种类，如黄韶年把无法准确判断的歌谣归入"杂歌"类。

其次，对歌谣分类解释的商榷。黄韶年在分析周作人的歌谣分类时曾指出，"他的解释，以谚语归入仪式歌，以谜语归入儿歌的事物歌里，我却以为不然。谚语乃是一种民间的习语或格言，索然它也用歌谣的形式，

---

① 董汰生：《重订山东歌谣集序》，《民众周刊》1933年第5卷第24期。
② 何植三：《歌谣分类的商榷》，《歌谣》（周刊）第27期，1923年10月7日。

可是有了'主情'和'非主情'的区别就可以完全独立了，而且未始没有与歌谣形式不同的谚语罢？至于谜语，诚如原文所说：'事物歌包含一切抒情叙事的歌谣，谜语其实是咏物诗，所以也收在这里边。'然而，谜语的特点乃在谜，并不是在咏物。只以咏物诗来说尽谜语的一切，那么，谜语的价值——推敲作用就取消了"。① 叶德均也指出，周作人的歌谣分类有两处存在讨论的必要：一为谚语采用歌谣的形式，又与占候歌有联系，从而归于仪式歌。他提出"不能因为形式同而硬摆入一种之内"；二为"把谜语附在事物歌里；其实谜语是有推敲作用的，不能因咏物的关系入事物歌里"。②

　　从哲学意义上讲，实质是指某一对象或事物本身所必然固有的属性，是从根本上使该对象或事物成为该对象或事物的特定属性。就歌谣本身而言，最能体现歌谣本质特性的是表现歌谣主题的题材；它足体现主题思想完整的具体生活材料，是主客体的完美统一。周作人的歌谣分类体系是"在民歌这个总名之下"以实质为分类标准而建立起来的，从文体的内部解决歌谣分类问题。这种分类标准和分类方法打破了传统分类方法的不确定性和主观性，具有很强的学科意义和现实意义。

二、以顾颉刚为首的"歌者"分类法

　　所谓歌者，是指歌声发出的源头，即唱歌的人。黄韶年在《民间文艺的分类——赵景深钟敬文诸友指正》一文中解释为"发出的人"。作为一种分类标准，它最先出现在《古谣谚》中。《古谚语凡例》说道："谣之名录甚多，就大纲言之，约有数端。是故或称尧时谣、周时谣，或称秦时谣、汉时谣，此以时为标题者也。或称长安谣、京师谣、王府中谣，或称鄹郡谣、二郡谣、天下谣，此以地位为标题者也。或称军中谣、诸军谣，或称民谣、百姓谣，或称童谣、儿谣、女谣、小儿谣、婴儿谣，此以人为标题者也。今遇凡称谣者，悉行采录。若夫谣字有或作讹字者，今定从谣字。谣字有误作讹字者，今亦改谣字。俾阅者无疑。"③ 后来，朱自清在

① 黄韶年：《民间文艺的分类——赵景深钟敬文诸友指正》，《一般（1926年）》1929年第7卷第1~4期。
② 叶德均：《民间文艺的分类》，《文学周报》1929年第6卷第301~325期。
③ （清）杜文澜：《古谣谚·凡例》，中华书局1958年版，第3页。

《中国歌谣》一书中将"歌者"作为歌谣分类的标准之一纳入中国传统的歌谣分类体系中，并指出"歌者，古谣谚凡例所谓'此以人为标题者也'，便是如此。"随后，他又指出顾颉刚所编《吴歌甲集》就是按照"歌者"的分类标准将民歌分类五类。将"歌者"作为分类标准以研究近世歌谣始于顾颉刚，又得到蒋善国、董汝生等学者的实践与创新，从而在当时歌谣研究领域产生一定的影响，推动了中国现代歌谣研究深化、细化。

　　顾颉刚是中国现代歌谣研究的奠基者。他的歌谣搜集和研究源于北京大学歌谣征集处的征集活动。在歌谣征集处的影响下，他于1919年在家乡苏州向家人和亲戚搜集吴歌，陆续在《晨报副刊》和《歌谣》周刊上发表。正是在搜集吴歌的过程中，他发现了一些诸如记录、分类等问题，并在与沈兼士、魏建功等学者的来往信件中提出自己的看法。1920年11月，顾颉刚在《晨报》发表一篇题目为《吴歈集录的序》文章。在这篇文章中，他不仅谈到搜集吴歌的动机和吴歌的界限，而且提出了歌谣的分类，"我现在所采集的，只是①儿童在家里唱的歌，②乡村女子所唱的歌，③奶奶、小姐们所唱的歌，④农工流氓等所唱的歌，⑤杂歌"。① （如表2-6所示）这种分法方法是顾颉刚在歌谣搜集的实践过程中思考的结果。他发现以歌唱的人为标准对吴歌进行分类，能够更清晰地认识吴歌及吴歌价值。我们无法证明顾颉刚的分类标准是否借鉴于《古谣谚凡例》中"此以人为标题者也"，但我们不能否认这种分类标准符合事物分类的目的，而且在实际操作中的确产生很好的效果。这种分类标准和分法方法的问世对当时歌谣的收集和整理产生了很大的影响，从某种程度上加深了人们对歌谣价值的认识。

表2-6　顾颉刚的歌谣分类

儿童在家里唱的歌	纯粹是一种天然，没有什么深厚的兴感
乡村女子所唱的歌	情歌最多，也最好

---

① 顾颉刚：《吴歈集录的序》，《晨报》1920年11月3日，《歌谣》（周刊）第15期转载，1923年4月22日。

续表

奶奶小姐们所唱的歌	结构复杂、以人情世故为主，刻画细致；形式上多创造，近似诗及弹词；内容上以丈夫科第得官和自己振兴家事为主
农工等所唱的歌	喜欢滑稽取乐
杂歌	

　　董汰生在《重订山东歌谣集序》中介绍了重订山东歌谣集的原因、歌谣的性质、歌谣的价值、编辑歌谣集的态度和编排歌谣的体例问题，重点阐释了重订山东歌谣集在歌谣分类问题上的一些看法。他指出，在歌谣分类问题上，是依据客观的材料决定歌谣的类别，而不是从主观方面预先设定若干标准。因此，他打破原有的《山东歌谣集》以具为标准的分类方法，摒弃别人的分类法，从歌谣材料的角度入手，构建了以歌谣属性和歌谣性质为标准、内涵与外延相结合的歌谣分类体系。他写道：

　　　　根据各种歌谣的意义、态度及口气，而发现各首的属性——就是何者属于成人创作或成人所喜欢唱的；何者属于妇女创作或代表创作而为妇女所喜欢唱的；何者属于儿童创作或成人创作而为小儿女所喜欢唱的。复次依心理学的常识，推求各个歌谣产生的动机，来决定她的性质的区别。判定歌谣创作的动机，要不外人类感受外界的刺激和现象，而为情感的发抒及经验的表现。
　　　　在性质方面，分为发抒情感、表现生活经验、吟咏自然、游戏、娱乐五类。同时复因成人、妇女、儿童生活不同、心理不同，所需要的教育也因之不同，为便利研究利用计，势不能光依性质分类，而把这三种人的歌谣都混合在一起。因此我们的分类，遂拿成人、妇女、儿童作为外延，而以性质的分类作为内包。而且我们的态度纯粹依据材料的需要，来作说明、解释的分类，因为上述三种人生理既各不同，则其感情，经验也就互异，所以对他们的分类名称及类别的多少，也略有出入，不过性质上总不出上述五类的范围。[1]　（如表2-7所示）

---

① 董汰生：《重订山东歌谣集序》，《民众周刊》1933年第5卷第24期。

表 2-7 　董汰生的歌谣分类

成人方面	时代反映歌	诅咒军阀土匪、贪官污吏、土豪劣绅，愤慨外侮；时代潮流的反抗或顺应；贫民的阶级意识及解放的希望，于抒发感情中，或附带表示态度
	农民经验歌	伦理信条，社会风俗、生活习惯及讽刺劝戒之类
妇女方面	妇女抒情歌	表现旧式家庭妇女的忧郁烦闷，尤其婆媳和姑嫂的冲突
	妇女生活歌	主要写旧式妇女生活形式的歌
	妇女娱儿歌	母亲在安慰儿童，或抱着儿童颤动，或拉着儿童的手等所唱的简练悦耳的歌谣
儿童方面	小女儿抒情歌	诅咒继母的虐待；女孩缠足的痛苦；儿童痛恨私塾先生压迫而起的反响，及对所读的书的怀疑态度和表示他们的欲望等歌
	吟咏自然歌	儿童对于自然界的惊奇，欣赏，怀疑之类
	儿童游戏歌	儿童做游戏时上生理上不自觉地发出的呼声，多语无伦次
	儿童滑稽歌	不是儿童创作而为儿童所唱，多为讪笑诮骂和技巧的

　　董汰生的歌谣分类方法源于歌谣整理的实际需要，具有很强的实用性。它不仅能够体现歌谣的地方性特征，而且还带有明显的时间性，更突出了歌谣的价值和研究意义。同时，这种分类方法还有效地回应了歌谣分类的不稳定性，可以在基本原则下根据歌谣的实际材料局部调整歌谣分类，以达到歌谣研究的目的。

　　蒋善国是一位博学多才的学者，他不仅在语言文字学领域建立了汉字研究的科学体系，而且还在其他研究领域有所建树，如文学、诗学、经学等。朱志行在《歌谣的研究》一文中列举了周作人、白启明等人的歌谣分类方法，重点介绍了蒋善国的歌谣分类方法。蒋善国把歌谣分为成人的文学、女人的文学、儿童的文学三大类（如表 2-8 所示）。这种分类标准是基于不同性别、不同时段的人们表现出的不同的情感。正如朱志行所说，"蒋善国先生把歌谣分成三类：成人的文学、妇女的文学、儿童的文学，因为歌谣的表现，就是男女儿童的心情的流露，是家庭社会里的种种现状。"[①] 随后，他又依据歌谣表现主题的不同，对成人的文学、妇女的文

---

　　① 　朱志行：《歌谣的研究》，《民智月报》1935 年第 4 卷第 5 期。

学、儿童的文学进行细分；如成人文学的情歌，妇女文学中的生活歌，儿童文学中的催眠歌、游戏歌、知识歌等。这种分类方法"是新鲜些、概要些"，同样也简单、可操作性强。在浩如烟海的歌谣材料中，依据这种分类方法能够先从总体上将各种类型的歌谣剥离开来，为歌谣的进一步研究提供便捷。

表 2-8　蒋善国的歌谣分类

成人的文学	男子	13 岁以上
妇女的文学	妇人	13 岁以上
	女子	
儿童的文学	男童	13 岁以卜
	女童	

　　尽管以上学者在歌谣分类上有着某些不同之处，但我们不可否认他们的确有许多相同之处。他们都是在歌谣搜集和整理的过程中提出的分类方法，具有很强的实用性和可操作性。他们都是以不同身份、不同性别、不同年龄的人为标准对歌谣进行总体分类，如同董汰生所说，"成人、妇女、儿童生活不同、心理不同，所需要的教育也因之不同"，就会唱出不同种类的民歌。同时，我们也认识到，以人作为分类标准过于简单、过于单纯，只能作为歌谣分类标准的一种辅助，被纳入其他的分类体系中。黄韶年认为，周作人的歌谣分类是横的，而顾颉刚的歌谣分类是纵的；"周作人的是横，顾颉刚的是纵。因为纵横两下明白后，一切的内在我们都可以明白得像自家的手掌一些，若果照这样来编出，我相信是能够编成令人很满意的册籍"。① 因此，他在按照周作人的分类标准后又指出每类歌谣是属于何者所唱，从而使歌谣分类更加明确。

　　人的身份不同，歌谣就不同，类属亦不同，这是顾颉刚在吴歌整理中得出的分类方法；董汰生以歌谣意义、口气或所描写的生活态度判断歌谣的属性；蒋善国则基于"男女儿童的心情的流露，家庭社会里的种种现

---

　　① 黄韶年：《民间文艺的分类——赵景深钟敬文诸友指正》，《一般（1926 年）》1929 年第 7 卷第 1~4 期。

状"不同而做出属于成人文学或妇女文学或儿童文学的评判。但他们都是围绕着以人为标准对歌谣进行分类的，强化人在歌谣分类中的作用。尽管这种分类标准存在某些缺陷或不足，但是我们也不可否认这种方法对当时歌谣的搜集和整理带来便利，也为后世的歌谣研究开辟了道路。

三、邵纯熙的"七情"分类法

邵纯熙不是第一位在中国现代歌谣研究中提出歌谣分类问题的学者，但他却首次详细地阐述了自己所提出的歌谣分类的方法和标准。他在《我对研究歌谣发表一点意见》一文中提出"依七情的分类法编次之"的歌谣分类标准。"七情"分类法源于他对大自然的感悟。他认为，人类处天地之间，耳鼓中充斥自然的音响，可以感受到一年四季的声音变化。春天鸟鸣、夏天雷响、秋天虫叫、冬天风嚎，正所谓"以鸟鸣春""以雷鸣夏""以虫鸣秋""以风鸣冬"，又加之雨声磅礴淅沥、溪涧水声淙淙汨汨、海洋潮声澎湃、犬吠、狼嚎等。自然界声音的复杂，感染于人类情绪的变化。他写道：

> 人类的情绪，于不知不觉间，起了一种感想。遇着欢喜的事情，便唱出一种语调，表现欢喜的状态。遇着愤怒的事情，复唱出一种语调，表现愤怒的状态。如是则悲哀时表现悲哀，恐惧时表现恐惧，亲爱时表现亲爱，恶憎时表现恶憎，欲望时表现欲望。所以农人在田野间，高唱秧歌，渔人在江湖间，高唱渔歌。闺女小孩则在房屋里唱歌，游人旅客则在深林旷野唱歌。都是大自然的音响，以为志喜遣怒举哀示惧示爱泄恶排欲之具。消磨可喜可怒可哀可惧可爱可欲之事情。[①]

邵纯熙认识到，歌谣起源于人类内在情绪的波动，而歌谣的不同是由于人类基于特定的职业、在特定的时期和特定的环境中所发出的表现当时特定心情的声音。因此，歌谣应该是以表现人类心情的不同来区别彼此。

在确定歌谣分类的主体标准后，邵纯熙又对歌谣二字的意义进来了诠释。他指出，曲合乐而唱谓之歌，谣则是无章曲的徒歌；所以歌与谣有区

---

① 邵纯熙：《我对于研究歌谣发表一点意见》，《歌谣》（周刊）第 13 期，1923 年 4 月 8 日。

别，不能混淆。因此，歌谣的一级分类应该为民歌、民谣、儿歌、童谣。正如他自己所说，"我想歌谣二字既如上述的不同，而歌谣的性质，又有自然和假作的，不如分为民歌、民谣、儿歌、童谣四类"。①

邵纯熙以歌、谣为纬，以七情为经，将表现"欢喜状态""愤怒状态""悲哀状态""恐惧状态""欢爱状态""憎恶状态""欲望状态"的歌谣分别归入"喜字""怒字""哀字""惧字""爱字""恶字""欲字"类中。在实际的操作中，先将属于歌者归入歌类，属于谣者归入谣类；再以七情中字进行分类，而后将相同类别的集合在一起（如表2-9所示）。这就构成了他所谓的歌谣分类模式。

表2-9 邵纯熙的歌谣分类

民歌	喜字类
儿歌	怒字类
	哀字类
民谣	惧字类
	爱字类
童谣	恶字类
	欲字类

随后，邵纯熙在《歌谣分类问题》一文中对歌谣的七情分类法进行了修改。他吸取了白启明关于"歌谣"的解释，由民歌、儿歌、民谣、童谣四类更改为民歌和儿歌两类；又参考了沈兼士和周作人的分类方法，依据自然与非自然及实质（题材）的标准，对歌谣进行进一步分类。修改后的歌谣分类是将歌谣"分为民歌、儿歌两大类，每类又分假作民歌、自然民歌两部分，包括情绪类、滑稽类、生活类、叙事类、仪式类、岁事类、景物类等。情绪类下再按'七情'，细分为喜、怒、哀、惧、爱、恶、欲七类"。② 无论如何调整，邵纯熙依然固守着"七情"的分类标准，在情绪类又分为喜、怒、哀、惧、爱、恶、欲七类（如表2-10所示）。

---

① 邵纯熙：《我对于研究歌谣发表一点意见》，《歌谣》（周刊）第13期，1923年4月8日。
② 吴超：《中国歌谣》，浙江教育出版社1995年版，第56~57页。

表 2-10　修改后的邵纯熙的歌谣分类

		情绪类	喜字类、怒字类、哀字类、惧字类、爱字类、恶字类、欲字类
民歌	假作	滑稽类	
		生活类	
	自然	叙事类	
		仪式类	
		岁事类	
		景物类	
儿歌	假作	情绪类	喜字类、怒字类、哀字类、惧字类、爱字类、恶字类、欲字类
		滑稽类	
	自然	游戏类	
		景物类	

　　邵纯熙的"七情分类法"公布后，立刻引起了学术界的关注，并展开了关于歌谣分类问题的热烈讨论，同时也让当时收集和研究歌谣的学者不得不重视他们有意回避的一些基本问题。邵纯熙比较系统地阐释了"七情"分类法的分类模式，从分类标准的确定到分类体系的形成，再到分类方法的具体操作，实现了由理论到实践的完美结合。与此同时，他的建立在人类感情基础上的歌谣分类方法也存在某些值得商榷的问题。正如白启明所说，"我对邵君分类的研究，绝对赞成；至分类的方法，就不敢苟同了"。[1]

　　对邵纯熙"七情分类法"的争议主要集中在两个方面：一是对歌谣分类标准的质疑。首先是肯定七情分类法的有效，同时也指出这种分类方法的局限性：不是所有的歌谣都表现人类的情感，如记载族群发展历程的历史歌。正所谓"歌谣是情意的表现，用七情去驾驭它，当然有好些可就范围，但是不受这个羁绊的，也正自多多"。[2]其次是七情界定模糊，无法准确地判断某些歌谣的情愫归属。再次是现代学术研究的态度问题，即七情分类法是建立在主观基础上的分类方法，带有强烈的个人色彩，实际操作难度大，普及困难，不符合现代学科研究的要求。正如刘文林所说，

_____

　　①②　白启明：《对〈我对于研究歌谣发表一点意见〉的商榷》，《歌谣》（周刊）第 14 期，1923 年 4 月 15 日。

"①科学的态度是客观的，不是专凭主观的；②科学的分类必须明确。"①

　　二是对歌谣二字的认识辩解。邵纯熙以"曲合乐曰歌，徒歌曰谣"为依据，将歌谣分为歌与谣，"今歌谣周刊所登，特定其名曰民歌选录、儿歌选录。我以为其中所登录的，未必皆为曲合乐之歌，大概是谣据多数"；随将歌谣分为"民歌、民谣、儿歌、童谣四类"。② 常惠指出，《歌谣周刊·要目》中的"民歌选录""儿歌选录"是出于习惯而采用的，并非所谓的谣多于歌。白启明也指出，中国文献记载中不仅有"曲合乐曰歌，徒歌曰谣"之说，还有"考上古之世，如卿云采薇。并为徒歌不皆称谣，击壤叩角，亦有可歌，不尽比有琴瑟——则歌谣通称之明验也"的话。因此，他认为，"以我个人的意见，歌谣的严格区分，历史中字义方法的讲法。若普通所说的歌谣，就是民间所口唱的很自然很真挚的一类徒歌，就不会合乐；其合乐者，则为弹歌，为小曲——这些东西，我们久主张当另加搜辑，另去研究；不能与单纯质朴的歌谣——徒歌，混在一块。……邵君四项的办法——民歌、民谣、儿歌、童谣，实可括为两项——民歌和儿歌。"③ 刘文林指出，分类应该是歌谣同中求异、异中求同所得出的结果，而不是硬造一个表面周密严谨的系统，硬将歌谣放进去。"所以我以为研究歌谣分类问题先不要按着歌谣两字的字义、按着我们的理想去造一个系统。必须把歌谣拿来，看看如何分才可以"。④他提出来歌谣分类应建立在材料基础之上。

　　邵纯熙以七情为标准所建立的歌谣分类体系从某种意义上看是有一定道理的。因为歌谣是人类内在情感不自觉的外在表现，是人们在特定环境中的内在情绪的发泄。《毛诗序》云："诗者，志之所之也。在心为志，发言为诗，情动于中而形于言。言之不足，故嗟叹之。嗟叹之不足，故咏歌之。咏歌之不足，不知手之舞之足之蹈之也"。拉法格也曾说，人们往往是"在激情的直接的和立时的打动之下才唱歌"。歌谣是民众真情实感的流露，出于心性，激于真情，直率坦白，代表了广大人民的心声。自古就有"饥者歌其食，劳者歌其事""感于哀乐，缘事而发"之说。而从已征集的歌谣和搜集人的讲述中得知，并非所有歌谣都是民众情感的需要，也并非所有歌谣都是民众情感宣泄的一种工具，有时是迫于当时环境的需要

────────────

①④　刘文林、白启明：《再论歌谣分类问题》，《歌谣》（周刊）第 16 期，1923 年 4 月 29 日。

②　邵纯熙：《我对于研究歌谣发表一点意见》，《歌谣》（周刊）第 13 期，1923 年 4 月 8 日。

③　白启明：《对〈我对于研究歌谣发表一点意见〉的商榷》，《歌谣》（周刊）第 14 期，1923 年 4 月 15 日。

而进行的一种表演。如何植三在《歌谣分类的商榷》一文中提到的颂乞歌，这种歌谣"本非情感的产物，……完全以歌颂为乞食之具"。① 乞讨者在特定的时间、特定的地点，根据当时环境的需要而编唱的或恭喜发财或庆祝婚姻、寿典、生子的歌。因此，邵纯熙的"七情"分类法是主观的理想化的分类方法。这种分类方法经不住实践的考验，在实际的操作中也存在很大的困难，无法体现事物分类的目的和意义。

四、余论

歌谣分类问题是歌谣研究中不可或缺的部分，是现代歌谣学的重要组成部分。中国现代歌谣研究源于对近世歌谣的征集。在歌谣搜集与整理过程中，学者们发现了许多诸如记录、方言方音、分类等的问题，而歌谣分类成为当时歌谣收集者与整理者不可逾越的屏障。针对这种现状，他们从自身角度提出歌谣分类标准和歌谣分类方法，以期构建适用于现实需要的歌谣分类体系。周作人的"六分法"、顾颉刚的"歌者"分类法和邵纯熙的"七情"分类法，作为当时最具影响力的歌谣分类方法，成为学者们探讨与质疑的对象。同时，他们又纷纷效仿，或合并为一，或在原有的基础上重新阐释，或根据实际需要进行增删。通过这些方式，他们建构了许多歌谣分类体系，这就说明歌谣分类是迫切需要解决而又存在争议的问题。正如常惠所说，"我对于歌谣的分类问题，为了好几年的难了，在《歌谣》周刊出版之前，我们就为这件事很费许多踌躇，迟到如今还是搁着浅呢"。与此同时，我们也不否认周作人、顾颉刚、邵纯熙三人提出的歌谣分类标准和分类方法在当时所产生的巨大反响，为当时和后世的歌谣分类指明了解决的方向。然而，直到如今，学界依然在探讨着歌谣分类的问题，不同名目的歌谣分类体系还在不断地涌现出来。是否存在标准的歌谣分类体系？什么样的分类体系是我们所需要的？我们如何界定歌谣分类标准？这些关于歌谣分类的问题激励着我们不断地探索。

---

① 何植三：《歌谣分类的商榷》，《歌谣》（周刊）第 27 期，1923 年 10 月 7 日。

第三章

歌谣研究的主题论

歌谣是底层民众生活的反映，是他们抒发情感、感悟生活的外在表现。尽管底层民众文化水平不高，甚至很多不识字，但是他们用民间歌谣这种喜闻乐见的形式将他们的所见、所闻、所感、所想、所悟，抑或是他们不幸的遭遇，编制成歌加以传唱，引起民众的共鸣，从而使许多民间歌谣流传至今。可以说，歌谣记载了底层民众的全部。一部歌谣史就是一部底层民众生活史，就是一部社会大百科全书。在这部"百科全书"中，关于女性的歌谣和描绘民间婚俗的歌谣是最多的，数量相当庞大。自从现代歌谣研究开始以来，歌谣中女性问题的探讨和民间婚俗的研究一直是学界关注的对象。他们试图通过研究歌谣来了解封建社会中的妇女生活及其社会地位，进而揭示那个社会制度的弊端和丑陋。他们通过研究歌谣中的风俗习惯，进而了解某一地区的风土人情，进而知悉当地的社会现状，所谓"观风俗，知民事"。因此，对歌谣中女性问题和民间婚姻风俗研究的梳理有利于人们对社会的理解，从而彰显歌谣研究的社会价值。

第一节　歌谣中的女性研究①

"歌谣是民众文艺的极好的材料，但这样的材料，是谁造成的？据作者的观察，多半是由妇女们造成的。歌谣是民俗学的主要的分子，这话认谁亦不能反对的；但所谓的一般民俗，以关乎哪一部分的为最多呢？据作

---

① 这一部分曾改为两篇文章：《民间歌谣中的异性关系探究》，《西部学刊》2019 年第 10 期；《歌谣中的女性问题探究》，《大众文艺》2019 年第 14 期。

者调查所得，多半是讨论妇女问题的。"① 妇女之所以成为创造歌谣的最多者，是因为妇女常伴母、常育儿、常持家的特殊环境，及其她们随年龄变化而成的几种独特的身份，使她们有时间、有精力、有感触地将生活中的一切编制成歌。歌谣之所以多为讨论妇女的问题，是因为"中国的家庭，向来是主张大家族制的；因之姆娌与姑嫂间的倾轧，婆媳与夫妻间的不合，随处皆是，无家不有，中国家庭之腐败，真是遭到极点了。要知道家庭的腐败，就是妇女们的不幸，因为妇女们总是幸福的牺牲品。有人说，关乎中国妇女问题的歌谣，就是妇女们的'家庭鸣冤录''茹痛记'，我以为这话是很有点道理。"② 在众多女性问题中，妇女间的关系、女性与男性间的关系及童养媳和寡妇们的遭遇，是歌谣中所反映妇女现状的描绘重点，也是研究者普遍关注的问题。兹以此为研究对象，展开论述。

一、妇女间的矛盾研究

在中国传统的封建大家庭中，女性一旦结婚，成为新嫁娘，就意味着她正式进入家族生活中，成为正式的一员。她们不但承受着封建礼教的束缚，而且还陷入各种家庭纠纷之中。她们与小姑、与婆婆、与姆娌之间的矛盾冲突从此伴随一生。在当时的社会环境中，很多妇女成为攻击别人或被别人攻击的对象。这种矛盾冲突日复一日年复一年地在她们的家庭生活中上演，成为一种生活习惯，深深地影响着整个妇女群体，集中反映在家庭伦理类的歌谣中，引起当时学者们的关注。这些矛盾冲动最明显地表现为以下两种关系：

（一）婆媳关系

婆媳不和是自中国形成完整的个体家庭制度以来不可回避的问题，也是青年妇女所面临的一次长期的考验。自结婚之日起，许多妇女和婆婆的关系就较为紧张。青年妇女承受着各种家庭考验，繁重的家庭劳作摧残了她们的青春，长期的精神压力使她们变得麻木。在已收集的歌谣中，有许多歌谣是青年妇女描绘她们所受的婆婆的摧残以及她们对婆婆们怨恨的，

---

① 刘经庵：《歌谣与妇女·绪论》，东方文化书局 1971 年版，第 1 页。
② 刘经庵：《歌谣与妇女》，《歌谣》（周刊）第 30 期，1923 年 10 月 28 日。

如下面两首民歌：

其一：一更里梦至怀，婆婆打我实难挨。
　　　顶黑黑的头发梳不来，出门碰到娘家一对小秀才；
　　　捎信捎给爹娘信，金边拢子捎上来。
　　　二更里梦至怀，婆婆打我实难挨。
　　　红绸小袄大掀怀，出门碰到娘家一对小秀才；
　　　捎信捎给爹娘信，打副银扣捎上来。
　　　三更里梦至怀，婆婆打我实难挨。
　　　红缎子小鞋一顺歪，出门碰到娘家一对小秀才；
　　　捎信捎给爹娘信二尺红带少上来了。
　　　四更里实难挨，婆婆打我实难挨。
　　　白生生的手巾抹锅台，出门碰到娘家一对小秀才；
　　　捎信捎给爹娘信，二尺手巾捎上来。
　　　五更里梦至怀，婆婆打我实难挨。
　　　五更以前还能见，五更以后手拿烧钱锞子哭孩来。
　　　栽上椿，扯上棚，和尚道士来念经。
　　　公公跪在灵台下，女婿跪在木头祭，
　　　哭一声我的娇儿妻，做饭有粥长，怎个难为你？
其二：叹婆婆，真可怜！每日去叫狗来撵。
　　　坐下听：从头蹬蹬还有声，急忙回头看，见狗赶土飞
　　　大片。
　　　说一句不好了，赶快跑，一直跑了二里半，
　　　拐弯抹角看不见，浑身上下出了汗。
　　　见个桑树阴凉大，坐在地下歇歇喘，
　　　老婆仰脸往上看，只见鹰子磨盘圈的往下钻。
　　　呜一声抓住婆子头，叨了婆子眼，哎呀婆子真可怜！

　　在众多歌谣中，婆婆被描绘成尖酸刻薄的老太太，成为青年妇女歌唱的攻击对象。这种现象看似不合理但却是当时真实的写照。婆婆虐待儿媳妇，就像婆婆年轻时当儿媳妇被虐待一样；而作为儿媳妇的青年妇女在很多时候都是默默地忍受着、煎熬着，并通过生育一男半女渐渐地改变她们

在家庭中的地位。在很大程度上，婆婆的这种表现体现出她们心理的不健康，或者说是长期压迫下的心理扭曲。婆婆虐待儿媳妇并不是说婆婆天生就是虐待狂，俗语云："谁没有做儿媳时。"这种现象的出现是由于中国封建社会的婚姻制度所造成的，也在一定程度上极大地刺激了当时的知识分子。"婚姻是每个人的'终身大事'，不只是青年男女们注意的中心，而且也是社会上最重要的问题。因为婚姻是家庭的基础，社会国家是家庭上的建筑物。我们欲求建筑物的健全，必须有快乐的家庭，欲求快乐的家庭，必须有美满的婚姻"。[①]

当时有学者指出：美满的婚姻应该符合四个条件，即"学识思想的接近，体格性情的一致，经济能力的对等，家庭年龄的相同"。[②] 而中国封建制度下的婚姻，遵循的是"父母之命，媒妁之言"。他们通常把婚姻当作一宗买卖，通过媒婆这种"中介"进行讨价还价，欲求利益的最大化。这种买卖的婚姻形式直接造成青年妇女在婆家地位的低下。以婆婆为代表的婆家人并没有把新嫁娘当作家庭的正式成员，"他们以为儿媳是用金钱买来的，乃是全家人的公仆，不唯公婆有权呼唤，就是姑叔亦可役使的。在旧社会，中国的一些父母，大概有一种荒谬的看法，以为娶儿媳是为侍奉自己的，不是为帮助儿子娶。所以当父母虐待儿媳，他的儿子是不敢为妻子说话的，不但不敢说什么，反过来还得责备她不会善事父母。甚至言之，父母要想出媳，儿子虽不愿，亦得勉强涕从的"。[③] 中国封建的买卖婚姻不仅造成许多爱情悲剧而且还给青年妇女带来厄运，让许多青年妇女沦为家庭的奴隶，受尽婆婆们的折磨，从而加剧了婆媳之间的冲突。

（二）姑嫂关系

作为青年女性，尤其是农村的女性，婚姻是她们人生的分界线，也是她们两种身份的转变：娘家的小姑，婆家的嫂子。"在中国旧式家庭中，青年妇女在婆家往往不见容于婆母及小姑，而在娘家则又多不见容于嫂嫂了。这也是互为因果的，当一个年青的女人在家里当小姑时，谁又不是她父母的掌上明珠，她的阿哥也在她的手下，慢说是嫂嫂，谁又能永远不嫁呢？今日之小姑正他日之嫂嫂，向日之欺人者今又不免被人欺。然而这也

---

①②　作新：《民间的风俗与歌谣》，《民教月刊》1940 年第 2 卷第 1 期。
③　刘经庵：《歌谣与妇女》，东方文化书局 1971 年版，第 20~21 页。

是仅限于青年出嫁的妇女，再等几年，她的婆婆老了，小姑嫁了，自己也快当婆婆了，这时的小姑再住娘家就未免受嫂嫂的气"。[①] 小姑与嫂子的双重身份，让她们经历了更多的家庭矛盾冲突，既有作为小姑的惬意与欺辱，又有作为嫂子的嚣张与无奈。对姑嫂不合现象的描绘在歌谣中多有表现，也成为歌谣中女性问题的研究重点之一。如小姑欺辱嫂子的两首歌谣：

> 其一：豆芽菜，根里粗，妈妈打俺为小姑，
> 谁家不是儿和女，为什么亲您小闺女？
> 其二：黑布衫，紫托肩，俺当媳妇真艰难，
> 蒜臼碓，升子量，俺小姑只怕偷给俺亲娘。
> 俺亲娘家不是穷落户，金打门楼银打墙，
> 上房前头卧对金狮子，屋里铺那象牙床，
> 象牙牀上更鸡叫，娘想闺女哥来到，闺女想想谁知道？
> 叫老张，抱姑娘，叫老董，抱相公，叫丫鬟，提红毡，
> 问问奶奶住几天？天又热，路又远，住那一月四十天。

再如，小姑受嫂嫂压迫的两首歌谣：

> 其一：小小葫芦洼洼腰，
> 我是妈妈惯娇娇，我是爹爹能宝贝
> 哥哥小妹妹，嫂子小姑娘。
> 嫂子说我不舂碓，还能在家过几岁？
> 嫂子说我不下田，还能在家过几年？
> 其二：曲曲芽，开紫花。从小住娘家，长大找婆家。
> 一找找到哪？找到北山河，又有马来又有骡。
> 套着白马住妈家，套着红马住婆家。
> 大哥出来解白马，二哥出来解红马，妈妈出来抱孩子，
> 嫂子出来不搭撒，下次多会儿来？嫂子死了吊纸来。

---

① 杨向奎：《歌谣中的姑嫂》，《歌谣》（周刊）第 2 卷第 6 期，1936 年 5 月 9 日。

从上述几首歌谣中可以看出，姑嫂不合既表现在小姑依仗娘家亲人们的宠爱排挤和监视嫂子，又表现在嫂子依赖婆婆的年老或亡故而树立的家庭强势地位欺压或虐待小姑。姑嫂不合的根源表现在两个方面：其一，小姑不明事理，借母势以欺压其嫂。这是因为在中国封建大家庭中婆婆在对待女儿和儿媳上采用两种态度——女儿是金枝玉叶而儿媳是一钱不值。婆婆总是赞美女儿怎么优秀而批评儿媳是如何不尽她意。小姑就是在这种家庭观念的影响下处处排挤嫂子，监视嫂子。青年妇人在婆家不仅要好好地侍奉公婆，而且还要讨好小姑，否则会遭到小姑的报复。刘经庵曾批评说："我看大半的婆母打骂儿媳，未必是因为儿媳得罪了她，多是因为小姑持有奥援，排挤其嫂，在内中多方陷害的缘故。且小姑对于她的嫂的一举一动都在监视中，唯恐她嫂有偷窥的行为，这样看来，小姑一方面是她母亲的'爪牙'，一方面是她嫂子的监视者"。[1]

其二，嫂子欺辱或虐待小姑源于她内心的不平和自私。在"旧式家庭中，在女子大了而尚未嫁之前几年，父母特别爱她，多半要她闲玩，不做什么事的。但是所谓嫂嫂则不然，她得要做日常家庭的各种大小事情，差不多整天没得空。因此做嫂嫂的看见姑娘吃现成的穿现成的，自己却那样的劳苦，未免有点淘气"，加之"在妇女到十七八岁的时候，生理上起了变化，因之行动上性情上，也都起了变化；尤其在经期中，更易走出常态；自然，或许比较粗浮不静，间或吵闹也是有的。"[2] 更有那些无父母的女子在长大而尚未出嫁时产生"这样大了，还穿着吃着用着哥哥的，怎么办呢"的想法。

针对歌谣中姑嫂不合的现象，张周动曾说："这些都是在家庭观念不明白、妇女经济不独立的旧社会不可避免的事实。"[3]这也就是说，无论是小姑欺辱嫂子还是被嫂子所压迫，都指明旧社会女性经济的不独立使得她们成为悲剧的受害者。她们沦陷在相互诟谇的旋涡中，形成一种"命应如此""理所当然"的思想认识，从而失去自我。刘经庵、作新、张周动等学者从社会变革的角度对民间歌谣中所记载的家庭中妇女间的矛盾纠葛进行过批评，但中国两千多年的封建社会道德的禁锢和当时整个社会大环境迫使他们不能从根本上提出解决的措施或路径。

---

① 刘经庵：《歌谣与妇女》，东方文化书局 1971 年版，第 32 页。
②③ 张周动：《从民歌中探讨家庭与婚姻的情况》，《师大月刊》1935 年第 5 卷第 18 期。

二、女性与男性间的纠缠探析

在中国封建礼教的约束下，女性的活动空间被明显地压缩在家庭的狭小范围里，繁重的家务劳动几乎消耗了她们所有的时间；而三从四德、男女授受不亲等道德标准让她们本已狭小的交际人群变得更加狭小。因此，在她们一生中，真正走进她们的男性很少，而能够成功地占有她们心灵的男性更少。在那些鲜为人知的男性中，与女性关系最为密切的有三类：情人、丈夫和儿子。他们成为女性生活中男性世界的全部。尽管她们对这些男性或许充满爱，或许充满恨，或许仅是完成某种使命，或许是承担某种责任，但是这些男性都从某些方面影响了她们，让她们的生活变得更加丰富多彩。

(一) 妻子与丈夫

从情感上讲，丈夫本应是妇女最亲近的人、最可靠的人，是她们物质上的保障者，精神上的依托。能够成为夫妻本应是上天的缘分，是月老努力的结果，所谓"百年修得同船渡，千年修得共枕眠"。他们的关系应该是和睦的，所谓"男主外，女主内"。这是一种理想的、美满的姻缘结合，是许多民间情歌中未婚男女执着的追求。如民间山歌中关于夫妻恩爱的歌谣：

> 其一：小黄盆，伴生菜，小两口打架自分开：
> 　　　你分力，我分外；你分枕头，我分铺盖；
> 　　　到晚上，没气没火的又合起来！
> 其二：纺花车，是圆的，两口打架是玩的。
> 　　　打是亲，骂是爱，不打不骂是仇人。
> 　　　打是亲，骂是爱，不打不骂是祸害。

这两首歌谣描绘的是年轻夫妻的恩爱生活。从中可以看出他们是建立在爱情基础上的姻缘结合，是许多未婚男女的追求。纳兰性德在《饮水词集》中曾说："人生得不到爱情的安慰，富贵有什么味儿？苦是得到有情人同居之爱，穷也穷的快活。"所以司马相如和卓文君当街市酒，传为佳话，成为后世追求美满爱情婚姻的楷模。然而，对于底层的劳动妇女而言，这种"执子之手，与子偕老"的夫妻关系是一种奢侈。徐行在《民歌中的爱情故事》中曾写道："纳兰氏和司马相如再怎么穷，而他前半段的光阴，是泳洄于资产阶级之中的。因此，他们的意识，至少也是小资产阶级意识；同时，也是小资产阶级对于恋爱的见解。那民间穷夫妻的苦处，他们怎么领略得到？所以，他们的说话，应用于民间是不对的"。① 底层民众的夫妻关系是建立在经济基础上的，这对于封建社会压迫下的妇女而言是一种生活的灾难。下面几首歌谣反映了下层民众的夫妻现状：

> 其一：十八娇娇三岁郎，夜夜要妹牵入房，
>   睡到半夜思想起，唔知是儿还是郎？
>   十八娇娇三岁郎，夜夜要妹抱入房，
>   等到郎大妹又老，等到花开叶又黄。

> 其二：小二姐走路快如风，走到她娘家的大门庭，
>   爹呀爹呀叫几声。你怎么给你闺女寻婆家，为什么一时不打听？
>   前心长个大疮，后心不住流脓，一脸黑油麻子，坑坑洼洼不平，
>   一头罗圈秃疮，不断尝尝哼哼，前锅后罗条半腿，实在不像人形。

> 其三：月奶奶明晃晃，开开后门洗衣裳。
>   洗又白浆又白，寻个女婿不成才。又掷色又摸牌。

> 其四：小烟袋朴穗多，打点酒，你去喝，喝醉酒，大老婆。
>   打死老婆你怎么过？使响器吹喇叭，滴滴答答再娶个。

常言道："嫁狗随狗走，嫁鸡随鸡飞。"这是中国封建旧社会对女性婚后生活的一种约束，或是妇女对自己的一种心理安慰。现实生活的残酷性超过了她们的想象。以上这些歌谣反映了畸形婚姻形式下妇女的不幸情感经历，或是描写丈夫幼小的，或是描绘丈夫丑态的，或是描写妇女被丈夫打骂遭遇的。这些歌谣是劳动妇女与其丈夫的感情记录，是她们生活的真

---

① 徐行：《民歌中的恋爱故事》，《社会月报》1934 年第 1 卷第 2 期。

实写照。造成夫妻关系不平衡的原因是由于妇女经济的不独立而带来的社会地位的低下。"经济是注定男女间的恋爱关系，无论在新的社会或是旧的社会，终要男女两方面，至少是一方面有钱，总能发生恋爱。两方面俱有充分的经济，那是不消说的。至于两方面俱是无钱，这恋爱是不会成功的。女子拿出钱来倒贴汉子，和男子拿出钱来玩弄女子，这俱是证明一方面有钱是可以达到恋爱的。从这点社会的真实状况来观察社会问题，就明白了恋爱之处处受经济支配，是一件无可否认的事实"。① 恋爱如此，婚姻亦如此。建立在金钱基础上的买卖婚姻无形中成为妇女不幸遭遇的罪魁祸首，而且妇女经济的不独立又直接导致她们在丈夫面前的不对等，遭受丈夫的百般刁难和虐待，从而出现了荒年卖妻鬻子的社会现象。

（二）"她"与情人

在中国民间歌谣资料库中，情歌所占的比重相当大，数量相当多；它是民间歌谣中最具有活力和情趣的一类。中国自有文字记载以来，情歌的出现比较早，相应的搜集整理而成的著作也比较多，情歌的影响也相当的广泛；相对而言，情歌在艺术形式上相当成熟。从内容方面看，情歌多是以爱情为对象，描绘青年未婚男女相互倾诉爱慕之情和追求美好理想的，但也有一部分是已婚少妇思念情郎的歌谣。如在著名的《诗经·国风》中，有许多篇章是描绘青年男女相互之情的。郑樵曾评价说："风者，出于土风，大概小夫贱隶妇人女子之言，其意虽远，其言浅近重复，故谓之风"。② 朱熹也说："凡《诗》之所谓风者，多处于里巷歌谣之作，所谓男女相与咏歌，各言其情者也。"③ "风则间巷风土男女情思之词"。④ 因此，在她们看来，异性情人是介于哥哥与丈夫之间的男子，在某些情况下他们是女子追求的对象和少妇倾诉的化身，是她们理想的伴侣和精神上的依靠。"连情、送别、求友三种呼声，都是社会环境逼迫出来的，被迫而出的呼声自然有不平的气息，甚至于带有放散的志趣和哀厉的长音"。⑤ 如反映女子爱慕之情的歌谣：

① 徐行：《民歌中的恋爱故事》，《社会月报》1934年第1卷第2期。
② 郑樵：《诗经奥论·风雅颂辨》，《六经奥论》卷三，四库全书本。
③ 朱熹：《诗集传·序》，上海古籍出版社1980年版，第2页。
④ 朱熹：《楚辞集注·卷一离骚序末按语》，上海古籍出版社1979年版，第2页。
⑤ 罗香林：《粤东之风》，上海北新书局出版1928年版，第25页。

其一：三根丝带一线长，做根飘带送小郎。
　　　　郎哥莫嫌飘带短，短短飘带仁义长。
其二：爱人哟——一心许你就许你，
　　　　玩笑不过我两个，再再不信别的人。
　　　　情郎哥——好花开在深山沟，
　　　　错承为哥看得上，小妹出自清寒家。
　　　　情郎哥——绣就香豆为哥带，
　　　　冤家才是我两个，缝就衣裳为哥穿。

如表达妇女的不幸情感经历歌谣：

其一：脚蹬板凳手爬墙，两眼睁睁望情郎；
　　　　昨日为情郎挨了打，情愿挨打不丢郎
其二：高山有树不通天，井中有水不通船，
　　　　妹今有话不敢讲。妹喊情哥那样连？
　　　　四两黄金怨命薄，月在天边手拿摩，
　　　　妹今虽好是人妇，千两黄金不到哥。

　　从以上所列举的情歌中可以看出，既有青年未婚女子爱慕、思念情郎的歌，又有已婚少妇哭诉不幸婚姻以引起青春年少的美好回忆的歌。情人在她们的生活中扮演着重要的角色，成为未婚少女追求幸福的目标和已婚妇女精神的寄托。封建婚姻制度所造成一件件触目惊心的悲剧让她们意识到，"恋爱是神圣的，爱情是不减的；无论男女，结识了爱人，总要有恋爱的歌——情歌来表示她们的爱慕之情。这一则可以诉自己的心怀，一则可以求情人的怜爱，是最快乐不过的事，至情感之发生，多是在两方情感最兴奋、最热烈的时候自然流露出来的。因其感情真实，所以满意的恋爱的歌中当然满含着愉快，失意的恋爱的歌中当然充满了血泪。所以就文艺而论，歌谣中的情歌，是男女们赤裸裸地把彼此恋爱的心情，真挚的、自然的、放情而歌唱出来的"。① 尽管在中国封建社会，这种行为有悖于伦理

---

① 刘经庵：《歌谣与妇女》，东方文化书局 1971 年版，第 132~133 页。

纲常，但生活现实的残酷，尤其是对女性不幸遭遇的认识，深深地教育了她们，使她们在无法摆脱封建礼教的约束下通过歌谣表述她们对爱情的追求、对美满婚姻的向往、对封建旧社会不平等的抗议。徐行曾说："民间文学中关于非正式夫妻（露水夫妻）恋爱描写的情歌就特别多，而且顶有精彩，显有向着这旧社会旧制度整个生命力量的总示威和总攻击，民间之所以敢丝毫不忌惮赤裸裸地借情歌表达出自己内中的热情，他们绝不是如士大夫目光视为淫词滥曲来谋伤风败俗那样而产生的。他们在那样的社会那样的经济制度之下，不容他们不喊出冲破虚伪纲幕真生命源泉的情感来揭示现代社会之黑暗"。①

（三）母亲与儿子

在封建社会，妇女的三从观念——在家从父、出嫁从夫、夫死从子——在民间歌谣中表现得特别突出。在与父、与夫、与子的三种关系中，妇女，尤其是乡村的劳动妇女，更看重她们与儿子的关系。这种关系之所以表现得如此紧密，不仅是因为他们之间存在血缘关系，还在于他们之间的养育之恩与当时社会对男性地位的认可。所谓"养儿防老，积谷防饥"成为她们习惯性的认识。除此之外，中国自古以来重孝道的道德标准和历史"举孝廉"的道德模范也深深地影响了她们。然而，生活的现实一次又一次击碎她们的愿望，使她们成为儿子结婚后的悲剧。刘经庵在《歌谣与妇女》中曾写道：

> 妇女的三从——未嫁从父，既嫁从夫，夫死从子——我们由歌谣中已经看得出从父从夫的实况了，今再试看一看夫死从子如之何。中国自古是重孝道的，当未嫁时，虽会受父母的轻视，既嫁后又受丈夫的打骂，若是养得儿子，总可望之孝养以慰余年的。所以中国的妇女多有青年亡夫，而终身守于不嫁者，此固因礼教使之如此——守节——亦实因将来有所指望而然的。那知含辛茹苦的把儿子熬大成人后，竟至"娶了媳妇忘了娘"呢？我们看以"娶了媳妇忘了娘"为母题的这首歌谣之普遍，足可知中国妇女的"夫死从子"的失败了。②

① 徐行：《民歌中的恋爱故事》，《社会月报》1934年第1卷第2期。
② 刘经庵：《歌谣与妇女》，东方文化书局1971年版，第101页。

"娶了媳妇忘了娘"为母题的歌谣普遍流传在中国的广大地区，如河南、山东、安徽、天津、江西、广西等地区。如河南卫辉的歌谣：

> 小麻雀，尾巴长，娶了媳妇忘了娘；
> 把娘扔到山沟里，把媳妇抽到炕头上。
> 他娘要吃焦烧饼，那有现钱填还你；
> 他妻要吃五香梨，清晨起来去赶集；
> 一头担哩是小麦，一头担里是黄米；
> 到了集上去换钱，下集买哩五香梨；
> 手巾包，手巾提，到家里，拿起钢刀削梨皮；
> 凉水缸里提三提，怨怕钢刀铁锈气。
> 双手捧起叫贤妻，叫声贤妻你吃吧。

如江西南昌的歌谣：

> 麻鹊子，尾巴长，娶了老婆不要娘，
> 娘是路边草，还是老婆好。

如流传在广西的歌谣：

> 红公鸡，尾巴长，讨了老婆不要娘。
> 娘讲话不算数，老婆讲话句算句。
> 娘要吃个糖烧饼，他说无钱懒得理。
> 老婆要吃甜沙梨，早早起来去赶圩。

以上这些"娶了媳妇忘了娘"为母题的歌谣反映了中国劳动妇女"养儿防老"观念的失败，也表现出妇女悲惨遭遇的终结。对于造成这种现象的原因，刘经庵指出是"中国重视孝道而不重视夫妇之爱"的结果。他在《歌谣与妇女》一书中写道："或有人说：歌谣中所咏的'忤逆子'完全是因为中国素重孝亲之道，而不重夫妇之爱的缘故。歌谣中所云，若移入西国，就不算一回什么事了。要知孝思与爱情常是冲突的，愿乎此必失乎彼，两者不能得兼。我们受过新思潮洗礼的人，不能以'忤逆子'加罪于爱妻之人的'。此说固为有理，不过我想西方人虽重视夫妇之爱，亦并非不顾念其母，自有他敬母之道"。① 与此同时，他也认识到这只是其中的原因之一，而真正使妇女老来凄惨的原因是因为她们没有自己的生活保障或是经济保障。夫死从子之说不仅是指在道德标准方面的依从，更是妇女在经济方面的依靠。经济的不独立或没有经济的保障是妇女老来受欺于儿子儿媳的最根本、最实质的原因。经济的过分依赖使她们只能在凄苦中度过余生。因此，妇女老来的凄惨生活与其说是儿媳挑唆儿子的结果，不如说是封建社会"三从"道德标准在物质方面对妇女进行限制的结果。

民间歌谣记录了男女之间的情感纠葛，展现了青年女子所处生活环境的困顿、社会环境的恶劣和悲剧性的命运，刘经庵在《歌谣与妇女》一书中多有收录，而且还对其中的某些民歌进行了评述。他指出了当时社会的不合理现象但对如何改变当时青年女性命运的问题没有进行回答。尽管如此，《歌谣与妇女》仍不失为研究中国妇女问题的著作：女性的文学与妇女的问题，是一部妇女生活诗史。

三、悲惨的童养媳与无言的寡妇

在中国封建社会，广大的农村地区流行着一种特殊的婚姻制度，即童养媳制度。童养媳的出现多半是因为小姑娘的亲生父母家中贫穷、兄弟姐妹较多而自小寄居夫家，等到了一定年龄后再与丈夫圆房。经过正式婚嫁的女子，做媳妇时比较好点，而没有经过正式婚姻的童养媳是最苦最难的。由于其年龄太小、娘家太穷而无人说话，童养媳不仅不敢反抗，而且在物质精神两方面，她们受尽凄酸的磨难，吃尽千辛万苦，受尽婆家的虐待。因此，在广大的女性同胞中，唯有童养媳所受到的苦最多、所经历的遭遇最惨。杨百元曾指出，她们"不特在苦难中度过童年和青春，而一直在苦难中爬过整个生命的途程"。② 如童养媳受婆家虐待的歌谣：

　　其一：小枣树，摇三摇，童养媳实难熬。

　　　　　　熬住公公熬住婆，脚蹬锅牌手拿杓，喝口米汤也舒服。

---

① 刘经庵：《歌谣与妇女》，东方文化书局1971年版，第101页。
② 杨百元：《从歌谣中看童养媳制度》，《湖南妇女》1943年第1卷第2期。

不愿在公婆面前做媳妇，宁愿公婆死后喝米汤。

平日受公婆的虐待，也就可想而知了。

其二：小小媳妇不是人，五更做起到黄昏。婆婆骂我懒妖精！

吃得饭，冷冰冰；穿得衣，破领襟；黑夜睡觉没有狗安身。

其三：十七八郎年小，二十七八郎大了；

郎大自去找别人，夜夜空房直到老。

　　从以上几首歌谣中可以看出，童养媳在衣食住以及日常生活、工作上都经历着难以想象的痛苦。这就说明不对等的童养媳制度给广大的乡村妇女带来了遭难。针对旧社会的童养媳制度，一些学者也提出自己的看法。杨世清认为，童养媳的出现源于娘家的贫穷。"通常的习惯，女子在娘家多半是有势力的，现在到娘家还要受嫂子的气，那么，到别处更是不用说了。然而经过正式婚嫁的女子，做媳妇总还是比较好点。最苦最难的，是一种'童养媳'。因为'童养媳'多半是因娘家贫穷而寄居夫家的；所以更容易受人轻视，受虐待也格外利害"。① 张周动认为，童养媳的出现既由于娘家的贫穷又有婆家的经济利益。他说："在旧式婚姻中还有一点特色，就是童养媳制度的成立。就一般来说，男家之所以娶童养媳的，是因为花钱比较的少，而可增加一个做事的人，在女家而愿把自己的女儿送出做童养媳的，是因为家里的贫寒，没法赡养的缘故。因此在这双重利害之下，决定了她的命运"。② 杨百元则认为，童养媳的出现是由多方面原因造成的。他说：

　　在贫穷的半封建的中国农村社会里，到处流行着一种童养媳婚姻制度。靠童养媳制度流行的原因：

　　（1）重男轻女的观念。一般穷苦人家，对自己的女儿，多看作一个累赘，以为女儿终久是别人家里的人，不如趁早把她送出去好……

　　（2）包办婚姻。一般穷苦人家，恐怕他的儿子大了找不到老婆，所以在儿子童年时代就随便找一个。

① 杨世清：《从歌谣看我国妇女的地位》，《歌谣》（周刊）第48期，1924年3月23日。
② 张周动：《从民歌中探讨家庭与婚姻的情况》，《师大月刊》1935年第5卷第18期。

（3）经济的原因。一般穷苦人家，有的不能养活女儿，想早一点把她嫁出去；在另一方面，则认为娶一个童养媳，可以帮助家里操作，当做一个不必付"工资"的长年。所以，童媳的年龄一般都比丈夫大。①

从以上分析可以看出，童养媳制度的产生不是单纯地建立在家庭需要的基础上（穷苦人家的传宗接代的需要），而是建立在经济条件的基础上。童养媳多出自贫寒之家，即便不被嫁出也会饿死；而究其男方而言也是出于经济的利益，童养媳年龄小，花钱少，而且还能多一个免费的劳动力。这是童养媳制度产生的原因之一，也是最重要的、最本质的原因。因此，歌谣中所描绘的童养媳的不幸遭遇与其说是不平等婚姻下的悲剧，不如说是金钱卜的奴隶。

除上面所谈到的歌谣中童养媳的不幸遭遇外，还有一类妇女也同样受到家庭和社会的关注，她们就是"寡妇"。她们不仅在煎熬中默默地埋葬自己的青春和苦难，也在痛苦中经历着社会道德标准的评判。与繁重的劳动相比，她们更多地承受着精神上的空虚、寂寞，社会上的歧视及她们对生活的绝望。如反映年青"寡妇"无望生活的歌谣：

其一：小寡妇，十七八，撷开门帘没有他，
　　　靴帽蓝衫床边挂，鸡嗉布袋没人拿，
　　　关着门，黑谷洞，开开门，满天星，
　　　打着火，点着灯，灯看我，我看灯，看来看去冷清清。
　　　清早起来进厨房，厨房地，我扫光。
　　　大锅刷得明如镜，小锅刷的流油光，
　　　小锅添了一盆水，大锅添了一盆多，
　　　青石头，配棒捶，红白葡萄配芫荽；
　　　锅靠锅，罗靠罗，一龙吸水靠黄河，小小寡妇难公婆。
　　　你这没儿难致富，我这没郎难做活，
　　　您家没有梧桐树，凤凰不给您家落。
其二：年青寡妇最难做，旁人说来闲话多；

---

① 杨百元：《从歌谣中看童养媳制度》，《湖南妇女》1943年第1卷第2期。

　　　　　头勿梳来脚勿裹，人家说我破烂货；

　　　　　梳梳头来脚裹裹，人家又说阴骚货。

　　　　　可怜丈夫早归阴，这种日子如何过？

　其三：庄户人常年纳不完税，寡妇我眼里流不出泪。

　　　　　守寡守的我成了鬼，站在人前张不开嘴。

　　　　　上刀山来下油锅，比起守寡强得多。

　　这些歌谣是对年青寡妇生活的真实写照，描绘了她们无聊寂寞的生活，道出了她们生活中的困窘和无奈。同时，这些歌谣也预示着寡妇们将在这种生活状况下老死终生。中国封建社会的妇女道德规范多为"夫有再娶之义，妇无二适之文""忠臣不事二君，烈女不更二夫""饿死事小，失节事大"，而且从法律和宣传的角度倡导这种道德标准。"从秦始皇时代起，法律便褒扬节烈，古代节烈妇女的传记多如牛毛。无论已嫁未嫁，妇女死了丈夫或未婚夫，便应守节，或者毁容，或者死掉，《儒林外史》第四十八回中王玉辉见女儿殉节，便仰天大笑道：'死的好！死的好！'。夫死不嫁，夫死殉节，是天经地义的事，否则便大逆不道"。① 因此，封建礼教制度将她们镶在"贞夫烈妇"或"贞节牌坊"的位置上，使她们失去再次寻求幸福的权利和机会，成为封建礼乐制度下的牺牲品。正如刘经庵所说，"中国只有丈夫与妻子离婚（所谓休妻），没有妻子与丈夫离婚的——不但生前不能离异，就是丈夫死去，亦不可改嫁他人的。如果琵琶别抱，就有人要轻视她，说她是失节的妇女了，社会上所流行的什么'饿死事小，失节事大''一女不事二夫'的礼教，还有什么'一夜夫妻百夜恩，百夜夫妻似海深'的谬论，层层地束缚她，叫她不得不从一而终"。②

四、结语

　　经济基础决定上层建筑，经济基础决定社会形态，经济基础决定婚姻制度，经济基础也决定妇女的命运，尤其是在中国封建礼教束缚下的广大劳动妇女的一生。歌谣中多半为妇女所作，而歌谣中也多是反映妇女问题

---

① 张晓兰：《歌谣学概要》，电子科技大学出版社 1993 年版，第 254 页。
② 刘经庵：《歌谣与妇女》，东方文化书局 1971 年版，第 80 页。

的。歌谣中体现出的婆媳关系、姑嫂关系、她与情人、妇女与丈夫的关系、母亲与儿子的关系以及悲惨的童养媳和无奈的寡妇等这些关系妇女切身利用的问题和她们不幸遭遇的原因都指向封建社会不平等的婚姻制度，指向封建礼教和道德规范，更确切地指向封建社会妇女经济的不独立。对现代民间研究者而言，"这些歌谣无疑巩固了他们的一个看法：中国妇女社会在一个倍受歧视、令人窒息的黑暗世纪里，她们又找不到逃脱的出路。""从表面意义看来，这种对妇女遭遇的关注，反映了民间文学家对妇女解放前景的思考。但是，其深层含义却在于，民间文学家们都相信，他们经过对这些歌谣的研究，可以揭示整个中国民众，特别是妇女的真实生活状况"。① 现代民间文学研究者通过他们的不懈努力，有力地证明妇女的深重灾难源于儒家伦理纲常的长期统治。在他们看来，既然妇女歌谣能够如此深刻有力地揭露妇女的悲惨遭遇，那么它就值得被民间文学研究者重视，应该成为争取妇女解放的武器。

第二节　歌谣中的婚姻研究

歌谣是下层民众生活的外部表现，记载着人们的喜怒哀乐、部族的兴衰变化、民众的风俗时令等，它被誉为"民间的史书"。同样，人们也将生活中的各种风俗习惯、民间仪式、节日欢乐等融入歌谣中，借此表达他们对生活的热爱，对未来的向往。所以说，歌谣与风俗密切相关，"歌谣是记载风俗的历史，是吟诵风俗的文学，是描绘风俗的图画，歌谣的表现也可以说是风俗的表现；舍歌谣而谈风俗成了空中的楼阁"。② 同样，"丰富的民俗事象给歌谣创作提供了大量民族性、地域性的素材，是歌谣创作取之不尽、用之不竭的源泉"。③ 尽管在1900~1950年的歌谣研究中关注歌谣中风俗研究的学者不多，成果也比较少，但他们只言片语的论述却为我们打开了歌谣中风俗研究的大门。他们在研究思路、研究方法和对某些民

---

① ［美］洪长泰：《到民间去——1918~1937年的中国知识分子与民间文学运动》，董晓萍译，上海文艺出版社1988年版，第118页。
② 彦堂编：《中国歌谣学草创》，福建协和大学出版社1926年版，第14~15页。
③ 赵晓兰：《歌谣学概要》，电子科技大学出版社1993年版，第272页。

俗事象的看法启迪了后世学者。《歌谣》周刊曾开设"婚姻专号"研究，对歌谣中的婚姻风俗进行讨论。在他们看来，"婚姻是人生的一件大事，有极繁歧的风俗去表现它，有极美丽的歌谣去赞颂它，我们觉得有特行征集材料，连出几个专号的必要，希望读本刊的同人多多把材料给予我们，让我们来编集。倘使这次的征求有极满意的结果，那么，这一期也不愧为'骇骨'了"。① 因此，本节选取其中的某些重点探讨的问题，通过对歌谣中婚姻观、婚礼上的歌谣、歌谣中的婚俗的研究进行比较分析，指出歌谣中风俗研究的重要性及其研究价值。

一、歌谣中的婚姻观探究

婚姻是人生的一件大事，它不仅代表着青年男女的结合，而且还与家族、国家的命运息息相关。对个人而言，婚姻标志着青年人的成熟、责任与义务；对族群而言，婚姻代表着家族的繁荣与富强；对于社会而言，婚姻体现着国家的稳定与健全。"婚姻是个人的'终身大事'，不只是青年男女们注意的中心，而且也是社会上最严重的问题。因为婚姻是家庭的基础，社会国家更是家庭上的建筑物；我们欲求建筑物的健全，必须有快乐的家庭，欲求快乐的家庭，又必须有美满的婚姻"。② 正因为婚姻的重要性，人们在对待婚姻问题上表现出谨慎、细致与全面。他们提出了对于婚姻的理解，如结婚目的、选偶标准等，并通过歌谣的形式形象地表现出来。这是婚姻研究者的必选对象，也成为歌谣研究者关注的对象。他们通过研究，揭露封建旧社会统治下下层民众的婚姻观。

尽管下层民众没有受到太高的文化教育，但他们对于婚姻问题有自己的理解。这在他们的歌谣中就充分地表现出来。郑宾于在《歌谣中的婚姻观》一文中通过对歌谣进行分析对比，指出了民众在婚姻问题上的认识，尤其是在夫妻结合问题上的探讨。其一，夫妻的结合在于"义"。他说："一般放牛的、采樵的田夫野老，都常常念着，几乎把他化作歌谣了。他们的心目中都承认夫妻是以'义'结合的，所以'重义'"。这种重义的夫妻结合观念不仅存在于成人中，而且"在人们当未成年时候，或

---

① 《本刊启事（一）》，《歌谣》（周刊）第 56 期，1924 年 5 月 25 日。
② 作新：《民间的风俗与歌谣》，《民教月刊》1940 年第 2 卷第 1 期。

者是当小孩子的时候，已经是很有婚姻观念了"。① 如反映婚姻思想的
歌谣：

> 金竹桠，银竹桠，对门对户打亲家；
> 张家儿子会写字，李家姑娘会绣花；
> 大姐绣的灵芝草，二姐绣的牡丹花；
> 只有三姐不会绣，天天坐起纺棉花，
> 纺一首，哭一声，叫你哥哥要去砍柴，
> 柴又远，水又深，说你哥哥没良心。

这首歌表现的是"他们思想结合后生出的产物，你看那会写字的张家
儿子便配着了会绣花的李家女子；不会绣花的李家女子独独碰到没良心的
张家男子。山民的脑筋简单，硬齐齐整整地一对一对地将他配上；这样来
满足他们的思想和欲望，便得了精神上底许多安慰与温存，更进一步，因
安慰温存之不足，便想'身受其赐'，大有'亲尝之'的妄想"。②因此，
对于婚姻的认识，下层民众有自己的原则和标准，这种反映在歌谣中的认
识都是基于他们的社会地位和周边环境的影响而产生的。

其二，青年男女之间的爱慕基于爱情的感召。青年男女相识、相知、
相爱等过程都是通过歌谣的形式表现出来的，"他们也常常有歌谣，来表
示他们的爱情之经过和趋势；爱情原是日积月累的互相爱慕'相悦以解'
而生出来的东西"。而这种爱情的产生源于青年男女长年一起劳动生活，
因为"人们在这男女杂处的山中生活着，每日上坡锄草、捡柴、种豆，常
常一块儿工作，一天一天，一年一年，彼此之间便发生了亲密而诚挚的爱
情，甚而至于有肉欲的秘密行动。"③诸如歌谣中所唱：

> 细料斗蓬红纸胎，二人做事做得乖，
> 吃酒汤中莫答话，神仙下凡都难猜。

同时，他们也用歌谣表达了因世情波折而至于失恋的现状。如歌谣：

---

①②③　郑宾于：《歌谣中的婚姻观》，《歌谣》（周刊）第 57 期，1924 年 6 月 1 日。

> 月亮出来像把梳，不想如时想当初，
> 想起当初一句话，竟到如时丢不下。

在这首言近而旨远的歌谣中，他们没有表现"一点怨惧情人的意思，只流露着自己心灵不舍的情况，这种纯白不杂的精神结合、精神分离，是难得啊！"

其三，婚姻的成功源于"父母之命，媒妁之言"。尽管青年男女之间建立了爱情基础，但"据我这'门外汉'的观察和猜想，他们总不能因爱情而结婚，使那'婚姻'实现"。中国封建社会的婚姻建立在"父母之命，媒妁之言"上，它与建立在爱情基础上的青年男女的爱慕以期结合为夫妻的条件不同。这种婚姻形式更多地体现了中国封建礼教和道德标准，同时它还带来许多婚姻悲剧，"因为这'父母之命的制度时'是男不知女，女不知男；等到那结婚时候男子虽然是才子，而女子却不是佳人；女子虽说有貌，男子却又无才，日复一日，年复一年，男子对于女子不满意，使向外要求；而女子对于男子不满意，便想另寻快乐，这两性间萦回的情绪，同时爆发"。① 在男子方面，如：

> 大路不平石板镶，半盘萝卜半盘姜；
> 萝卜那有姜辣嘴，家葱那有夜葱香。

在女子方面的，如：

> 人家老工像条龙，我的老工像毛虫；
> 那年那月毛虫死，斑鸠跳进画眉笼。

这两首歌谣都是在"父母之命"下婚姻悲剧的表现。尽管歌谣中所表现的男女的态度有些夸张，但"从这两首歌谣中可以知道他们俩'不安于位''见异思迁'"②的原因。是"父母之命，媒妁之言"的婚姻形式造成了他们努力冲破封建礼教和道德规范的反抗意识，使歌谣中充满硝烟和烈火。

---

①② 郑宾于：《歌谣中的婚姻观》，《歌谣》（周刊）第 57 期，1924 年 6 月 1 日。

钟敬文在《海丰人表现于歌谣中之婚姻观》一文中通过对海丰地区的歌谣进行分析，提出海丰人对待婚姻的认识。他认为，海丰歌谣反映了海丰人对婚姻的四点认识：其一，重视媒妁。中国人重视媒人的婚姻制度已经流传了两千多年了，在上古的典籍中就明确地记载着有关媒人的文字，如《曲礼·上》云："男女非有行媒，不相知名，非受币不交不亲"。钟敬文指出，"黄帝之子孙，是最孝道而遵守古训的，所以自上古直到现在，还保留着这种'刮人免刀'① 的制度，在外面自以为礼的海丰民族，当然无所例外"。② 如歌谣：

> 蕉叶蕉叶汤，蕉叶汤汤照见人；
> 照见娘仔极生存，深深拜拜请媒人。
> 媒人请到客厅来，三年阉鸡掠来刣；
> 三年阉鸡四年酒，深潭鲤鱼纲攵丫来。

其二，计较聘金。中国人自古以来就重视礼节，但在婚姻方面却表现出说与做的矛盾冲突。一方面人们遵循着古训，"婚娶而论财，夷虏之道也；君子不入其乡，古者男女之族，各择德焉，不以财为礼也"；另一方面人们又"不惜违反前制，婚姻不能以爱情为根据，又不能以德行为条件，徒知较量金帛，讲究仪聘，婚姻之义，不已霉了吗?"③ 尽管人们遵守着封建社会的礼教和道德规范，但同时他们还将婚姻作为一种买卖，把女儿作为一种商品，进行等价交换；而这种买卖是以婚姻中聘金的形式表现出来。因此，女儿的父母以聘金多少进行评判，而忽略其他的诸如对方的爱情、年龄、性格、喜好等因素。如歌谣：

> 茶叶四斤酒八瓮，打开封包十六两；
> 送分娘仔做聘余，爹娘听知还嫌少。

其三，要求嫁妆。海丰的歌谣中透露出将嫁娘对嫁妆的疯狂追求，特

---

① 刣，读 zhong，一声，意思是刮削物，文中的"刣人"，是"杀人"的意思。"刣人免刀"的意思是，媒人杀了人是免死的。

②③ 钟敬文：《海丰人表现于歌谣中之婚姻观》，《歌谣》（周刊）第 74 期，1924 年 12 月 28 日。

别体现在个人的装饰方面。下面两首歌谣就是女性追求丰厚嫁妆的具体表现：

> 其一：临悲蝉，叫匀匀，
> 　　　大姊哭要衫，二姊哭要裙，
> 　　　三姊哭要槟榔盒，四姊哭要铜面盆。
> 　　　爹呀爹，俺要高田樣水车，
> 　　　俺要三箱六个囊，俺要双困伴我行。
> 其二：头要银鬟金儿钩，二要额抹合鬓头，
> 　　　三要玉環金指托，四要绸裙共枕头，
> 　　　五要重用龙伸鳳，鸟仔含绥勿参差，
> 　　　又要花通插鬓脚，面前一对大珠灯，
> 　　　一对黄蝶采黄缨，莺歌舞燕十八托，
> 　　　托托就要挂含铃，花红柳绿错错新，
> 　　　软錬手环要文银，波罗棉裘要双付，
> 　　　圆仔结带要装银，裘要蟹青裙要绿，尤要金边绸钩云。

从以上两首歌谣中可以看出，中国封建社会的婚姻制度不仅是指父母层面的买卖婚姻，而且还指出嫁女的豪华嫁妆。顾颉刚在《一个"全金六礼"的总礼单》和《一个光绪十五年的"奁目"》两篇文章中详细地列举出婚嫁的礼品，可谓种类繁多，数量庞大。他说，在这里嫁妆中不是所有的东西都有实际使用价值，它们只是作为其中的一部分来显示婚礼的重要性和隆重。针对这种现象，钟敬文曾指出："女子出嫁，只知道唠唠叨叨向家人索装奁，而对于己彼之果有感情及结婚之愿望等，反置而不较，这固然大部分是万恶之环境使之必须，但婚姻者而全不知自己当的是什么一回事，这未免太可怜了！"① 这就说明在金钱至上的影响下，以爱情为基础的婚姻观是毫无实际价值的，那些追求自由婚姻、幸福生活的歌谣仅是妇女们在不幸遭遇时的一种空洞的奢望。

其四，志在传后。中国自古以来特别重视族群的繁衍、子嗣的传承。孟子曾说："不孝有三，无后为大"。《昏礼》云："昏礼者，将合二性之

---

① 钟敬文：《海丰人表现于歌谣中之婚姻观》，《歌谣》（周刊）第74期，1924年12月28日。

好，上以事宗庙，下以继世也"。而家族繁衍的根本在于婚姻。因此，在中国人的心目中，之所以进行婚姻，是因为子孙的传承。钟敬文也指出，"在他们的心目中，婚姻就是为承前继后而设，换言之，婚姻的唯一目的，只是生子传后"。[①] 这种也传递子孙的婚姻观点在海丰的歌谣中有所表现：

> 米筛擎起见荩青，新娘罗入就箍家；
> 十七十八人媳妇，二十七二十八人大家。
> 龙灯点起有双枝，宝镜照起亦团圆；
> 来年添贵子，魁星踢斗，早得是男儿。

钟敬文通过对海丰歌谣的分析，提出了海丰人的婚姻观。这种婚姻观的提炼是从不同的角度或不同的人的利益出发，对于整个中国社会来说，媒妁之婚不仅符合婚姻双方家庭的需要，而且也符合当时的礼教规范；对于女方父母，他们通过聘金的方式追求婚姻价值最大化；对于出嫁娘而言，她们通过嫁妆的形式实现婚后生活方便最大化；对于男方家庭而言，婚姻是为了繁衍后代。尽管这只是地域性的婚姻观念，但是它带有一定的共性，普遍地反映了下层民众的婚姻追求。在中国封建礼教和道德规范影响下，海丰人的婚姻观不仅反映海丰人对于婚姻的理解和认识，而且它也反映了中国广大乡村的民众对于婚姻的看法：重视媒妁、计较聘金、要求嫁妆和传宗接代。

二、歌谣中婚姻目的和择偶标准的探讨

歌谣是下层民众生活的反映，承载着民众的喜怒哀乐。下层民众通过歌唱来表达他们对事物的理解和认识，也通过歌唱来反映他们婚姻的看法。同时歌谣中还透露着人们对婚姻的目的认识、对择偶标准的看法，以此来表达他们对婚姻的重视和婚姻对他们的影响。

---

① 钟敬文：《海丰人表现于歌谣中之婚姻观》，《歌谣》（周刊）第74期，1924年12月28日。

（一）婚姻目的的记载

婚姻是人生中的大事，不仅备受家庭、家族的重视而且还受到社会的关注。这充分地说明婚姻在人类发展过程中扮演着非常重要的角色。那么，对于婚姻的目的，不同阶层的人就存在不同的解释。正如张周动所说，"结婚的目的是什么？这当然是不能得着同一的答案的。西洋对于结婚的牧师怎样，我们且不说他，就是中国从历史的记载上所给予我们的解说也不一样。这些从历史上给予我们的解说，都是圣贤之类的人的遗言，他们纯以个人的观念而下论断的。而且，他们的地位不同，所得的结论，自然不能代表大部分人的'目的'"。① 因此，像"君子之德造端乎夫妇""食色性也""饮食男女，人之大欲存焉""不孝有三无后为大"等中国古代典籍中所记载的箴言多是出于圣贤之口，而非婚姻的真实目的，更不能代表广大下层民众对婚姻的要求。作为下层民众生活反映的歌谣渗透着青年男女为何要追求婚姻的原因，无论他们的家庭条件如何。

张周动在《从民歌中探讨家庭与婚姻的情况》一文中通过对相关歌谣进行分析总结，指出青年男女追求婚姻的第一目的是满足男女性的需要。他说："人生结婚的第一个大目的，便是满足'性的需要'"。同时，他也指出："结婚的目的，绝不止'性的需要'而已"。② 这里所指的其他目的就是通过婚姻的形式使青年男女获得精神上的安慰，通过婚姻的形式完成传宗接代的任务，通过婚姻的形式增加家庭的劳动力从而实现家庭财富的增长。这些目的皆是下层民众通过婚姻所要实现和追求的，也是他们通过歌唱所表达出来的。如：

> 苏州：十八岁姐妮踏板上踔，娘问媛女啥心事？
>   倷有郎勿得知叹嘸郎各苦，倷何晓得奴媛女日日好像镬里煎虾蟹仔勒熬。
> 无锡：日落西山渐渐黄，画眉笼挂拉北纱窗，
>   画眉笼里无食难过夜，小奴奴房中无郎勿进房。
> 靖江：男子无女不成家，女子无男乱似麻，
>   若是两人同枕睡，麻顺不乱又成家。

① ② 张周动：《从民歌中探讨家庭与婚姻的情况》，《师大月刊》1935 年第 5 卷第 18 期。

泰兴：菠菜根，甜菜根，跟了娘家没后程，
　　　早些把个男子汉，喝汤喝水有后程

宜兴：烧烧煮煮，洗洗补补，理理床铺，陪陪丈夫

宁远：哎哟哎哟一声难，怎么还不讨老婆，
　　　人家儿女路打路，我的儿女在那团。

砀山：娘！娘！娶了吧，今年如娶花媳妇，
　　　明年还抱银娃娃，喊你喊奶奶，喊我喊爸爸，喊我妹妹喊
　　　妈妈。

上海：东天日出白淡淡，新做西方实在难，
　　　早餐起始烧早饭，夜来点灯缝被单。

江北：养媳妇难，养媳妇苦！半夜起来磨豆腐，
　　　三更磨到天明亮，公婆还说我快活……

　　张周动所列举的这些流传在华东地区的民间歌谣表达了下层民众对于婚姻的追求：性的满足、精神上的安慰、异性的陪伴、繁衍子孙的需要以及劳动力的增加。这些目的都是源于下层民众实际生活的需要，而不是建立在空洞虚伪的道德规范上。这显示了民众源于生活基础上的婚姻诉求，满足了他们的实际需求，体现了他们朴实的生活观和婚姻观。

　　赵如珪在《江苏歌谣中所表现的婚姻风俗》一文中通过对流传在江苏各地的歌谣进行分析总结，回答了下层民众进行婚礼的目的。首先，他指出，"君子之德造端乎夫妇""食色性也""饮食男女，人之大欲存焉""不孝有三无后为大"等婚姻目的多是圣贤之言，也是他们对于婚姻的追求；但这些认识并非婚姻的真谛，也不符合下层民众的需要。他说："上面的几句话（指圣贤之言），我们不能不认为是一种完备的答复，但我觉得这话是出于圣贤之口，关于婚姻的真义，未免因受道德或文字上的牵制，不能充分的表现出来。我们且看民众对于这层意思的解释是怎样"。①随后，他通过流传在靖江的民间歌谣指出了婚姻的目的：

　　　　男子无女不成家，女子无男乱似麻，
　　　　若是两人同枕睡，麻顺不乱又成家。

---

①　赵如珪：《江苏歌谣中所表现的婚姻风俗》，《女子月刊》1935年第3卷第1~6期。

　　从这首歌谣中可以看出，"男女有婚姻，精神上才有归宿，否则必定要感到精神上的不安，犹如乱麻一般"。[①] 同时，他还指出，"这也是一种自然的趋势"。这就是说，民间歌谣表述了下层民众对于婚姻的看法或目的，比如"夜里困觉无老婆""有人给我说一个媳妇我也不嫌丑""倷有郎勿得知叹呒郎各苦""小奴奴房中无郎勿进房"等歌词句透露着婚姻所代表的青年男女对"性"的要求。随后，他又从男女对于婚姻的不同追求出发，通过对相关歌谣进行分析归纳分别指出他们对婚姻的诉求。在男的方面：

> 宜兴：烧烧煮煮，洗洗补补，
> 　　　理理床铺，陪陪丈夫

> 砀山：小巴狗你看家，我到南地采红花，
> 　　　一把红花没采了，丈人家里去喝茶。
> 　　　大姨子，小姨子，都见啦，就是没有见俺家她。
> 　　　东风起，西风刮，刮开楼门看见她，
> 　　　白白手，红指甲，银盆大脸乌头发。
> 　　　娘！娘！娶了吧，今年如娶花媳妇，
> 　　　明年还抱银娃娃，喊你喊奶奶，
> 　　　喊我喊爸爸，喊我妹妹喊妈妈。
> 靖江：积谷防饥儿防老，还要靠他过终身。

　　通过对以上歌谣的分析，他指出男子结婚的目的：一是"乃在求得有人替他烧煮、洗补、理床铺，倒便壶以及晚上陪着睡觉"，[②]二是娶妻为了传宗接代，三是娶妻生子以便养儿防老。而女子对于婚姻的追求更多地体现出，她们通过婚姻的方式改变当下的生活环境，从而过上更加幸福舒适的生活。

---

　　①②　赵如珪：《江苏歌谣中所表现的婚姻风俗》，《女子月刊》1935年第3卷第1~6期。

泰兴：菠菜根，甜菜根，跟了娘家没后程，
　　　早些把个男子汉，喝汤喝水有后程

沛县：墙上一棵草，风吹两边倒；
　　　在家为闺女，不如出嫁好

宝应：大小姐，戴红花，坐轿子，哭妈妈，妈妈：
　　　"女儿女儿你别哭，嫁到人家就享福，
　　　外锅里饭里锅里粥，中锅又煮大肥肉。
　　　园里青菜清馥馥，塘里鱼儿肥碌碌碌。
　　　娃娃，这种日子何用苦。"

　　通过对上述歌谣的分析总结，他指出，女子追求婚姻的目的主要是享乐。这种享乐不仅体现在物质方面还体现在精神上面，既满足她们物质上的享受又满足她们精神上的安慰，从而实现她们对生活追求的真正幸福。通过对不同人群婚姻目的的解析，赵如珪最后归纳出婚姻的目的："乃在①享乐——精神上的享乐和物质上的享乐——因享乐无意中转移到②生育，得了子女，一方面传递种族，另一方面借他来③靠老"。① 这种对于婚姻的诉求不仅体现江苏民众的婚姻目的，在很大程度上也是全国各地民众的婚姻观。

　　通过赵如珪和张周动对歌谣中婚姻目的的分析，我们看出：不同角色的人对于婚姻表现出不同的看法。作为女方的父母，他们把女儿的婚姻视为一种买卖，希望通过女儿的婚姻获得更多的财富。作为男方的父母，他们通过儿子的婚姻来传递祖先的香火，这是第一要务，其次是提供免费劳动力。对于女性而言，婚姻是她们改变命运的唯一途径，她们希望通过婚姻获得精神和物质上的享受。对于男性而言，婚姻不仅能够满足他们性的需求，而且还能够体现传统的孝道观念。因此，婚姻体现的是不同人的需求目的，即对财富的疯狂追求、对传宗接代的热烈期盼、对享受舒适生活的期待、对性爱需求的实现。

（二）择偶标准的记载

　　在中国封建社会旧礼教的束缚下，婚姻制度历来遵循"父母之命，媒

———————————

① 赵如珪：《江苏歌谣中所表现的婚姻风俗》，《女子月刊》1935 年第 3 卷第 1~6 期。

妁之言"。他们没有自由选择配偶的权利，婚姻全凭父母做主，配偶仅靠媒人之口。尽管如此，他们还是通过一定的方式表达他们对配偶的要求，或希望自己的配偶符合某些条件。作为民众普遍认可的文学样式，歌谣成为他们表露要求的工具。他们通过歌谣的形式唱出他们心中理想的伴侣。正如张周动所说，"在旧式礼教束缚下的婚姻，本来就是出于父母的包办，没有什么选择的余地，她们既不敢像现在的妇女一样，自己去同所喜的男朋友讲恋爱，即是父母问她的好歹，她们也是害羞不敢赞一辞的。不过，婚姻到底是终身的大事，她们经过了没有选择的结果所受的痛苦，她们忍不住要呻吟，从她们口里流传出来的歌谣，便是明证。"

人们渴望婚姻美满，渴望家庭幸福，但美满的婚姻是建立在许多条件的基础上，如夫妻和谐、社会稳定、思想开放、家庭和睦、父母开明等。在这些条件中，夫妻和谐是实现家庭美满的最根本的因素。作新在《民间的风俗与歌谣》一文中提出构建和谐的夫妻关系应该具备四个条件：学识思想的接近、体格性情的一致、经济能力的均等以及家庭年龄的相同。他解释道："因为每个人的学识、思想、体格、经济、能力、家庭、年龄等均不相同，更加其他社会上的阶级意识、风俗习惯等的差异，对方所希冀的目标也就跟着不一样。如'大家闺秀'，她所迷恋的定是公子哥儿；'小家碧玉'，她所爱怜的当然是穷苦学生。通过所谓'门当户对''性情相投'，为旧社会中的婚姻前提，并非偶然，因为这种阶级的观念与素日的习性，其中是有着很大的因素的"。[1] 因此，对于身处封建旧礼教束缚下的青年男女而言，这种夫妻关系尽管非常的实际，但不符合当时的情况，所谓"实际但不实用"，它是建立在理想基础上的奢望。而下层民众对待夫妻关系，或者说，他们选择配偶更多的是源于"实际又实用"的原则，而不是空想。

对于下层民众而言，择偶显得尤其重要，尤其是对于妇女而言，因为女性经济的不独立使她们将个人的幸福更多地建立在对于丈夫的选择上，期望获得"称心如意"的丈夫。针对妇女的择偶问题，张周动提出了自己的看法。他说："就普通一般的情形来说，大概妇女都是喜欢读书人，而不喜欢老农夫的。因为读书人的家庭，事情比较清闲的缘故"。[2] 同时，他

---

① 作新：《民间的风俗与歌谣》，《民教月报（天津）》1940年第2卷第1期。
② 张周动：《从民歌中探讨家庭与婚姻的情况》，《师大月刊》1935年第5卷第18期。

也指出，并非所有妇女都是如此，"也有一部分女人，却不愿意嫁读书人的，理由便是读书人少有在家的日子"。① 在妇女的歌谣中就明显地透露着这种看法：

> 无锡：嫁郎要家读书郎，白衫好洗裤好浆；
> 　　　十日半月归一转，旧郎也像新郎样。
> 嘉定：有女不嫁种田人，六月屋水穷纷纷；
> 　　　一年不见四两肉，拣个螺蛳开大荤。
> 砀山：为人莫嫁读书郎，一年空了半年床；
> 　　　为人嫁给庄稼汉，那天不见七八遍。
> 丰县：菜子开花遍地黄，大路边上修学堂；
> 　　　过了几遍黄花女，气死儿个读书郎；
> 　　　妈呀妈，妈呀妈，有女莫嫁读书郎；
> 　　　要想夫妻重相会，除非回家换衣裳；
> 　　　要想夫妻重相会，除非天火烧学堂；
> 　　　有女嫁个庄稼汉，早同板凳夜同床。

　　上述歌谣都表达了妇女从职业的角度选择丈夫的看法。通过对读书郎与庄稼汉的对比，体现了她们在择业方面选择丈夫的标准："就是在乎生活安适，工作清闲，无论她所喜的是读书人是种田郎，或者是其他的任何一种人，其出发点总不外乎这个。"② 赵如珪也指出，妇女在以职业为标准选择丈夫时多侧重中所从事的工作离家近且能早回家。他说：

　　"有郎也像没有郎样""朝朝日日坐空房""一年空着半年床""除非回来换衣裳""除非天火烧学堂""三百多天在外方"……很能看出社会上一般民众择婿并不重视读书郎。因嫁了读书郎，在未飞黄腾达的时候，不但不能天天"朝同板凳夜同床"，并且还要代他"点灯熬油补衣裳"。等到一旦得了时做了官，在普通人看来，他的妻子终该享些官太太的福了，哪知到了那时，不但他妻子不能专宠，而且"还有讨小老婆"来分她的爱。但最重要的还在"一年空了半年床"

①② 张周动：《从民歌中探讨家庭与婚姻的情况》，《师大月刊》1935年第5卷第18期。

"三百多天在外方"，不能"朝同板凳夜同床"。这是社会上一般民众择婿而愿不嫁读书郎的根本原因。至于商人呢？也非他们雀屏，为什么呢？……"二姐嫁个生意郎，铜钱银子用勿光，就只得日间心思费，夜间还在照算明朝店门早开放"和"天上星多十三行，好人家女儿不要嫁给卖盐郎，月大月小三十日，二十九日守空房"可以看出开店老阔，铜钱银子固然可以用勿光，可是晚上因为要盘算账目要料理明朝早早开门，势必要到深更半夜才能"同衾同被"；嫁给小贩呢？如卖盐郎他们因迫于生计，不得不到外面东奔西跑来 兜卖他的货物，所以一个月里难得有一天能在家里陪伴他的妻子，享那融融泄泄的生活。质实来说：其跟由还在夜间不能及早同衾同枕，及"二十九天守空房"。这是社会上一般人有女不嫁给商人的道理。读书郎和商人既不上选，那么那种才中雀屏之选呢？不消说当然是那"一天能见七八遍"，"早同板凳夜同床"的"种田郎""庄稼汉"了。这是因为我国以农业立国，重农的观念极深，再兼以苏省土地所分配权比较均匀，所以大半多是自耕农，须知农是脱离不了乡土的，是脱离不了家庭的，因此可得天天和妻子过着共同的生活。虽近来欧风东渐，但一般人的脑子里还是存着这种意思的。①

除了职业的标准外，他们重视配偶的品性；因为品性决定着他们今后的夫妻生活是否幸福、家庭是否美满。这方面的要求主要是针对男女双方在身体、品格、面貌、习惯等方面的选择。针对男女双方人品方面的要求，张周动通过对相关歌谣的分析，分别指出他们不同的选偶标准。在女性方面：

> 吴县：哥哥洗水接妹子，嫂嫂洗水接姑娘；
> 　　　姑娘接到堂前里，"问声姑爷有多长？"
> 　　　"三尺布做夹袄，量来量去还嫌长！"
> 无锡：板凳歪歪，菊花开开，嫁个老头子不成材；
> 　　　好吃酒，好打牌，三天没得来，四天没得柴；
> 　　　这个日子怎样过得来？拍拍屁股走起来。

---

① 赵如珪：《江苏歌谣中所表现的婚姻风俗》，《女子月刊》1935年第3卷第1~6期。

昆山：奴家十五不知愁，嫁个丈夫太下流；

　　　天天在外赌，夜夜在外游；

　　　千苦万恼都不说，只恨婚姻不自由。

　　这三首歌谣表现的是女子选择配偶的标准。在她们看来，理想的丈夫应该是身材高大、无吃酒吸烟打牌的不良嗜好；因为"'要高大'这当然是性的必须要求；至于'要不吃酒，不吃烟，不打牌'，那就是关于性情的好坏了。因为好吃好赌的男子，多半是不顾家庭的"。就男性择偶而言，他们对于选妻则表现出不同的看法。在男性方面：

　　　板凳呀，劈柴劈柴，讨个老婆不成材；

　　　爱喝酒爱打牌，把那红书八字推卜米。

江北：拨灯棍儿打灯台，大爷娶了一个大奶奶。

　　　脚又大，嘴又歪；气得大爷尽发獃！

　　　大奶！大奶！你回去，大爷好了你再来。

宝庆：八哥子叫，牛吃秧。小儿莫讨大婆娘。

　　　路旁栽栽果子树，主人没吃客先尝。

　　这三首歌谣出自男性之口，表达了他们在择偶问题的上标准或看法。男性在选择配偶时更多地关注于未婚妻的爱好、容貌和年龄。在他们看来，这样的女子才是他们心目中理想的妻子："第一是要'不打牌，不吃酒'的女子；第二，便是不要那面目生得不端正的女子；第三，便是要讨年龄相当的，不要讨年纪比自己大许多的"。①

　　总之，在中国旧社会封建礼教的束缚下，尽管青年男女失去了婚姻的自由，但他们并没有放弃对于理想伴侣的追求。他们通过歌谣的形式，用下层民众的文学样式，提出他们心目中理想伴侣的标准。他们在选择时既看重配偶的职业又重视配偶的品格。在男性看来，心目中的理想妻子应该是喜好良好、面目端庄、年龄相当。在女性看来，理想的丈夫应该是身材高大身体强健、生活习性良好而又从事离家近且早早安歇的职业。尽管这些择偶标准对于当时的社会风尚而言有些理想化，但它们代表了青年男女

---

① 张周勋：《从民歌中探讨家庭与婚姻的情况》，《师大月刊》1935年第5卷第18期。

对异性的追求，对美好未来的向往。

三、婚礼上的歌谣

"人生礼仪是社会民俗事项中的重要组成部分。每一个人之所以经历人生礼仪，决定因素并不是他本人年龄和生理变化，而是在他生命过程的不同阶段上，生育、家庭、家族等社会制度对他的地位规定和角色认可，也是一定文化规范对他进行人格塑造的要求。因此，人生礼仪是将个体生命加以社会化的程序规范和阶段性标志。人生礼仪与社会组织、信仰、生产与生活经验等多方面的民俗文化交织，集中体现了在不同社会和民俗文化类型中的生命周期观和生命价值观"。① 婚姻是维系人类自身繁衍和社会延续最基本的制度和活动。它的源头可追溯到人类的起源时期，"在原始民族中间存在着一套决定两性间相互关系的复杂的规范"。② 所以说，早在原始社会就已形成了婚姻制度，并随着人类文明的不断进步和人类的实际需要，婚姻制度变得越来越规范，最终婚姻成为连接个人、家庭、家族和社会的纽带。作为人生礼仪中的一个重要环节，婚姻礼俗融合着人们生活的各个方面，体现着个人的愿望、家庭的希望、家族的利益、社会的礼仪和道德规范。中国古代的婚姻制度讲究"六礼"之说，即纳采、问名、纳吉、纳征、请期、迎亲。在具体的过程中，各地民间约定俗成的婚礼习俗并不是完全限制于"六礼"之中的，人们会根据实际的需要对婚礼过程进行调整，如简化相亲、订婚的过程或突出迎亲过程、闹洞房和婚后的"回门"习俗。无论婚礼过程如何调整，婚礼上的喜庆歌谣不会改变。它会随着婚礼的进行而不断地发挥自身的作用，从而在每一个环节增加婚礼的喜庆气氛。不少学者在进行婚姻礼俗的研究中穿插着歌谣的分析，从而使婚礼研究更加具体严谨。

针对婚俗中的歌谣问题，在20世纪初期的歌谣研究中并没有人进行专门的研究，而是在对婚俗进行描述时以一些相关的歌谣作为例证，从而完善婚俗的研究。尽管如此，但也有些学者试图通过这种方式透视歌谣的作

---

① 钟敬文：《民俗学概论》，上海文艺出版社1998年版，第156页。

② ［俄］普列汉诺夫：《论艺术（没有地址的信）》，曹葆华译，三联书店1973年版，第115页。

用和价值。正如孙少仙所说，"我会想云南婚姻类的歌谣，说不出什么可喜可贺……的话来，因为云南的婚姻制度不好（又麻烦，又粗俗，又不经济……），所以这里的歌谣，不是批评，便是抱怨……我现在既是研究他，不管他这啦，那啦，总是要写出来给研究婚姻问题的一点材料"。① 这就说明当时婚俗歌谣研究的一种现状，同时也指出学者们在婚俗歌谣研究上的一种态度和看法。在他们看来，婚俗歌谣依附于民间婚姻礼仪的每一个具体的环节上，而婚俗歌谣的研究更多的是为民间婚姻研究服务的。因此，婚俗歌谣研究是以婚姻礼俗的过程为中心而展开的，通过这种方式来展示歌谣的魅力和作用。在当时已有的这方面研究中，学者们取得了一些成果，如孙少仙的《云南关于婚姻的歌谣》、白启明的《河南婚姻歌谣的一斑》、顾颉刚的《撒帐》等。他们侧重于婚姻礼仪的展示，更注重婚俗歌谣的表现与比较，体现出歌谣在婚俗中所发挥的作用。

孙少仙在《云南关于婚姻的歌谣》一文中简单扼要地介绍了云南的婚礼过程，并加以相关歌谣作为佐证。这些歌谣不仅增加了婚礼的喜庆氛围，而且还带着人们对新人的美好祝福和由衷的希望。孙少仙在进行云南相关婚礼介绍时明确地指出，云南婚姻制度既烦琐、粗俗又不经济，所以其婚礼歌谣多表现为评判和抱怨。在文章中，他依据云南的风俗习惯将婚姻礼仪分为六个步骤：择女婿或媳妇（在云南俗谓瞧人家）、过小礼、过大礼、开口（男家命媒人携礼物到女家报告结婚的日子）、结婚、结婚后。如在择女婿（媳妇）问题上，他指出，"云南择女婿（媳妇）先就是要门当户对（财产、职业……相等），对于女婿的才貌是很不大注意的，所以后悔的很多，也有是由于两家的父亲或母亲感情好，就将此家的女儿，给彼家男儿做媳妇，也不征求两下的儿女愿不愿，含含糊糊地就定了婚。后来夫妻不睦，就归罪父母"。② 一些歌谣就反映了这种现象，如：

其一：公公做人好，婆婆又大方，
　　　　好天好地几大拢，高楼大门框；
　　　　你家姑娘许给他，门户样样都相当。
其二：大姨媆，莫多说，人家男儿能写又能作；
　　　　只要偪女日日把脚裹，后来饿着冻着来找我。

①② 孙少仙：《云南关于婚姻的歌谣》，《歌谣》（周刊）第 57 期，1924 年 6 月 1 日。

再如婚姻中的过礼习俗，在云南的婚姻礼仪中，"过小礼"与"过大礼"的过程相似。不同之处在于，"过小礼"代表的是"两件的婚姻已经成了，由此以后，不拘有什么事，就可以互相往来了"；而"过大礼"则表示婚期将近。除此之外，"小礼"之礼与"大礼"之礼在数量上也表示它们在婚姻仪式中的重要程度。孙少仙所引述的云南婚礼歌谣体现了这种不同：

    "过小礼"的歌谣：

        小帽花，圆腰扣，小衣小裳九斤肉，

        白花花的三两六，也不折来也不扣。

    "过大礼"的歌谣：

        一匹方，达过九十九条江，这边栽菠菜，那边那边栽茴香；

        菠菜得了来过礼，茴香得了来讨你；

        大姨妈，真高兴，今日又把大礼过，大抬盒，三挑饼；

        此外还有一条羊裹酒。

再如婚礼中的开口习俗，这是婚姻礼仪中男女双方商定结婚日期的环节。男方在选定迎亲吉日后，请媒人去女方家征求同意；若无特殊原因，就答应。但如果女方家有长辈病故，而到结婚日时孝道还没有满；或女方姑娘大病未愈，就不允许而让男方再择吉日。孙少仙指出，除了上述原因外，女方更多的是对婚期进行刁难。他说："是安心作难，因为以前稍有一点口隔，到了媒人'开口'，就一五一十地抬出来作难，这种习俗真是丑极了，这一下子作难是不要紧的，弄到后来姑娘嫁了，就要很受公婆丈夫的气"。[①] 这种所谓的"作难"很可能是因为女方父母认为男方所下的"大礼"太少，通过媒人之口表示不满，并以婚期为屏障迫使男方追加礼金，从而导致姑娘嫁到婆家受欺负的结果。

与孙少仙侧重于婚礼过程的研究不同，白启明重在论述结婚当天的仪式过程。他在《河南婚姻歌谣的一斑》一文中详细地记录婚姻当地的每一个环节、每一个习俗，并以此引出相关的婚俗歌谣，突出婚俗歌谣在婚礼中的重要性，以此衬托婚姻的隆重、严肃和庄重。他在文章中重点对新人

---

    ① 孙少仙：《云南关于婚姻的歌谣》，《歌谣》（周刊）第 57 期，1924 年 6 月 1 日。

的一些习俗进行描绘，而婚俗歌谣也主要表达对新人的祝福。在新娘方面有赶家族歌、下轿歌、撒盖头歌、落脚歌、拜天地歌、撒新房歌、迎衣搭挂歌、龙头歌、新人送饭歌、新人点灯歌等；在新婚夫妻方面有吃酒碟歌、搅疙瘩歌、撒帐歌、装枕歌等。在文中，白启明既重视婚礼习俗的论述又强调歌谣的重要性，使婚姻礼仪真实逼真、形象生动。如把轿客送新娘到男方家门时，会有两个命不相忌且属完全人（有丈夫儿女）的妇人来扶新娘下轿时就有下轿歌：

> 招招打醋台，新媳妇下轿来；
> 远看一顶花红山，老的少的往前窜；
> 新媳妇穿着红绫缎，新女婿戴着黑雉冠；
> 滴滴答答到门口，快点拴任你家狗。
> 现在我说得太多啦，新媳妇在轿里咬牙切齿恨着我，
> 不如让她早下轿，新娘新郎都对着瞧瞧。

　　白启明在文中对这首婚俗歌谣进行了解释，他说："轿到时节，有一人用火筷子夹一烧得飞红的铧，另又提醋半壶，把醋向铧上浇去，嗤嗤地响，然后绕轿唱歌，盖所以避新娘带来的邪气"。[①]
　　再如撒盖头歌，是向新人头上撒时唱的歌谣：

> 一把果子撒上天，看见仙女下凡间，
> 我问仙女那里去？某家夫妻大团圆。
> 一把麸，一把圆，大孩引着小孩玩，
> 一盘核桃一盘枣，大孩引着小孩跑。

　　再如落脚歌、婚俗规定，新娘是不能足落地上的，而她又不能如鸟有翅飞进屋里，就有两个妇人扶着踩在已铺好的席子、布袋等上，一边走一边有人唱：

> 下轿踏席儿，儿女成群儿；

---

① 白启明：《河南婚姻歌谣的一斑》，《歌谣》（周刊）第 59 期，1924 年 6 月 15 日。

下轿踏牌儿，六儿萨官儿；

下轿踏布袋，六儿萨秀才。

再如装枕歌，是在用碎麦秸、核桃等物品去装那对蓝身红绸花或绿绸花顶儿的鸳鸯枕时，根据所装之物边装边唱：

头一把做高官；二把一做状元；

第三把连中三元；第四把事事如意；

第五把五子登科；第六把六六双全；

第七把妻子团圆；七大把，八小把，儿女一普拉。

除了这些仪式歌谣外，白启明还就某些婚礼仪式中河南多个地方的歌谣进行比较，提出歌谣的地方性和共性。他引述"迎衣搭挂歌"时曾写道："撒罢新房的少顷，新娘就脱下迎衣。在我所知道的范围内，南阳城南的习俗，在娶新娘之头一日，用食箩将衣、裙、簪、環……送到新娘家中，备上轿时穿戴，谓之'迎衣'，迎衣既脱下，把它搭在新娘所住的屋的门头，或挂在门鼻上，搭时多属小姑去办理，且搭且唱"。[1] 他引用五个地方的"迎衣搭挂歌"：

开封：红绫衫，挂门鼻，今年娶嫂嫂，明年得小侄。

洛阳：被凤衣，挂门鼻，今年娶嫂嫂，过年抱小侄，得罢小侄得侄女。

一年一，二年俩，三年头上一普拉。

南阳：（1）迎风裙，挂门鼻，爷抱孙，叔抱侄，老奶抱的重孙子。

（2）迎风裙，高挂起，今年来送饭，明年去报喜。

唐河县：（1）迎衣高搭起，明年见大喜。

（2）花汗裙，挂门鼻，奶抱孙，姑抱侄。

温县：催嫁衣，高搭起，今年娶媳妇，过年送大米，两头咱都喜。

----

① 白启明：《河南婚姻歌谣的一斑》，《歌谣》（周刊）第59期，1924年6月15日。

撒帐歌是婚俗歌谣中最著名的歌谣之一，它源于婚礼中的撒床仪式。白启明写道："撒床古称'撒帐'。《戊辰杂抄》（阙名）中写道，'撒帐始于汉武帝，……李夫人初至，……帝迎入帐中，……预戒宫人遥撒五色同心花果，帝与李夫人以衣裙盛之云：多得，得子多'。可见撒床的起源是很久远了。现下所流行的撒床歌，非常之多，我且把我所收到的，一一写下来"。① 他在文章中记载了十二首撒帐歌，分别来自洛阳、孟县、温县、开封、南阳、唐河等（见附录四）。从这些撒帐歌中可以看出，他不仅重视婚礼的过程，还重视不同地区的歌谣在婚礼中的表现，突出文化的地域性。

白启明以河南的婚姻为依托旨在说明：婚姻礼仪由于歌谣的加入而显得喜庆、热闹；歌谣以其特殊的形式融入婚礼中而借此表达人们对新人的祝福。"总计新娘来的头一天内，由上轿全上门止所有的歌谣，在白书中，开始为下轿，继而撒盖头—转席—拜天地—撒新房—搭迎衣—上头—洗手—送饭—剪面—点灯；在黑夜内，开始而转蜗牛，继而吃团圆酒—搅疙瘩—封宫—拔花—铺床—撒床—扫床—装枕—撩枕—百床—上门。这许多奇奇怪怪形形色色的民俗表现的歌谣，没有一首在读过后不令人嗤然发笑、神怡心畅、手舞足蹈的，至于上轿前那什么小二姐做梦啦，什么赶嫁妆啦，也都非常有趣"。② 因此，无论是孙少仙对云南婚姻仪式的整体介绍还是白启明对河南婚姻中"迎亲"的论述，歌谣都在其中发挥着重要的作用，它通过歌唱的方式将婚姻的神圣和人们对新人的祝福表达出来。婚礼上歌谣源于原始人类初期对语言的神秘崇拜，他们认为仪式上的歌谣能够获得上天的保佑、除邪恶、带来好运、实现愿望。那么婚礼上歌谣呈现了仪式与语言的双重作用，从而流传至今。

四、结语

歌谣是人们表达思想、抒发情感、阐释看法的工具，也是人们在日常生活中表达希望、赠送祝福的外在方式。下层民众将婚姻融于歌谣中，用歌唱来表现他们对婚姻的看法和认识。他们认为婚姻就应该是重视媒妁、计较聘金、要求嫁妆和传宗接代的。歌谣中也表现了下层民众婚姻的目

---

①② 　白启明：《河南婚姻歌谣的一斑》，《歌谣》（周刊）第 59 期，1924 年 6 月 15 日。

的，提出了选择配偶的标准。对他们而言，婚姻的目的在于追求财富的最大化、完成世代相传的传宗接代的任务、享受物质上和精神上的美满生活、满足性的需求，求得精神上的安慰。而在择偶问题上，他们从职业和品性两个方面提出标准：对男性而言，心目中的理想妻子应该是喜好良好、面目端庄、年龄相当；对女性而言，理想的丈夫应该是身材高大身体强健、生活习性良好而又从事离家近且早早安歇的职业。同时，人们还通过歌唱的形式将美好的祝福和长辈的希望融入婚礼中，既发挥歌谣的语言功能，又使得婚礼过程显得更加热闹、喜庆，这充分体现了歌谣的社会价值和现实意义。

第四章

歌谣研究的交叉论

在 1900~1950 年现代歌谣研究的过程中，学者们不仅将歌谣视为研究的材料，而且还以学科的形式建构歌谣学学科体系。作为研究材料，歌谣成为其他学科的研究对象，诸如民俗学、文学、教育学、政治学等；作为一种艺术形式，歌谣与其他相关艺术形式之间存在千丝万缕的关系，彼此之间相互影响、相互渗透，又相互独立，它们在"合作与竞争"中向前发展。彦堂在《中国歌谣学草创》中写道："新文学唯一的条件在乎'表现人生'，歌谣是初从民众里诞生出来的活泼炫漫的小儿，他表现的人生何等亲切。试看他那真挚的情感，唤起人们的兴趣；我们无论如何得承认他是为的真的文学，并且他的本身又是民俗学上的重要部分；他内涵的丰富，关系了一切的科学"。① 因此，本章以歌谣与新诗、歌谣与音乐为研究对象，探讨在 20 世纪上半叶新文化思潮影响下文学家眼中的歌谣、音乐家眼中的歌谣，旨在说明歌谣与其他学科的关系，并为当下的歌谣研究提供参考依据和指导方法。

第一节　歌谣与新诗研究②

歌谣与诗是中国文学研究中一对密切相关的范畴，它们相互影响、相互渗透、相互学习。许多关于歌谣与诗的关系问题早已成为定论，诸如诗源于歌谣、歌谣是原始的诗、歌谣是方言诗、歌谣是民族的诗等。20 世纪

---

① 彦堂：《中国歌谣学草创》，福建协和大学出版社 1926 年版，第 10 页。
② 这一部分发表于《广州大学学报》（社会科学版）2014 年第 3 期。

初期，出于对国民精神和新学建设的需要，一批留学西洋的知识分子在中国掀起了文化革命的热潮，爆发了影响深远的"新文化运动"。他们高举民主、科学的大旗，反传统、求革新，否定僵化的传统，从而激发了中国青年一代的爱国救国热情和革命热潮。同时刺激知识分子对中国文化、思想、文学重新思考，引起普及教育的需求，积极推动新文化运动的产生。作为新文化运动的具体表现者，新文化运动以昂扬的斗志彰显出革命的热情，在小说、戏剧和诗歌方面大放异彩。新诗革命成了新文化运动最先开始的，也是最重要的组成部分。它废除旧体诗形式上的束缚，主张白话俗语入诗，以表现诗人的真情实感为主要内容，采用西方自由体的形式，吸纳通俗语言，试图形成一种反映新的时代和新的思想的新体诗。然而，在新诗发展的初级阶段，所取得的成绩很不理想，新诗创作出现了各种问题，所谓"中不中、洋不洋"。以征集与研究为主的歌谣运动为新诗创作提供了参考，学界重新审视歌谣与诗的关系，尤其是歌谣与新诗之间的互动与借鉴。胡适、梁实秋、朱自清等学者提出了许多建设性的意见和观点，有力地推动了歌谣的研究，提升了歌谣整理和研究的价值，同时也为新诗创作提供了参考依据。

一、新诗的歌谣化

新诗是在新文化运动影响下产生的一种以白话为基本语言手段的诗歌体裁，带有浓厚的西方文化、文学和文艺的特征。正如梁实秋所说，"诗并无新旧之分，只有中外可辨。我们所谓的新诗就是外国式的诗"。新诗的出现彻底地颠覆了人们对诗歌的认识，在中国诗歌发展史上具有划时代的意义。它有别于中国古典诗歌，"在体裁方面一反'绝句''律诗''排韵'等旧诗体裁，所谓新的体裁者，亦不是'古诗''乐府'，而是'十四行体''排句体''颂赞体''巢塞体''斯宾塞体''三行连锁体'，大多数采用'自由诗体'"。①在新诗初期的发展阶段，创作者处处表现出模仿外国作品的痕迹，并依此"为新颖，为创造"。与此同时，他们也发现新诗处处模仿国外的诗歌样式，在文字、文法、诗歌形式等方面都表现出极强的欧化，明显不适应中国人的诗歌鉴赏习惯和传统，以至于像胡适、

---

① 梁实秋：《梁实秋批评文集》，珠海出版社 1988 年版，第 36 页。

周作人等最先尝试新诗创作的学者也在经过初期实践后不知不觉地将古典诗歌的元素纳入新诗创作中。因此，有人提倡新诗采用民歌（徒歌或乐歌）的形式，并得到了一些人的认同。胡适曾说："近年来，国内颇有人搜集各地的歌谣，在报纸上发表的已很不少了。可惜至今还没有用文学的眼光来选择一番，使那些真有文学意味的'风诗'特别显出来，供大家的赏玩，供诗人的吟咏取材。"① 朱自清更加明确地提出新诗向歌谣学习的看法，"我们主张新诗不妨取法歌谣，为的使它多带我们本土的色彩；这似乎也可以说是到用民族形式，也可以说说在创作一种新的'民族的诗'"。②

诗与歌谣是关系密切的、也是一脉相承的。钟敬文曾说："歌谣不但是诗的母体，而且永远是它的乳娘"，"巫祝、乐工、供奉诗人等的作品，在题材方面、在形式方面，都承担着原始诗作（歌谣）深刻重大的影响"。世界上最富有独创性的伟大诗篇，都和"民间制作"之间存在深重的关系，"像屈原、莎士比亚、歌德、普希金等世界诗国底大星，他们那种不能消灭的诗底光芒，就都不免融合着他们同时代或以前时代民众诗作底光辉的"。③ 综观我国诗歌发展史，每一种诗歌体裁的出现都是源于民间歌谣的传唱，四言、五言、七言、词、曲的兴盛都有力地证实，是诗人在参考了民间歌谣的基础上进行的成功尝试。而在新文化运动影响下的新诗也不可避免地受到近世歌谣的影响。正如朱自清所说：

> 按我们文学史说，诗体全出于歌谣中的乐歌。四言出于歌谣，虽不能确考，但大家公认《国风》《小雅》中还存在一部分歌谣，便可为证而"诗经所录全为乐歌"，已可为定论。五言出于乐府，乐府是和乐的歌。七言出于六朝小乐府，直到唐朝七绝还可唱。词曲也都出于民间曲调，因为乐歌用得多，传得广，歌辞容易记住，文人容易着手模仿，渐渐创造出新体裁，徒歌便不能这样了（徒歌中的山歌是后起的，也是乐歌的影响）。根据这种历史的趋势，说歌谣可以供创作新诗的参考，原是对的。④

---

① 胡适：《北京的平民文学》，《读书杂志》1922 年第 2 期。
② 朱自清：《真诗（诗论：新诗杂话之一）》，《新文学（1943 年）》1944 年第 1 卷第 2 期。
③ 钟敬文：《诗和歌谣》，《文讯》（月刊）1947 第 7 卷第 1 期。
④ 朱自清：《歌谣与诗》，《歌谣》（周刊）第 3 卷第 1 期，1937 年 4 月 3 日。

在最初的新诗发展过程中，一些新诗创作者通过模仿歌谣或旧瓶装新酒的方式，企图将民间歌谣融入新诗创作中，如刘半农的《瓦釜集》、俞伯平的《声恋歌十解》等。然而，这些作品或因为模仿的太像而只能当作歌谣不能称之为新诗，或与通俗读物混淆于一体而失去了作为文艺作品的特性。由此可知，歌谣并非不能作为新诗的参考，而是怎样做才能确保"新诗之所谓新诗"，从而避免"新诗"流于通俗读物而失掉文艺作品的特性。

作为新诗创作的尝试者和拓荒者，胡适曾写道："现在白话诗起来了，然而作诗的人似乎还不曾晓得俗歌里有许多可以供我们取法的风格与方法，所以他们宁可学那不容易读又不容易懂的生硬文句，却不屑研究那之人流利的民歌风格。这个似乎是今日诗国的一种缺陷罢？"[1] 他虽然在新诗创作问题上介绍到歌谣，提倡"真诗"，但从其《尝试集》中可以看到，他主要还是借鉴于外国诗，而不是真正地创作歌谣体的新诗。"他要真，要自然流利，不过似乎并不企图'真'到歌谣的地步，'自然流利'到歌谣的地步，"[2] 对于当时搜集歌谣运动的文艺目的，"只是为了研究和欣赏，并非供给写作的范本"。[3]直到大众语运动时，当时的学界才认识到十几年的新诗创作在某些方面的确融合了民间歌谣的一些元素。尤其是大众语运动中支持"诗的歌谣化"的某些知识分子从理论到实践的鼓吹，加快了人们对于新诗歌谣化的认识。

"从新诗的发展来看，新诗本身接受的歌谣的影响很少"，[4]但这并不能代表新诗没有受到歌谣的影响。新诗创作除了模仿或借鉴外国诗的模式外，也融入了一些中国近世歌谣的成分。首先，新诗音乐性的仿效。众所周知，新诗源于对外国诗的模仿。在创作过程中新诗创作者注意到对外国诗的取材选择、全篇内容结构和韵脚排列的模仿，但是依然无法改变新诗读起来不顺口的习惯。这是因为"现在新诗的音节不好，因为新诗没有固定的格调"。在新诗格调问题上，梁实秋指出，虽然外国诗有固定的格调，但他"不主张模仿外国诗的格调，因为中文和外国文的构造太不同"，而是希望"在模仿外国诗的艺术的时候，我们还有创造合于中文的诗的格

---

① 胡适：《北京的平民文学》，《读书杂志》1922 年第 2 期。
②③④ 朱自清：《真诗（诗论：新诗杂话之一）》，《新文学（1943 年第 1 卷）》1944 年第 2 期。

调"。① 他提出，"我们的新诗与其模仿外国'无韵诗''十四行诗'之类，还不如回过头来就教于民间的歌谣"。② 虽然歌谣已经离开音乐而独立，但是在歌谣的文字范围内还保存着节奏和音韵。可以说"歌谣是现成的有节奏有音韵的白话诗"。③ 歌谣的音节正好解决困扰新诗的音节问题，使新诗因为有了音节而区别于只能吟咏的白话散文，从而保留了诗的地位。因此，"新诗作者于吸取歌谣影响后，必定可以产生'文学的歌谣'的体裁，必定有合于中国文字的音节"，④ 从而完善新诗创作，推动新诗发展。

其次，新诗的"自然流利"和诗意隽永的吸收。新诗在文字运用上要求"明白清楚"，在语言表达上要求"自然流利"。童谣不同于儿歌，在语言上表现出"自然流利"。所谓"自然"，指全用口语，押韵自然，念诵流利，但俳谐气太重而缺乏认真的严肃态度。所谓"流利"，指语调的伶俐、轻快。新诗不取法于童谣，但童谣在语言运用上值得新诗学习。山歌是竹枝词的一支，最早出现于中唐时期，用于合乐、容舞的相对竞歌中。而近代山歌以徒歌为主，多歌咏私情（恋爱）之作，且长于创作譬喻。在语言上，山歌多用白话，不似童谣"自然"，比一般诗"自然"得多，从而使山歌显得俳谐、洒脱、不认真。山歌是以唱为主的徒歌，有一定的调子，且声比义重，音调跟七绝诗一样。"新诗是'读'的或'说'的，不是唱的，它又要从旧诗词曲的固定的形式解放，又认真，所以也没有取法于山歌"，⑤ 但这并不妨碍新诗吸收山歌含蓄蕴藉的表现技巧。朱自清在分析了新诗的发展后认为新诗主要是受外国的影响，"不必取法于歌谣，却也不妨取法于歌谣，山歌长于譬喻，并且巧于复沓，都可学。童谣虽然不必尊为'真诗'，但那'自然流利'，有些诗也可斟酌的学；新诗虽说认真，却也不妨有不认真的时候"，⑥ 从而使新诗带有更多的本土色彩，创作出"一种新'民族的诗'"。

虽然新诗吸收了歌谣的节奏、山歌的譬喻及童谣的"自然"，但是这并不意味着民间歌谣能够代表新诗。新诗有其鲜明的特征：欧化的文法、白话的语言、固定的模式、固定的风格及其固定的作者。美国基特里奇教授曾说："一首艺术的诗在创作时即已经作者予以最后的形式。这形式是

---

① 梁实秋：《新诗的格调及其他》，《诗刊》1931 年第 1 期。

②③④ 梁实秋：《歌谣与新诗》，《歌谣》（周刊）第 2 卷第 9 期，1936 年 5 月 13 日。

⑤⑥ 朱自清：《真诗（诗论：新诗杂话之一）》，《新文学（1943 年第 1 卷）》1944 年第 2 期。

固定的、有权威的，没有权利组更改它。更改便是一种罪过、一种损坏。批评家的责任就是把原文校勘精确，使我们见到它的本来面目。所以，一首赋体诗或十四行诗的创作只是一回了事的创造的活动。它一旦完成，账就算结清了，诗就是具有固定形体了，不复再有生展。"① 因此，新诗不同于歌谣，它是中国传统文学走向现代的转折，也是中国文学发展的需要。

二、歌谣的诗化

20 世纪 20 年代发起的歌谣运动，不仅是对近世歌谣的征集与整理，而且还有学者对歌谣基本问题的探讨，诸如歌谣的价值、歌谣的概念、歌谣的内容等。就歌谣的自身定位而言，学界曾形成比较统一的看法，即歌谣是诗。钟敬文认为，"歌谣，是民众底诗。它是他们生活的写照，是他们认知、欲求的表白，是他们艺能的表演"，表现了他们健壮的、真挚的、现实的思想和情绪，因此 "歌谣是一种野生的诗。它是一种发散着特殊的光彩和芬芳的艺术"。② 吴奔星认为，"民歌是大众语文学中的大众诗歌——并且是最优美的大众诗歌"，因为 "民歌实在是大众'说（唱）得出，复听得懂'的东西"，表现着大众的意识。③ 卫景周曾说："歌谣也是情感的产物，又是民众的吟咏品，所以歌谣也是诗，那是很明显的，不消我再唠叨解释了"。④ 朱自清也曾说："歌谣是'诗'，似乎不成问题"。⑤ 诚然，歌谣诗化成为当时学界的一种共识。

综观当时学界对歌谣诗化问题的研究，学者们从意识到形式全面地阐释了歌谣诗化的过程，其表现为：首先，从其发生机制的角度看，歌谣是诗的源头。钟敬文曾说："歌谣是诗的母体"。大量文献及史志记载，人类孩童时期的 "诗"（原始歌谣），是流传于一般民众口头上的，是 "用着他们共同的语言表现他们共同的心情或关心的事物"。这一时期的文学样式表现为诗与歌谣同属一体。这种文学样式在后来的发展中既沿着旧路前

---

① 朱光潜：《诗的起源》，《东方杂志》1936 年第 33 卷第 7 期。

② 钟敬文：《诗和歌谣》，《文讯》（月刊）1947 第 7 卷第 1 期。

③ 吴奔星：《由'拿货色来看'谈到民间歌谣及方言问题》，《文化与教育》（旬刊）1934 年第 29 期。

④ 卫景周：《歌谣在诗中的地位》，《歌谣》（周刊纪念增刊）1923 年 12 月 17 日。

⑤ 朱自清：《真诗（诗论：新诗杂话之一）》，《新文学（1943 年第 1 卷）》1944 年第 2 期。

进，又渐渐地进入新的道路，成为"少数特殊的职业者的产物，这种职业者，或是巫祝，或是乐工，或是供奉诗人"。① 诗与歌谣分离，部分或大部分纳入近现代诗人作品的境界中。朱自清在论述艺术起源、发展及其嬗变时，也曾说："诗的源头是歌谣。上古时候，没有文字，只有唱的歌谣，没有写的诗"。② 他指出，中国历代诗体的形成都源于当时文人对民间歌谣的模仿与借鉴。"采集代、赵、秦、楚的歌谣和乐谱"而成的汉乐府成为"五言诗的源头"，魏晋南北朝时期的小乐府成就了"七言诗"的诞生。从发生学的角度看，"诗源于歌谣，歌谣是诗"的说法有其一定的道理，同时也说明歌谣具有诗学上的价值。

其次，从创作者的角度看，诗是个人的文学创作，歌谣也是"个人的创作"。通常人们认为，歌谣是集体创作的结果，它反映着底层民众共同的情感和共同的精神风貌。而事实上，"歌谣集体性创作"的观点或看法存在一定的缺陷，是一种模糊的或片面的认识。歌谣"是民间创造的东西，即是有意无意间以为是集体的东西了，其实没有这么回事的，这只是新士大夫们的一种幻想而已，尚因此而认为歌谣的价值特别高，这只是由于太崇拜平民之故，将必不能得到歌谣的真价值的；又尚因此而认为有了教养的诗人的作品反而是查些，那就根本走入魔道，歌谣反是不祥之物了"。③ 一些反映集体劳动或集体仪式的歌谣也许是早期部落群体为协调劳动或节奏而不自觉的统一，而其他一些带有浓厚个人情感的歌谣就很难表现出集体的意识，诸如情歌、滑稽歌等。因此，李长之认为，"在创作方面看，歌谣和知名的诗人的东西是一样的，同是个人的产品，同是天才的产品"。④ 所不同的是，作者文化教养上的程度之差与被欣赏者加以选择的不同。"正如士大夫对于本阶级的作品有一种选择的作用，合乎一般士大夫的口味的被留下，否则被淘汰一样，在民间的由天才的个人所创造的歌谣，也为一般平民所取舍。合乎他们口味的给流传，否则就淘汰了"。他还通过引述分析西洋对歌谣的界定和歌谣内容两个方面进一步证实歌谣是"个人的创造"：

---

① 钟敬文：《诗和歌谣》，《文讯》（月刊）1947年第7卷第1期。
② 朱自清：《朱自清全集》（第6卷）时代文艺出版社2000年版。
③④ 李长之：《歌谣是什么》，《歌谣》（周刊）第2卷第6期第2版，1936年5月9日。

我倒同意于西洋对于歌谣的定义：歌谣是按它的词与谱（二者是合二为一），在很广的民间传布着，它的作者不知道了的歌。……着定义见于 Hans Rohl 的《文学辞典》的，却也实在是很通常的一种定义。从这种定义看，就已经明明白白，歌谣不是没有作者，是作者为我们所不知道罢了，作者也不是集团，仍是我们所不知道的个人。就是从内容上看，歌谣也实在是个人的东西。Hans Rohl 说里边常有 jch 的字样，在中国也常是'小簸箕，簸一簸，你是兄弟我是哥'。可见还是'你、我'，意识完全是个人的。因此，所谓歌谣的集团精神，平民色彩，无宁只在欣赏方面而①

在后来的一篇文章中，他不仅坚持着"歌谣是个人的创作"的观点，而且还通过实例进行了详细的阐释。当时的学者认同了"歌谣是个人的创作"这一看法，但也同时指出，"在原始社会中，一首歌经个人作成之后，立刻便传给社会。社会加以不断的修改增补润色，到后来便逐渐失去原有的面目。我们可以说，民歌的第一作者是个人，其次是群众，个人开始，群众完成"。② 可以说，歌谣是个人开创、集体完成的合成物，即所谓的"一人的讥讽，多人的智慧"。③ 然而，我们也不得不承认，从创作者的角度来看，歌谣具备诗的标准和要求。

最后，从形式要求看，歌谣在很大程度上符合诗的要求。诗之所谓诗，是因为它具备了成为诗的条件，符合了成为诗的要求。符合诗的要求和具备诗的条件的歌谣也同样成为诗的一部分。"好诗有好诗的条件，如果歌谣与好诗的条件符合，那么歌谣就算好诗无疑了；如果不符合，那么歌谣也许把歪诗还不如呢"。④ 卫景周列举了好诗具备的六个基本条件，并依此来对照歌谣：第一，从情感表现来看，"好诗是放情唱出来的，是自然流露出来的，不是强要发表，是情感之冲动，不得不表现的""然歌谣都是自然流露的，都是民众放情而唱的，不仅无矫揉造作之弊，即便那凝神思索之工，民众也不用的"。⑤ 第二，从诗歌艺术上来看，我国学者向来论诗，有"赋比兴"三体之分。其中最重要且最突出的是兴体——对眼前

---

① 李长之：《歌谣是什么》，《歌谣》（周刊）第 2 卷第 6 期，1936 年 5 月 9 日。

② 朱光潜：《诗的起源》，《东方杂志》1936 年第 33 卷第 7 期。

③ 朱自清：《朱自清全集》（第 6 卷），时代文艺出版社 2000 年版。

④⑤ 卫景周：《歌谣在诗中的地位》，《歌谣》（周刊纪念增刊）1923 年 12 月 17 日。

所见之花木鸟兽之物突生情感，"人我物一致，过去与现在将来融化为一。换言之，即复杂之情绪，一旦触机发动，遂呈象征而迸发，别成一种新情感而表现于外"。① 同样，歌谣在表现情感时也常常先借助于自然万物而开启全篇，如《诗经》中的《国风》诸篇、近世的生活歌谣等。第三，从诗的个性看，诗注重作者本人的色彩，其个性不仅体现在形体上还表现在音节神情上。而歌谣同样也有个性，它以"民众地方作为单位"以区别"这一群人的歌不是那一群人的歌"，从而彰显歌谣的地方特色，同时，不同类型的歌谣表现出不同的特点。因此，"各类的特色和地方的特色，是歌谣的个性，和那各代各集的诗翁有个性的色彩表现是一样的"。② 第四，从诗的音节看，好诗的音节不是仅体现在字面形状和内容情质的"声"上，更重要的是表现在作者的心情波动上，使读者的心情波动之"声"与作者之"声"协和一致，从而实现诗的"美"。歌谣也体现民众心情上自然的音节，带来情感的波动，实现歌者与听众之间的共鸣，即"山歌不唱不宽怀，磨儿不推不转来"。可见，歌谣和诗各有其音节之美。第五，从创作技巧看，诗的创作注重"声调叠用"和"首句采择"，使首句字字的音节与全诗的音节得以调和，从而使诗显得格外活泼美丽。"声调叠用"和"首句采择"的原则在歌谣中比比皆是，如古代歌谣《孔雀东南飞》。第六，从保存方式看，口传心授是歌谣独具的本能，也是歌谣的保存方式。作为自然流露的音乐和情感的产物，诗同样也需要通过咏吟表现作者内心的情思和对大自然及人生的感叹。而用文字表现出诗只是为了更好地供当时和今后学者的研究需要，而非是诗的本能要求。从以上的条件和要求中，我们认识到，好的歌谣一定符合好诗的要求，好诗的标准也可以成为歌谣的判断标尺。

尽管歌谣在许多方面都类似于诗，但如同歌谣不能代替诗一样，诗也不能取代歌谣。作为一种文学类型，歌谣有其显著的特征：从发生学的角度看，歌谣来源于底层民众，而且一直反映着他们共同的心声；从创作者的角度看，歌谣是个人开创、集体完成的产物，但歌谣在流传中更强调集体性特征；从表现形式看，歌谣在情感抒发方面更显得自由灵活，在创作技巧方面重点突出其"巧喻"的特征，强调节奏重于表现内容，突出口头吟唱多于书面记录。美国基特里奇教授认为，歌谣的创作仅是一种开始，

---

① ② 卫景周：《歌谣在诗中的地位》，《歌谣》（周刊纪念增刊）1923 年 12 月 17 日。

而其重点是歌谣在群众中的口头传诵，"它的重要性并不亚于原作者的创造工作。歌由甲歌者传到乙歌者，辗转传下去，它就继续地改变下去。旧章句丢去，新章句加入，韵也改了，人物的姓名也更换了，别的歌谣片段也混入了，收场的悲喜情节也许完全翻转过来。如果传诵到二三百年——这是常事——全篇语言结构也许因为它所用的语言本身的生展而改变。原作者如果听到别人歌唱，他首创的歌，也一定觉得它面目全非，这些口头传诵所起的变化，合拢来说，简直就是一种'第二重创作'。它的性质很复杂，许多人在长久时代和广大地域中都或有意或无意地参加这'第二重创作'。这种工作对于歌的完成，重要并不亚于原作者的第一重创作"。①歌谣之所以称为歌谣的核心在于"第二重创作"，它是歌谣的基本构成要素，显示着歌谣从形式到实质的与众不同。因此，林庚指出，"歌谣不是乐府亦不是诗，它是一种独立的东西"。

三、歌谣和新诗的转化源于时代和自身发展的需要

综观中国历代文学体裁的发展与演变，我们发现任何一种文学模式或文学类型的出现，都伴随着文学自身的变革，也遵循着事物发展的一般规律：从初级到高级，从雏形到完善。就诗歌而言，其发展轨迹多有变化，从最初的三言到形式、内容皆完善的七言。然而任何一种诗歌体裁的问世，都是在已有模式的基础上对当时广泛流行在民间的歌谣形式的模仿，再不间断地植入文人创作的元素，完成诗歌模式的嬗变，从而更好地体现"诗言志""诗缘情"的创作目的。而在中国历代文学发展的过程中，民间歌谣仅是被模仿的对象，随着诗歌形式的逐步完善而被忽略或被边缘化，从来没有真正地作为文学的组成部分进入文人雅士的视野中，从而获得世人的尊重和重视。进入近现代社会后，西方现代文明冲垮了中国传统的文化体系和道德规范，社会生活变得越来越复杂，社会矛盾更加明显。这些变化促进人们对社会认识的加深、视野的开阔。新文化运动影响下新诗的出现颠覆了人们对中国传统诗歌发展的固有认识。作为现代学科建设的一部分，民间歌谣重新获得人们的重视，并因为其特殊时期特殊的贡献，奠定了它在现代学科中的地位。

---

① 朱光潜：《诗的起源》，《东方杂志》1936 年第 33 卷第 7 期。

　　新诗的出现是当时国家的动荡不安和社会现状的巨大变化的结果。复杂是由于社会现实与人们思想的转变造成文学语体无法满足当时人们表达思想、抒发情感的需要。国家的衰落、社会的复杂带来人们人生观、价值观、世界观的改变。1840 年鸦片战争爆发，西方的坚船利炮打开了中国的国门。这使人们意识到我们的确落伍于世界，但这种危机意识仅仅停留在军事方面，认为我们仅是在军事方面不如西方，从而掀起了向西方学习军事技术的洋务运动，实现即所谓的"师夷之长技以制夷"的目标。1894 年中日甲午战争爆发，中国战败的事实极大地刺激了国人。人们才意识到，中国的落后并不是单纯地表现在军事方面，我们的政治结构、国家机制、道德标准及其思想文化都落伍世界。大批有志之士开始探索未来中国的道理，一批批知识分子纷纷留学于西欧、北美及日本，希望能够通过借鉴西方国家的现代文化改变中国的现状。他们试图用旧的文学形式表现当时的思想，当时总是受到诗体模仿的束缚，文学语言与日常生活，尤其是当时的思想认识严重脱节。因此，梁启超、黄遵宪等"提出经学革命、史学革命、文界革命、诗界革命、小说界革命、曲界革命等一系列的主张，企望在输入欧洲之精神思想的前提下，推动 20 世纪中国知识体系和学术体系的转型，在民族精神的改造与重建工程中，促进中国政治的渐进和社会的文明之化。"①

　　"文学之盛衰，与思想之强弱，常成比例"。② 新文化运动彻底地转变了人们的思想认识，也带来文学的现代化变革。这种文学变革不仅是对文学语体的更新，也是对文学思想的转变。在西方文化思潮的涌动下，诗歌作为中国传统文学的主体最先发生变化。它破除了传统旧体律诗在形式上的束缚，大量地模仿西方的诗歌形式，采用通俗的白话语言，最大限度地、最直接地、最明白地记述当时的社会现状和表达当时的知识分子内心的情感。一时间在当时的学界涌现出各种新诗体裁，如"十四行体""排句体""颂赞体""巢塞体""斯宾塞体""三行连锁体"等。新文化运动影响下的新诗在表现现代诗人思想和志向方面符合了当时的需要，然而太过欧化形式和不标准的白话语言，限制了新诗的发展，使新诗或成为西方诗歌的附庸而脱离了中国人的文学表述习惯，或成为生活日用语而失去了

---

　　① 关爱和：《梁启超与文学界革命》，《中国社会科学》2006 年第 5 期。
　　② 梁启超：《饮冰室合集·文集之七》，中华书局 1989 年版，第 27 页。

诗歌的美学特征。为了使新诗真正成为中国文学长河中的一部分，它在模仿外国诗歌的过程中也在不断地吸收中国本土的文化基因，尤其是当时的民间歌谣中的音乐性，增强了新诗语言表达的节奏性和内在的美感。1934年发起的大众语运动以民间歌谣为主体，大量地吸收当下的词汇和通俗用语，制定了大众语言的规范标准。大众语言的标准化弥补了新诗在语言表述上的缺陷，符合了"文言统一"的语体要求。新诗吸收民间歌谣在语体和节奏上的优点，成功地实现了向现代化转变的目的，从而使新诗通俗化、本土化、中国化。

歌谣是中国文学的开端，是文人诗的源头。早在先秦时期，歌谣就已经奠定了它在文学和社会上的地位。歌谣总集《诗经》成为当时知识分子的经典、外交辞令的开场白和社交工具，被后世奉为经典。孔子曾说："不学《诗》，无以言"。歌谣在后世的文学发展中，尤其是诗的发展演变中，扮演着重要的角色，成为各种诗体的模仿对象和参考工具。除此之外，还有许多或是官方采集或是私人搜集、编辑而成的歌谣集，如汉代的乐府诗、《古诗十九首》、宋代郭茂倩的《乐府诗集》、明朝冯梦龙的《山歌》、清朝吴淇的《粤风续九》等。民间歌谣在诗歌的发展演变过程中发挥了重大的作用，但它仅是诗歌体裁更新时文人创新的一种参考，并没有因此而成为一种文学主流。可以说，中国封建社会发展的两千多年，也是歌谣被排挤、被冷漠的两千多年。对待歌谣的这种意识不仅影响着一代又一代的知识分子，而且也渗透于下层民众的骨髓中。文人雅士视歌谣为"妖言惑众或淫词艳曲"，而下层民众也认为歌谣难登大雅之堂。因此，歌谣常被统治阶级所禁止，正所谓"一切的民间的歌词，都受他们的戕贼。到处都是，也不只国内，连外国的政府也要禁止的"。①

进入现代文明之后，歌谣应时代的要求重新受到重视，成为社会改革和新文化运动的重要力量，发挥着巨大的作用。"歌谣运动于1918年2月在北京大学异军突起，不是偶然的，而是时代、时势、环境、人事的共同产儿。歌谣运动的兴起，与新文化运动有着不可分割的血肉关系，甚至可以说是新文化运动的一翼"。② 在起源方面、创作者方面以及形式方面，歌谣与诗相联系、相统一，造成一种歌谣诗化的假象。通过借助诗的文学地

---

① 常惠：《歌谣的采集·答复》，《歌谣》（周刊）第5期，1923年1月14日。
② 刘锡诚：《20世纪中国民间文学学术史》，河南大学出版社2006年版，第76页。

位，歌谣不断地提升在文学中的地位、在知识分子中的认同、在学界的影响。如果说 20 世纪前 30 年是歌谣研究不断地提升和巩固的阶段，奠定了歌谣的学术地位，那么抗战的爆发成就了歌谣的社会地位。1942 年，毛泽东在延安发表了关于当前文艺与形式的讲话，即《在延安文艺座谈会上的讲话》（以下简称《讲话》），在《讲话》中他指出，"文艺作品在根据地的接受者，是工农兵以及革命干部。根据地也有学生，但这些学生和旧式学生也不相同，他们不是过去的干部，就是未来的干部。各种干部，部队的战士、工厂的工人，农村的农民，他们识了字，就要看书、看报，不识字的，也要看戏、看画、唱歌、听音乐，他们就是我们文艺作品的接受者"；① 明确地提出 "中国的革命的文学家艺术家，有出息的文学家艺术家，必须到群众中去，必须长期地无条件地全心全意地到工农兵群众中，到火热的战斗中去，到唯一的最广大最丰富的源泉中去，观察、体验、研究、分析一切人、一切阶级、一切生动的生活形式和斗争形式，一切文学和艺术的原始材料，然后才有可能进入创作过程"；② 并指明 "检验一个作家的主观愿望及其动机是否正确、是否善良，不是看他的宣言，而是看他的行动（主要是作品）在社会大众中产生的效果"。③ 歌谣符合了当时文艺创作的要求，成为人们喜闻乐见的文艺表现形式。知识分子在生产、生活和战斗中利用歌谣的形式宣传抗日、鼓舞士气、娱乐生活，将歌谣的社会作用发挥到极致，从而奠定了歌谣的社会地位。

四、结语

20 世纪 20 年代发起的歌谣运动与新文化运动，对中国现代文学的发展具有深远的意见。新诗出现于歌谣征集活动的展开，并非当时知识分子一时的冲动，而是文学自身发展的必然和当时社会现状对文学变革的需要。中国近现代历史充满了血腥、屈辱和不甘，也弥漫着求新、求变的变革与革命的意识和思想。当时有志之士不断地用行动来表现他们对当时社会现状的不满和企图改变现状、扭转乾坤的志向和理想。作为言志、缘情的诗受到当时有志之士的极大欢迎，他们通过诗歌来直抒胸臆、表达志向。而旧体诗在语体、形式、结构等方面的限制无法满足他们抒发心志的

---

①②③ 《毛泽东在延安文艺座谈会上的讲话》，解放社 1950 年版。

需要。新诗的出现虽然满足了当时知识分子抒发愤懑、表现志向和理想的需要，但是新诗的欧化风格限制了它本身的发展。歌谣在语体、韵律节奏方面弥补了新诗的不足，从而使新诗走向现代化、中国化、本土化。同时歌谣通过分析自身的优势，在发生源头、创作者和形式方面向追求自由灵活的新诗靠近，借助新诗的影响提高自身在学界的地位，扩大了歌谣在知识分子中的影响，从而使学界更多的人关注歌谣的发展，甚至加入歌谣征集与研究的队伍中，奠定歌谣的学术地位。而歌谣在抗战时期所发挥的宣传抗战、鼓舞士气、娱乐生活的作用，奠定了其社会地位。因此，新诗歌谣化，完成了生活语言与文学语言的统一，推动了现代诗的发展；歌谣诗化研究，完成歌谣身份的转化，为歌谣成为现代学科奠定基础。

第二节　歌谣与音乐研究

歌谣是艺术的一种形式，音乐也是艺术的一种形式。作为艺术的形式，歌谣与音乐存在许多相同而又彼此间相互影响的因素。从发生学的角度看，歌谣、音乐、舞蹈都源于原始人类生活的需要，是人类艺术的起源。所谓的"歌舞乐三位一体"就是对原始艺术的最好解释。随着人类文明的发展，歌、舞、乐渐渐分离，最终成为相互独立而又彼此相联系的三种艺术形式。尽管如此，但相对于舞蹈而言，歌谣与音乐的关系更加密切。郭绍虞在《中国文学演进之趋势》中曾指出："在于原始时代，各种艺术往往混合为一，所以风谣包含这三种要素，① 为当然的实事。即后世的文学犹且常与音乐舞容发生连带的关系，而与音乐的关系则又为密切。这因语言与动作之间，以音乐为其枢纽之故——欲使其语言有节奏，不可不求音乐的辅助；欲使其音乐更有力量，可不借动作以表示。所以诗歌并言，歌舞并言，以音乐为语言动作的枢纽，正和以歌为诗与舞的枢纽一

---

① 风谣的三个要素指：①语言—辞—韵文方面成为叙事诗，散文方面成为史传，重在描写，演进为纯文学中之小说；②音乐—调—韵文方面成为抒情诗，散文方面成为哲理文，重在反省，演进为纯文学中之诗歌；③动作—容—韵文方面成为剧诗，散文方面成为演讲词，重在表现，演进为纯文学中之戏曲。

样"。① 从中国音乐史的发展看，民歌对音乐创作产生了很多的影响，几乎每个朝代都诞生了以民歌为参照的著名曲目。19 世纪末 20 世纪初，受社会改良思潮的影响，一批受西方文化影响的音乐家在对待歌谣与传统音乐的问题上提出质疑。他们在歌谣问题上的一些看法和观点值得后世研究者深思，也为现代歌谣研究提供了新的视野。

一、音乐家眼中的歌谣

20 世纪上半叶，歌谣研究不仅吸引了一批文学家、历史学者的关注，而且也深受一批受西方文化影响的音乐家的青睐。"清末民初之际，中国的所谓'新知识界'里面也包括从事音乐研究的人士。因此，对民间歌谣产生兴趣并投身参与的也不仅限于文学一隅。当时的北京大学，除了并入国学门的'歌谣研究会'和'方言调查会'等外，其他的学识组织当中还有专门的'音乐研究会'。北京之外，则还有早在清末年间就已成立的'亚雅音乐会'（光绪三十年，1904 年），'国民音乐会'（光绪三十一年，1905 年）和后来的'女子音乐协助会'（民国元年，1912 年）等社会团体。"② 他们从国家命运的角度，以西洋音乐理论反思中国传统的音乐，重新审视民间歌谣对音乐的影响。从学术研究的角度讲，他们对歌谣的看法对当时歌谣研究提供了一种新的视野、一种新的认识，从而使歌谣研究充满多样性和丰富性。如果以 1937 年抗日战争为界把 20 世纪上半叶分为前期和后期两个时间段，那么音乐家对待民间歌谣的看法表现出两种截然不同的看法。前期为以匪石、陈仲子为代表的"反民间"倾向，后期以吕骥、薛良为代表为的"继承传统、面向现代"理念。

（一）1937 年以前音乐家对歌谣的看法

清末民初，一批怀有报国之志的音乐家走出国门，希望通过学习西方的音乐理论与音乐思想，谱写新的音乐旋律唤醒国民，以求民族的独立、国家的富强。这批音乐家回国后受到当时社会改良运动的影响，认为社会

---

① 郭绍虞：《中国文学演进之趋势》，《中国文学研究》1927 年第 17 卷。
② 徐新建：《民歌与国学——民国早期"歌谣运动"的回顾与思考》，巴蜀书社 2006 年版，第 114 页。

改良不仅表现在国家制度的层面，也表现在民族正音的方面。国家的积贫积弱、国民的颓废不振、军队的不堪一击，其原因之一在于当时流行的靡靡之音、靡靡之乐对国民的影响，造成人们在精神上的不堪一击、不思进取。因此，他们"系统否定了包括民间歌谣在内的现存国乐，认为其既无进取精神而流于卑鄙"。[①] 他们指出，中国传统的音乐需要改良，中国的国歌需要重新谱写，中国的军队需要拥有自己的军歌以凝聚军人的力量、提升军人的魂魄而非简单的擂鼓进军、鸣金收兵。而在如何进行音乐改良的问题上，他们认为，应该加强西方音乐在学校的教学，应该谱写具有西方大气魂魄的音乐影响民众，应该剔除传统音乐中的颓废、卑鄙、淫秽的成分。民间歌谣成为他们指责的重点对象。在他们看来，民间歌谣是造成传统音乐之所以如此不振的"罪魁祸首"，是带来民众精神颓废的重要因素。匪石在《中国音乐改良说》一文中指出：

　　夫音乐与国民之性质有直接之关系，其肇音也卑，其作气也必绥。古乐虽不可得闻，然模拟其声歌，仿佛其衣冠笑貌，或以高尚，或以慷慨，或以和平，或以强鄙。是数德者，盖有之矣。若曰直取进行美盛圆满，则吾未斯之能信也。虽然，犹有此数德也。今日适于我国民智嗜好者，更复何等？昔尝品骘时乐，评昆曲之辞曰，昆曲如野花，如山人。人因之以弱，国因之衰，然犹不失为洁也。评悲曲之辞曰，北曲如泥醉，如梦呓，顽人之写照也。评秦声之辞曰，凡乐有七音，秦得其一。非正也，其为衰也伤，其为乐也淫。心如促，耳如窄，则纯乎亡国之音矣。评诸杂曲之辞曰，此婢妾之声也，胡为呼来。嗟乎国民，其口其声，而乃若此，其学为奴隶也欤？原夫圣人作乐，所以一国民之感情而已，而又随其修养程度之高下，以为嗜好厚薄之差异，《乐记》所列琴瑟钟鼓之效，万莫逃之。世有知者，移其植果于德教，吾知获效必矣。而顾使市井鄙夫，恣为播弄，以斫丧我民良，灭绝我种性。[②]

---

　　① 徐新建：《民歌与国学——民国早期"歌谣运动"的回顾与思考》，巴蜀书社 2006 年版，第 117 页。

　　② 匪石：《中国音乐改良说》，《浙江潮》1903 年第 6 期。

由此可见，他在民间歌谣问题上持否定态度，认为传统音乐的改革之一就是剔除民间歌谣的淫秽部分，"若放任'市井鄙夫'继续'恣为拨弄'，那就不能责怪俳优而当归罪于'今日言教育者'了"。① 因此，他发出了"卑隘淫靡若此，不有废者，谁能与之"的质问和感慨。陈仲子是一位中西合璧的音乐家，他在民间歌谣问题上赞成匪石的观点，对传统民间歌谣、俗辞的"低级颓败"倍加指责。在《近代中西音乐之比较观》一文中，他通过对中国音乐和西方音乐进行比较，指出了"国乐"的种种不足，主要表现为声音简单、节奏粗略、曲调陈旧和歌辞鄙俚。在对现存民间歌谣小调上，他认为：

> 子夏曰："情发于声，声成文，谓之音。"我国文学冠绝五洲。故古之歌辞，其被入管弦，形诸吟咏者，无不庄严端丽。即元明杂曲，虽稍近纤靡，犹不失为才人之作。乃近代以来，风俗颓败，每况愈下。现流行歌剧中，如京调之类，音节非无一二可取者，而俗字俚言，令人欲呕。近来西乐，稍稍输入，如各学校且设有唱歌一科矣。曲趣之幼稚，固不待言，即其歌辞，乃亦如村婆絮语，意义毫无，声韵不讲。夫欧西之歌词，大抵成诸素娴文学者，或著名诗人之手。而我国歌辞，乃由俗伶贱优之以讹传，或任稍识之无者，操刀以从事，安能望其转移风化，发扬民气哉。②

陈仲子对于民间歌谣的观点，发表于北大歌谣征集活动发起之前、新文化运动之外，并没有对后来产生很大的影响，但这种观点却体现了同一时期的另一种声音。对于歌谣研究而言，这值得歌谣研究者深思。

总体来说，这一时期，尤其是 20 世纪初，中西合璧、里外兼通的音乐家怀有深深的报国之志，他们渴望国家的富强、民众意识的苏醒。他们支持社会改良，发出了"改良国乐"的倡导。只不过他们的一些看法与"文学革命"后的文学界的观点相反，他们将改良的矛头指向大众庶民而非贵族圣贤。民间歌谣就是他们重点关注的对象，而且也是他们力争改良的部

---

① 徐新建：《民歌与国学——民国早期"歌谣运动"的回顾与思考》，巴蜀书社 2006 年版，第 116 页。
② 陈仲子：《近代中西音乐之比较观》，《东方杂志》1916 年第 13 卷第 6 期。

分。在他们看来，国乐的进步不仅取决于音乐理论的建设、音乐知识的普及，还取决于人们对民间歌谣的态度与认识。"清末民初音乐界的此派改良主张具有明显的'反民间'倾向。他们同样关心维新变革，但并不觉得民间在音乐上有可取之处，相反，认为只有排除'市井鄙夫'的哀淫之音，国乐才能进步"。① 因此，排除传统音乐中民间歌谣的淫秽、颓废成分是音乐改良成功与否的先决条件，也是国乐走向"正途"以唤醒民众的重要因素。

（二）1937 年以后音乐家对歌谣的看法

抗战爆发后，从普通民众到达官贵族，不同阶层不同身份的人都融入抗战的洪流中，有的奔赴前线，有的募捐钱粮，有的鼓吹抗战，可谓全国民众众志成城、抗击日寇。在全国人民积极抗战的社会氛围中，音乐家并没有躲进艺术的"象牙塔"，而是融入抗战的洪流中，利用音乐来号召民众、鼓舞士气、宣传抗战。他们在利用音乐的形式激发民众爱国热情的过程中意识到，一些西方的音乐理论或音乐创作无法适应当时社会的需要。由于中西文化的差异、民众受教育程度的低下，大多数民众无法感受到西方音乐带来的鼓舞，而民间普遍流传的歌谣却在一定程度上感染了民众，使他们认识到国家、民族的危机，也激发了他们积极参加抗战的热情。这种现象引起了当时音节家们的关注。在经历了无数次的尝试后，他们不得不改变清末民初时的音乐家对民间音乐，尤其是民间歌谣的看法，重新正视民间音乐在民众中的巨大影响，重新认识民间音乐在现代音乐（新音乐）中的地位。吕骥在《中国民间音乐研究提纲》一文中对民间音乐与西方现代音乐进行了对比分析，他说：

> 在民间音乐研究工作中，有人主张拿西洋现代音乐科学的规律或条文作为衡量中国民间音乐的唯一标准，这是不完全适合的。因为近代西洋音乐与中国民间音乐不仅是地域上有东西之分，更主要的它们是两个不同时代的产物，两个不同的民族（包括两种不同的社会生活于两种不同语言）甚至包括两个发展不同社会阶层的两种艺术形式，

---

① 徐新建：《民歌与国学——民国早期"歌谣运动"的回顾与思考》，巴蜀书社 2006 年版，第 118 页。

各自有其特殊的规律。自然，我们并不反对应用西洋音乐科学中某些带有普遍性的原则和方法来研究中国民间音乐，不过不应把西洋近代音乐科学中的某些传统的法则和经验当作唯一的准绳或神圣的法则，勉强把中国民间音乐套入西洋音乐的规范中，以求得所谓科学的解释，这都是不合乎实际的。研究中国民间音乐，应当从它本身出发，分析它自身所具有的规律，然后根据中国的社会生活与其发展的历史，予以合乎实际的解释。这样得来的解释才真正是科学的，才真正对于建设中国新音乐有参考的价值。①

我们通常认为艺术没有国界，但这并不代表艺术不存在差异。吕骥在进行中西音乐对比中就明确地指出，时代的不同、民族的不同、社会发展阶层的不同带来音乐理念和音乐创作的不同。它们之间的差异就决定了不能用西方现代音乐的法则和经验去衡量中国民间音乐，也不能用西方现代音乐理论去规范中国民间音乐"以求得所谓科学的解释"。在吕骥看来，中国现代音乐不仅要吸收西方现代音乐理论和音乐创作模式，而且在很大程度上应该继承中国传统的音乐模式，尤其是中国民间音乐的有机成分。这种中西音乐结合的结构形式才是中国现代音乐的发展模式和发展方向。基于音乐家对中国民间音乐的重新认识，他们在对待民间歌谣问题上也发生了很大的转变，认为音乐的发展离不开歌谣的影响，音乐创作在很大程度是源于对歌谣有机成分的吸收。薛良在《民间歌谣的讨论》一文中就当时歌谣与新音乐的问题展开了论述，并指出歌谣在音乐中的重要。他说：

我们知道音乐是反映人类社会生活的一种意识形态，它的特质是决定于社会经济、地理环境、风俗习惯、历史传统等因素的。换句话说：音乐不论是在内容方面和形式方面都必然地以上列的诸点为归依。一个民族有一个民族特殊的社会经济生活、历史文化传统，所以一个民族的音乐的内容与形式常与其他民族的这种艺术相异。我们要以音乐去反映某个民族的现实生活，我们就必须在音乐上运用那个民族的特有风格和性质。在这方面民歌曾给我们很大的帮助，因为民歌之所以能从历史上遗传下来，毫无疑问地，在过去的历史上它曾经适

---

① 吕骥：《中国民间音乐研究提纲》，《民间音乐研究》1940年创刊号。

应的是那些人民的生活内容，表现那些时代人民的情感和特质，显然，音乐是根植于人民的生活里面，而音乐的要素是根植于民族的气质。要使音乐深入到我国人民的生活中并纯熟地运用我国的音乐特质，那么当要研究我国的民歌。①

薛良认为，一个民族的社会经济、地理环境、风俗习惯、历史传统等因素决定了这个民族的音乐特质，以至于在其音乐中体现了这个民族的风格与性质，而歌谣是人们现实生活的反映，蕴含着民众的情感。在他看来，植根于民众生活、蕴含着民族气质的音乐必然要借助于民间歌谣，才能体现音乐的民族性和世界性。正如他自己所说，"要使音乐深入到我国人民的生活中并纯熟地运用我国的音乐特质，那么当要研究我国的民歌"。②这就充分地说明，无论是在形式上还是在内容上，音乐有赖于民间歌谣才能体现音乐的价值和现实意义。

总之，20世纪上半叶后期的音乐家在对待包括民间歌谣在内的一切形式上的中国民间音乐不同于清末民初时期的音乐家。他们认为，中国民间音乐不同于西方现代音乐，它有着自身发展的法则和规律，不能一味地用西方现代音乐的规律和条文去衡量，而应该站在艺术的角度去肯定中国民间音乐，并在构建中国现代音乐模式中积极地吸收民间音乐在内容和形式上的有机成分，以适应中国的国情和普通大众的需要。在民间歌谣问题上，他们摒弃对歌谣内容上的低俗、淫秽和形式上单调、简单、粗糙的认识，指出歌谣在内容上是反映民众现实生活的，在性质上表现为对一个民族风格与气质的体现。因此，这一时期的音乐家们在中国传统音乐受民间歌谣影响的问题上表现为肯定而非批评的，在构建中国现代音乐模式上更多地表现为对民间音乐的继承、对民间歌谣有机成分的吸收。

二、歌谣音乐性特征的探讨

中国古代很多典籍中记载了关于"歌谣"的界定，如《毛传》云："曲，合乐为歌，徒歌曰谣。"《韩诗章句》曰："有章曲曰歌，无章曲曰谣。"《周礼疏引·郑志》云："歌者，乐也。"《左传·僖五年疏》曰：

---

①② 薛良：《民间歌谣的讨论》，《新音乐》1940年第3卷第3期。

"徒歌谓之谣，言无乐而空歌其声，逍遥然也。"邵纯熙在《我对于歌谣研究发表一点意见》一文中指出："歌字的意义，是咏的意思，引长其声之谓；以曲和乐唱之者。徒歌而无章曲者，是名曰谣"。① 白启明在《对〈我对于歌谣研究发表一点意见〉的商榷》一文中也明确地指出："若普通所说的歌谣，就是民间所口唱的很自然很真挚的一类徒歌，并不曾合乐，其合乐者，则为弹词，为小调。"② 无论是古籍中的记载还是今人对歌谣的认识，这都表现出歌谣中蕴含着音乐的成分。可以说，歌谣是一种音乐艺术。民间歌谣的曲调、节奏、音节等也许不规范，歌辞也许不典雅，但是它内在形式与外在结构上的不规范、歌词的口语化抑或有声无词的表现，并不能否定歌谣的音乐性。正是歌谣的这些不规范的表现决定了歌谣的音乐价值。当时的音乐家在改良或推崇民间歌谣时，都以当时流传的民间歌谣为蓝本，从音乐理论和音乐规范的角度进行了全面的分析。以冼星海、张锦鸿为代表的音乐家从理论和实践两个方面指出了歌谣中的音乐特征，为歌谣的研究推广了研究范围，为现代音乐的创作提供了参考。

冼星海是中国近代民族音乐的先驱，在他短暂的一生中创作了许多优秀的音乐作品，奠定了中国现代音乐的发展。除了那些至今被人称道的音乐作品外，他在延安期间还发表了《聂耳——中国新兴音乐的创作者》《论中国音乐的民族形式》《民歌与中国新兴音乐》等音乐论文，论述了中国新音乐的历史经验及其大众化和民族形式等问题。在《民歌与中国新兴音乐》中，冼星海分"从音乐观点上来看民歌""研究民歌与创作新民歌的方法""民歌研究与中国新音乐前途"三个标题系统地阐释了民歌与音乐的关系。就歌谣的音乐性问题，他从民间歌谣的歌辞、曲调、节奏、音节等方面提出了自己的看法，他说：

> 首先在歌词的特征上：第一，是它的现实性。一般的民歌，都是描写大众的现实环境、现实生活。一个民歌没有现实性，决不会流传下来。比如德国的一个"莱茵河的歌"，苏联的"囚徒之歌"，假如没有描写出莱茵河畔的现实生活及俄国囚徒的真实心理，这两个歌是不

---

① 邵纯熙：《我对于歌谣研究发表一点意义》，《歌谣周刊》第 13 期，1923 年 4 月 8 日。

② 白启明：《对〈我对于歌谣研究发表一点意义〉的商榷》，《歌谣》（周刊）第 14 期，1923 年 4 月 15 日。

会流出下来的，中国的"送郎上前线"，真实地表现出人民的情绪，所以能为一般人所欢迎。第二，是形象化。民歌中大都能表现出活生生的生活现实与生活的体验，如"挑水歌"及"跳粉墙"等。第三，是口语化。民歌与雅乐的不同就在歌词都是口语化的，如"小牧牛""剪剪花"等。假如不是口语化的民歌，是不会流传很广的。第四，是地方性。凡民歌似乎都是带着浓厚的地方色彩的，各地有各地的民歌。有些民歌因受地方性的限制，往往不能流传到其他地方，比如北平的民歌不见得能为广东民众所欢迎。歌词虽有上面的特性，也可以说优点，同时也不免有它的缺点，如在言语形式上，因受地方性的限制，不能普遍全国。在内容上，除一小部分外，差不多充满了封建的意识，缺少斗争鼓动的力量，大多带有忧愁的情调。最不幸的，有许多人一提到民歌就把它当作淫荡的东西，这就因为中国民歌里的确有不少淫荡的东西（不过都是经妓院改造的，真正的民歌，很少这种风气）。

其次再说曲调的特征。中国的民歌曲调，大部分是优美和平，拍节方面大部分是中板慢板，表情方面大都没有激烈雄壮的情调，中国民间的打击乐器是独立的，如大锣、打鼓、板鼓、钹、木鱼、铃等，我们只要一敲一打，没有一个人不知道这是中国的东西。中国的打击乐器，是真正的独立的，如京剧中的撕边、收头、扭丝、三锣、哭头、乱七抽、卫头、叫头等，音色很特别的，因此锣鼓一响就有搭台仓台才仓台的声音，许多人说这是民族落后的表征，但中国人都曾受到它的感动。现在世界新的作风假如能加入中国打击乐器的方法，或者把它用到舞蹈方面，那么一定出现一种特质的风格，世界的特殊风格，旋律方法。中国的民歌是最丰富而热情的，比世界任何一国都有趣味，因为没有科学方法，所以成了单调的平面的。可是我们几千年来流传下来的小调民歌，还是有人拥护它，因为它的旋律的本身是可以独立的。比方二簧是圆稳有趣的，西皮是凄楚激昂，梆子是悲壮激越，昆曲是温雅幽静，高腔是朴质有神。中国民歌的调性最多$\begin{cases} 1 & 5 \\ \underset{\cdot}{5} & 1 \end{cases}$，次多$\begin{cases} \underset{\cdot}{5} & 2 \\ 2 & 5 \end{cases}$，再次多$\begin{cases} 2 & 6 \\ 6 & 2 \end{cases}$，但也有$\begin{cases} 6 & 3 \\ 3 & \underset{\cdot}{6} \end{cases}$。在比较偏僻一点的乡下，就有许多滑音，有些很明显的，如陕西的"郿鄠调"中，如：

$$2\ 5\ 6\ 5\ 4\ \sim\ |\ 2\ 1\ 1\ \sim\ 5\ 5\ 6\ 5\ |\ 4\ \sim\ 0\ |\ 5\ \overset{3}{\smallfrown}\ 2\ 1\ 5\ \|\quad (\sim\ 滑音)$$

　　啊　呀　哟　　提　心　哟吊　胆　　往　前　行

　　在广西的民歌中，有许多复杂的变音，是普通音节中所没有的，中国民歌每省都有其特殊进行法，有根据曲调旋律进行的，有根据语调进行的，有根据情感表现分来进行的。

　　节奏方面最有趣的是在二簧找到的，里面有摇板、散板、倒板，比如"战太平"倒板，二簧摇板"武昭关"，散板里的"虹霓关"等。中国没有外国拍子这样复杂，大半都是二拍子的（一板一眼），四拍子的（一板三眼），三拍子（一板二眼），没有西洋四分之五、四分之一七等拍子，但中国许多拍子的变化都是许多板路配合打击小器作一种变化。

　　音节方面，大半用五声音阶，但欧洲的五声音阶与中国的五声音阶不同。我们的五声音阶是另有一种趣味的，七声音阶中国也有，譬如广东小调就有七声音阶，但趣味与西洋的不同，在我们七声音阶里有七种调子，用"十二旋律相为宫"之法则变为十二调（按即有十二旋律相为基音宫十二次就得八十四个调）跟古希腊"七音调"相同。

　　和声方面，中国音乐和声是有的，在唐代外国音乐流传中国的时候就有和声，如琵琶。但到现在因受长期环境的影响，和声不被重视。等于没有了，表现和声方面有四度八度音等。中国新的和声至今尚未定出一种规律，没有很好的发展，将来我想另为再详细谈新和声的问题。

　　曲调的形式也很特别，不像外国一段体、二段体、序曲、组曲、朔拿大、交响乐等特殊形式。它有特别的形式，在世界上所没有的，假使我们能利用其长处，说不定可以创作时代最新的形式来。

　　最后中国民歌还有它的衬词，比如呀、吆、哟、啊、嗨等，都是为外国音乐所没有的，这些衬词表达出民众愉快或悲苦的工作。全世界最多最丰富的民歌或许只有在中国，我们音乐工作者产生在今日的中国，真的是一件幸福的事情。从民歌的材料里可以发掘许多宝藏和参考。[1]

---

① 冼星海：《民歌与中国新兴音乐》，《新音乐》1940年第3卷第1期。

冼星海从歌词特征、曲调的特点、节奏的长短、音节的种类、曲调的形式等几个方面系统地论述了民间歌谣的"独立的特性和优点"。无论是歌词、曲调的特点还是节奏的长短、音节的停顿，歌谣的这些"特性和优点"都是指向歌谣的音乐性方面。因此，我们可以看出，冼星海是基于音乐的角度分析歌谣的，旨在说明歌谣中蕴含着音乐的成分，可以影响音乐的创作，可以为音乐创作提供参考依据和灵感启迪。

张锦鸿是同一时期另一位学贯中西的著名音乐家，他将毕生精力奉献给中国的音乐事业。他创作了许多歌谣形式的音乐作品，如《救国团团歌》《政工干校校歌》《我怀念妈妈》《倦归》；他还撰写了一些音乐理论专著和相关论文，如《怎样教音乐》《基础乐理》《和声学》《作曲法》《音乐科教学研究与实习》《中国民歌音乐的分析》。这些音乐著作填补了中国现代音乐理论的空白，推动了中国音乐的发展。其论文《中国歌谣音乐的分析》是应台湾音乐学会第二次会议大会的邀请而作的。在这篇论文中，他选择性地列举了二十六首民歌，① 以西方音乐理论为理论依据，从民歌的形式、调式、曲调、节奏等方面对所选歌谣进行逐一分析。通过对比归纳，他提出了自己在歌谣音乐性问题上的看法。他认为：

> 和其他民族的民歌一样，中国民歌也没有一定的形式。所谓没有一定的形式，并不是没有形式，只是形式比较自由罢了。大体上说，中华民歌的形式，多属短小，应用一段式二段式者较多，应用三段式者较少。乐句的组织，或为正规的乐句（由二、四、八小节构成者），或为不正规的乐句（由三、五、六、七、九小节构成者）。乐段的组织，或为单段，或为复乐段，或为扩充的乐段。乐段中乐句的多寡，乐句构造的长短，全以适应歌词为主，应用较为自由，大多不加限制，有时也许会忽略了"均衡"（Balance）的原则。至于曲调的构造（指在乐段或全曲中的构造，属于形式范围），或为"并行构造"（两

---

① 26首民歌分别为：北平城郊骆驼队小调（河北）、小路（绥远）、在那遥远的地方（青海）、红彩妹妹（绥远）、沙里红巴（新疆）、迎宝（嘉戎族）、喀什喀儿舞曲（新疆）、阿里山之歌（台湾山地）、日翁独咱（西康）、秋母萨（罗罗）、掀起你的盖头来（新疆）、尤子巴母（西康）、数蛤蟆（四川）、小毛驴（陕西）、红河波浪（云南）、青春舞曲（新疆）、小黄鹂鸟（蒙古）、情歌（康定）、读书郎（贵州）、茉莉花（全国性）、渔家（湖北）、萧（广东）、阿眉族舞曲（台湾山地）、凤阳花鼓（安徽）、一根扁担（河北）、绣荷包（晋北）。

乐句的曲调相同或相似者），或为"对比构造"（两乐曲的曲调无相似处者）。而乐句中"动机"（Motive）或"片段"（Member），往往应用反复或变化反复，这在造成统一性上，甚为重要。

西洋近代音乐的调性，是以大、小性阶中各种调子为基础，靠注音、属音、次属音及其和弦来定调性。中国民歌音乐，与此大不相同，它是以中国五声音或七声音阶中各种调式为基础，靠一两个中心音来稳定调性。……至于调式的运用，则甚为自由，我们通常判断这首歌谣是什么调式，是要看这首歌的"结音"（歌谣曲结束的一音）是什么音来决定。这首歌的结音是宫，就是宫调。至于"起音"（歌曲开始的一音）是不是宫，那倒不一定。假使起音和结音不相同等，第二中心音通常用来做起音的。

中心音是歌曲中时常出现的音，出现在歌曲开头的地方，做歌曲的起音；出现在歌曲结束的地方，做歌曲的结音；出现在乐句的末尾，做乐句的收束音。它是势力，差不多控制了全曲，能使全曲趋于安定。在一首曲中，第一中心音，一定是这首歌曲的结音，出现的次数最多，第二中心音，通常是与结音隔开五度（上五度或下五度）的一个音。

中国民歌的曲调是照各种调式中的音自由地向上或向下进或跳进。曲调进行的音程，常用的是大二度、小三度、四度和五度，比较少用的是小二度、大三度、六度和八度。中国民歌中，因为有中心音控制全曲的关系，所以曲调的进行，总是以中心音为静止点，就是说，曲调总是向着中心音进行。同时，中心音在听者感觉上围绕，也能使听者对于曲调未来的变化和结束，发生一种预感。

中国民歌的节奏，活泼、生动而有变化。我们知道，节奏有正规的节奏与不正规的节奏两种：小范内强拍上或拍中强部放着较长的音符的叫做正规的节奏；反之，小范内弱拍上或中弱不放着较长的音符的就叫不正规的节奏。在一首中国民歌中，常常混用这两种节奏，用的甚为灵活。①

原始的中国民歌是没有和声的，所以本部分没有提到民歌的和声。不过民歌应该要有和声，究竟中国民歌（特别是五声调的民歌）

① 张锦鸿：《中国民歌音乐的分析》，转引自朱介凡：《中国歌谣论》，台北中华书局1984年版，第72~29页。

要有什么样的和声才能烘托出它的特色来呢？这是一个很重要的问题，但不在本章范围之内，荣当另订专题研究。①

尽管这篇论文仅是一份初步报告，却在歌谣与音乐的关系研究中很重要。因为"此前还不会有人这样进行了，对于中国民歌全般的概略的分析。这应该算得是中国歌谣音乐分析的基石，后来的人，大可以之为研究的准据而往前有所发展"。② 除此之外，这篇论文还是从民间歌谣的本身出发进行分析研究的，带有很强的学术性。张锦鸿在分析歌谣与音乐的关系时，更多的是置身于歌谣本身，是从具体的歌谣分析中归纳歌谣与音乐的关系，而不是从深奥的音乐理论上进行抽象地阐释歌谣中的音乐元素。这种植根于歌谣本身的研究方法能够更形象地说明问题，更准确地把握问题的实质，在实证的基础上阐述歌谣与音乐的关系，把音乐创作和歌谣研究紧密地结合在一起，从而实现歌谣与现代音乐的对接。

总之，无论是从内容还是从形式上看，歌谣都是音乐的一种艺术表现。尽管歌谣的音乐特征在歌词、曲调、节奏、音节等方面存在一些不合乎现代西方音乐规范的地方，但是我们无法否认歌谣的音乐价值。冼星海指出，歌谣中的歌词具有现实性、形象化、口语化、地方性的优点。他又列举了歌谣中的曲调的特征、节奏特点、音节的停顿、歌谣中的衬词现象等音乐方面的内容，从理论上阐述了歌谣中的音乐特征。张锦鸿则从歌谣材料的本身出发，以音乐规范为标准对具体的一首首歌谣进行分析，指出它们在形式、调式、音节、曲调、节奏上的表现，说明中国并不缺乏现代音乐的形式，只不过由于歌谣长时期处于被歧视、遭地方官方禁止的"待遇"从而使人们在对待歌谣上持否定态度。这就造成了后世学者在歌谣研究上存在一种误区：认为歌谣为"下里巴人"，难登大雅之堂。张锦鸿的歌谣研究既肯定了歌谣在学术研究上的地位，又为音乐创作提供了参考依据。因此，从以上的研究中可以看出，歌谣不仅是反映下层民众现实生活的文学，也是下层民众表现喜怒哀乐的音乐。

---

① 张锦鸿：《中国民歌音乐的分析》，转引自朱介凡：《中国歌谣论》，台北中华书局 1984 年版，第 72~29 页。

② 朱介凡：《中国歌谣论》，台北中华书局印行 1984 年版，第 29 页。

三、音乐创作对歌谣借鉴的研究

我们深知在中国历代文学的发展史上都留下了文人文学向民间文学学习的痕迹，尤其是中国古代诗歌的演变更是离不开民间歌谣的影响。同样，中国音乐在发展过程中也积极地吸收民间音乐的有机成分，尤其是民间歌谣中的音乐基因。郭绍虞在《中国文学演进之趋势》一文中曾指出"风谣"有三个要素构成，其中"音乐—调—韵文方面成为叙事诗，散文方面成为哲理诗，重在反省，演进为纯文学中之诗歌"，并对此进行解释："在于原始时代，各种艺术往往混合为一，所以风谣包含这三种要素，为当然的事情，即后世的文学犹且常与音乐舞容发生连带的关系，而且与音乐的关系则尤为密切"。[①] 由此可见，音乐与歌谣并没有因为分离而渐渐远去，而是在后方的发展中更加密切。正如景培所说，"民歌与严止的艺术音乐有着亲密的联系，在音乐艺术上有相当高的评价。它被视为音乐的唯一源泉，经过音乐家用音乐的方法处理后，便变成了有价值的、完美的音乐。民歌本身缺少了和声，同时旋律、对比、节奏与结构也未必合乐理。所以必须经过音乐的处理，配上和声调和节奏、修改旋律、整理全曲结构，使它更为完美，更艺术化"。[②] 尽管20世纪上半叶的音乐家对民间歌谣中的某些民歌持否定态度，但是他们没有否定民间歌谣对于音乐的影响，对音乐发展所做出的贡献。因此，在他们一面斥责歌谣中充满太多的淫秽之词时，也在不断地吸收民间歌谣中的音乐成分，为中国现代音乐的发展寻找道理。

如果我们只是认为音乐家或音乐工作者在吸收歌谣进行音乐创作时更多的是关注于民间歌谣的曲调、节奏、音节等，那么我们既弱化了歌谣对音乐创作的影响又片面地理解了音乐家对歌谣的认识。究竟是歌谣的哪些因素引起音节家的关注，并在音乐创作中积极地引入？是歌谣的内容抑或歌谣的形式，还是歌谣所表现的情感波动？就此问题，吕骥给出了自己的答案。他在《中国民间音乐研究提纲》中列举了民间音乐所包含的八种音

---

① 郭绍虞：《中国文学演进之趋势》，《中国文学研究》1927年第17卷。
② 景培：《民歌》，《南风（1945年第3卷）》1949年第1~2期。

乐，① 并对这八种民间音乐进行阐述；其中涉及民间歌谣是民间劳动音乐和民间歌曲音乐。在他看来，音节家关注劳动歌谣，是"因为这种劳动歌声多半是集团的、与劳动相结合的、直接组织劳动的，其曲调、节奏都是根据劳动形式和劳动特点创作的，符合劳动形式和劳动特点的，它丰富有力，雄壮健康，也是最能表现劳动人民的情绪、集体意志和自然斗争的雄伟气魄的歌声"。② 流传于各地的山歌、小调等歌曲音乐出自广大劳动人民之手，"明确地表现了中国劳动人民的人生观和世界观，以及他们生活中的各种思想感情"。③这些民间歌曲所表现的感情是淳朴而真挚的，思想是广阔的，并"没有那些出自城市堕落文人的色情内容和油腔滑调"，④从而成为音乐家进行音乐创作时的"新宠儿"。因此，我们可以说，现代音乐家或音乐工作者在进行音乐创作时不仅借鉴歌谣的内容和形式，而且还特别看重歌谣所表现出那种激越奔放、荡气回肠、能够产生共鸣的情感波动。这样的音乐作品才能符合中国人的审美习惯，适应当时社会的需求，唤醒民众的爱国激情，为社会的发展贡献力量。

20 世纪上半叶的音乐家在进行音乐创作时不仅知道吸收歌谣中的音乐元素，而且还晓得如何将歌谣中的音乐元素运用到音乐的创作中。尽管他们没有提出具体的运用步骤，但是我们却从他们谈论新民歌创作中看到了他们在音乐创作上的操作流程。冼星海在谈论新民歌创作诗曾指出，研究歌谣不是为研究而研究，而是为新歌谣的创作提供参考材料与根据，新歌谣的诞生需要吸收旧歌谣的精华。除此之外，"要真正创作民歌，必须要经过实际生活与斗争，和工农多接近才成。我们可以创作，但不是靠天才，而是靠自己吃苦耐劳的精神，这是创作的基本条件"。⑤ 在新歌谣的创作途径上，他明确地提出了自己的意见：

（1）我们尽量吸收民歌的旋律，创作一种全国性、能代表全民族、加以完整的和声的伴奏的作品，它有一种全国性的为民众所接收的节奏。

（2）用对位方法，使民歌丰富化、现代化、除立体式以外，不但

---

① 八种民间音乐：民间劳动音乐、民间歌曲音乐、民间说唱音乐、民间戏剧音乐、民间风俗音乐、民间舞蹈音乐、民间宗教音乐、民间乐器音乐。

②③④ 吕骥：《中国民间音乐研究提纲》，《民间音乐研究》1942 年创刊号。

⑤ 冼星海：《民歌与中国新兴音乐》，《新音乐》1940 年第 3 卷第 1 期。

有独唱，而且有合唱、对唱与轮唱。用这种新民歌打破过去中国音乐的主调主义、单调和平面的传统。

（3）要创作能代表全国性的民歌，我们应先从语言找出它的音节音程及和声来。

（4）以外国最进步最真实的民歌，作为我们的参考，吸收最进步的技巧，来把我们的民歌发展到由单调变为复杂，由民族性的变成国际性的。

（5）吸收过去优良的民歌形式，灌以新的内容，再进一步，以新内容新形式的一种创作方法，归并一致，打破传统封建的、半封建的写法及其习惯，使我们能实践新兴音乐的民歌，能在世界乐坛上占一席地位。

（6）我们用集体的力量去创作和工作。因为个人的精力聪明是有限的，而且民歌是那么多，民族是那么伟大，我们创作是要靠群众力量的帮助。

（7）我们常常唱，多多到各地旅行，听取当地的民歌。①

冼星海认为，新歌谣的创作是建立在已有歌谣的基础上的。就新歌谣创作的具体环节而言，他指出，新歌谣创作的七个环节为必须吸收已有歌谣的旋律、增加新歌谣的演唱方式、寻找歌词中的音节音程与和声、吸收外国歌谣的技巧、吸纳已有歌谣的优秀形式、发挥集体的智慧及熟悉各地歌谣。尽管冼星海所提出的这些意见是针对新歌谣创作而言，但是从另一个方面说，这些意见也是针对中国现代音乐创作而言的。音乐家在吸纳歌谣作为他们音乐创作的参考材料和依据时也是着重于歌谣的旋律、歌谣的音节音程及和声、歌谣的形式等方面。因为歌谣是普通大众所创作和传唱的，为普通大众所热爱、所喜欢，而且歌谣还是为普通大众服务的，他们通过歌谣表达情感，发泄对社会、对现实生活的不满。生活在20世纪上半叶的音乐家创作音乐的目的不仅仅是为了提高人们的音乐欣赏能力、培养民众的审美情趣，更多的是把音乐视为唤醒民众的一剂良药，把音乐当成战士手中的钢枪，去鼓舞士气，去杀敌报国。歌谣为音乐家的创作提供了沃土，为音乐家的作品提供了一条融入普通民众生活的道理，从而使他们

---

① 冼星海：《民歌与中国新兴音乐》，《新音乐》1940年第3卷第1期。

的音乐创作更有价值。

总之，音乐家们研究歌谣是为了创作出更多具有民族性的国际影响力的音乐作品，而优秀的音乐作品离不开中国传统音乐的影响，尤其是下层民众普遍欢迎的歌谣的影响。单纯地追求西方音乐理论和音乐创作的音乐家不可能受到民众的欢迎，也不可能成为优秀的音乐工作者，更不可能创作出有影响的音乐作品。因此，音乐家们在进行音乐创作时不得不考虑民间歌谣的影响，不得不利用民间歌谣中的一些音乐元素，如歌谣的旋律、歌谣的形式、歌谣的音节音程及和音等。只有这样，才能创作出如《黄河大合唱》这样的传世之作。

四、结语

众所周知，歌谣与音乐关系密切。从发生学的角度讲，歌谣与音乐都源于人类社会初期的原始艺术，是原始人类法天敬祖祭祀仪式上的表演，曾被称为"歌舞乐三位一体"。在随后的发展过程中，歌谣与音乐分离但并没有断绝歌谣对音乐的影响。直到20世纪初期，一批深受西方音乐影响的音乐家们对歌谣提出质疑，认为中国传统音乐的缠绵妩媚源于歌谣的影响，提出改良歌谣以求音乐的健康。抗日战争爆发后音乐家们重新确定了歌谣在音乐创作中的地位，扭转了"反民间"的改良思想对歌谣的进一步腐蚀。他们通过理论探讨和实践分析，指出歌谣中的音乐特性，如调式、曲调、节奏、音节等，并在音乐创作中积极地吸收歌谣中优秀的音乐元素，创作出具有民族性的国际影响的传世之作。"我们研究民歌就正是为了要去更真实更生动反映大众的生活、大众的语言。通过民歌去了解民众，以借作新歌曲的参考，并且吸收民歌的优良艺术要素来创造更丰富的、伟大的、最民族性，同时也是最国际性的歌曲和乐器声。我认为要建立中国新音乐，研究民歌是不可少的一部分重要工作，是音乐工作者的重要工作之一环"。[①] 因此，音节家对歌谣进行研究分析，有利于歌谣研究视野的拓展，更有利于中国现代音乐的发展。

---

① 冼星海：《民歌与中国新兴音乐》，《新音乐》1940年第3卷第1期。

结 语

走向现代的歌谣研究

1900~1950 年是中国社会急剧变化、急剧动荡的一段时期，是农耕自然经济的瓦解与现代工业文明的逐渐兴盛的时代。作为一种文化心理积淀，适应于农耕自然经济的封建意识形态还牢牢地束缚着人们，而代表着近代工业发展的西方现代文明又唤醒着新的思想观念与意识形态的出现。除此之外，连年不断的战争造成了国家的支离破碎，带来了民众流离失所的社会现状。在内忧外患的历史现实面前，一批有志之士承担了思想文化启蒙的重要历史使命。"启蒙就要改造国民性，改造在几千年的封建统治下形成的封闭、保守、狭隘的国民性，让中国国民能以新的'世界'民的姿态屹立于世界之上"。① 他们采取了不同手段进行国民性改造的工作，如西学的本土化、提倡民族主义和个性主义、倡导民间思潮等。中国现代歌谣研究就是在这种历史背景下开始的。

中国现代歌谣研究经历了一段高低起伏的过程。清末民初，深受西方现代文明影响的一批学者，如匪石、陈仲子、周作人等开始了对民间歌谣的探讨。1918 年，在北京大学校长蔡元培的支持下，刘半农、周作人等几位教授成立歌谣征集处，发起征集全国近世歌谣活动，并在《北大日刊》刊登了歌谣征集宣言和简章。1920 年，他们在歌谣征集处的基础上成立北京大学研究院文科研究所歌谣研究会，并在 1922 年 12 月 17 日北京大学成立 20 周年纪念日时创办《歌谣》周刊。周作人、顾颉刚、白启明、魏建功等学者以《歌谣》周刊为阵地，迅速将歌谣研究推向高潮。1925 年《歌谣》周刊停刊，歌谣研究进入缓慢发展时期，但依然有学者继续对歌谣进行探讨，如钟敬文、董作宾、方天游等。1936 年，在胡适的主持下，

---

① 毕旭玲：《中国 20 世纪前期传说研究史：以现代知识分子的政治关怀为动力的学术史》，上海社会科学院出版社 2019 年版。

《歌谣》周刊复刊，又在学术界掀起研究歌谣的高潮。1937年7月抗战的全面爆发，使刚刚恢复的《歌谣》周刊又一次停办。尽管代表歌谣研究最有影响力的《歌谣》周刊两次停办，但这并不能说明歌谣研究的停止，歌谣研究者也在其他报刊上发表了他们关于歌谣研究中的一些问题的看法。周作人、顾颉刚、朱自清、钟敬文、白启明、魏建功等学者在现代歌谣研究上做出了卓越的贡献。他们从学科建设的角度出发，在歌谣的概念、歌谣的起源与表现、歌谣的采集与分类、歌谣的内容及歌谣与其他学科的关系等问题上发表了自己的看法，表达对歌谣中某些问题的认识，从而使当时的歌谣研究呈现出"百花齐放、百家争鸣"的局面。综合考察了以上有关歌谣研究的历史后，本书对20世纪上半叶歌谣研究的发生发展给出简要的总结：

首先，现代歌谣研究首要解决的问题是对歌谣自身的认识，即歌谣的概念、歌谣的价值、歌谣的起源和性质等。其中最重要的是歌谣概念的界定和歌谣起源与性质。在歌谣概念的界定上，学者们通过对文献中记载的"歌谣"概念进行对比分析，指出那些界定并非是对歌谣的准确解释，而是分辨是否属于歌谣的一种简单而又行之有效的标准。随后他们参考了西方当时流行几种歌谣概说，提出了自己的看法，回答了"歌谣是什么"的问题，并依此为标准分析了当时流行的新旧歌谣的异同。在歌谣起源问题上，学者们从歌谣功能和创作两个方面进行分析。从功能看，对歌谣起源问题产生了两种观点：情感说和劳动说；从创作方面看，也形成了两种观点：个人创作说和"二重创作"说。他们还通过对歌谣内容的分析与归纳，指出了歌谣在内容表现上的特性：人民性、民主性、革命性和地方性。

其次，在歌谣采集和整理过程中，学者们发现诸如采集的方法和方式、歌谣材料整理中的分类等问题是研究者无法回避的问题。在歌谣搜集的问题上，他们从歌谣采集对象的选择、歌谣搜集方法和方式、歌谣搜集中所遇到的诸如思想观念、社会环境等困难上进行回答，从而解决在歌谣搜集过程中的困难以保障歌谣搜集活动的顺利进行。针对歌谣的分类问题，学者们提出了许多不同的分类标准和分类方法，其中周作人的"六分法"、顾颉刚的"歌者"分类法和邵纯熙的"七情"分类法是当时最具影响力的歌谣分类方法，成为学者们参照、探讨与质疑的对象。他们或合并为一，或在原有的基础上重新阐释，或根据实际需要进行增删，从而建构了许多歌谣分类体系。

再次，歌谣是反映下层民众生活的，记载了他们日常生活中的所见、所闻、所感、所想、所悟，被称为下层民众的"百科全书"。在这部"百科全书"中，有关女性的歌谣和描写风俗习惯尤其是婚俗的歌谣比较多，从而成为自现代歌谣研究开始以来最受学者们关注的对象。在女性歌谣研究方面，他们主要关注妇女纠葛中的婆媳关系、姑嫂关系在歌谣中的看法，女性与男性纠葛中的妇女与丈夫、妇女与情人、母亲与儿子关系在歌谣中的表现，以及童养媳和寡妇这两类妇女的生活，从而揭示女性在社会上的地位。在歌谣的风俗研究方面，主要是从歌谣中的婚姻观、歌谣中的婚姻目的和择偶标准及婚礼上的歌谣三个方面进行梳理，以期说明歌谣的社会价值和现实意义。

最后，由于歌谣自身的独特性，歌谣作为一种艺术形式与其他相关艺术形式相互影响又互相渗透。歌谣与新诗关系密切，笔者从新诗的歌谣化、歌谣的诗化及歌谣与新诗的相互转化三个方面对当时的研究成果进行比较分析，从而揭示歌谣与新诗的关系。在歌谣与音乐的问题上，笔者通过对已有成果进行比较分析，揭示 20 世纪上半叶歌谣在音乐家眼中的地位和作用，探讨歌谣中的音乐特征，说明音乐创作对歌谣的借鉴，从而彰显歌谣的价值和说明现代音乐体系的建构历史。

以上内容是 20 世纪前 50 年间歌谣研究中最值得探讨的问题，也是关于歌谣学作为现代意义上学科体系建设中最应该解决的难题。尽管书中所涉及的问题并没有将现代歌谣研究的所有内容包含在内，如歌谣中的方言方音问题、歌谣的价值探讨、地方性歌谣研究、特定族群歌谣研究、歌谣中的儿歌研究、同一时期学者们对外国歌谣的关注、歌谣与民俗的关系、歌谣与政治的关系等；但是从学科建设的角度看，书中所谈论的问题都是立足于现代歌谣研究本身，是从现代歌谣学学科建构体系的角度进行探讨的，试图通过对当时歌谣研究的历史现状进行梳理，回答现代歌谣学的一些基本问题，完善现代歌谣学的学科理论体系。20 世纪前 50 年学界的歌谣研究还处于现代歌谣学研究的初期，回答的是"现代歌谣学是什么"的问题，更侧重的是让民众认识歌谣的价值和研究歌谣的意义，带有很强的普及性。然而，这种带有普及性的歌谣研究正符合了现代学科建构的需要，集中体现了"歌谣为文艺"的目的，在一定程度上彰显了当时学界"提出新文学、反对旧文学"的思想文化革新。而书中所涉及的问题正是

以现代歌谣学学科建设和发展需要而谋篇布局、展开论述的，希望通过对
20 世纪前 50 年歌谣研究成果的整理与分析，厘清现代歌谣研究的发展脉
络，明确其发展方向，为现代歌谣学经典论著的问世和独立的歌谣学学科
体系的建设贡献一点锦帛之力！

参考文献

［1］彦堂：《中国歌谣学草创》，福建协和大学出版社 1926 年版。

［2］胡怀深：《中国民歌研究》，商务印书馆 1926 年版。

［3］钟敬文：《民间文艺新论集》，北京师范大学出版社 1951 年版。

［4］杜文澜：《古谣谚》，中华书局 1958 年版。

［5］刘兆吉：《西南采风录》，东方文化书局 1971 年版。

［6］朱自清：《中国歌谣》，中华书局香港分局 1976 年版。

［7］朱介凡：《中国歌谣论》，台北中华书局 1984 年版。

［8］《歌谣》周刊合订本（三册），中国民间文艺出版社 1985 年版。

［9］叶春生：《简明民间文艺学教程》，湖南文艺出版社 1987 年版。

［10］贾芝：《延安文艺丛书·民间文艺卷》，湖南文艺出版社 1988 年版。

［11］吴超：《中国民歌》，浙江教育出版社 1989 年版。

［12］钟敬文：《歌谣论集》，上海文艺出版社 1989 年版。

［13］顾颉刚：《吴歌甲集》，上海文艺出版社 1990 年版。

［14］张紫晨：《民间文艺学原理》，花山文艺出版社 1991 年版。

［15］王显恩：《中国民间文艺》，上海文艺出版社 1992 年版。

［16］［美］洪长泰：《到民间去——1918~1837 年的中国知识分子与民间文学运动》，上海文艺出版社 1993 年版。

［17］赵晓兰：《歌谣学概要》，电子科技大学出版社 1993 年版。

［18］张静蔚：《中国近代音乐史料》，人民音乐出版社 1998 年版。

［19］高有鹏：《中国现代民间文学史论——中国现代作家的民间文学观》，河南大学出版社 2004 年版。

［20］陈平原：《现代学术史上的俗文学》，湖北教育出版社 2004 年版。

［21］万建中：《民间文学引论》，北京大学出版社 2006 年版。

［22］徐建新：《民歌与国学——民国早期"歌谣运动"的回顾与思

考》，巴蜀书社 2006 年版。

[23] 刘锡诚：《20 世纪中国民间文学学术史》，河南大学出版社 2006
年版。

[24] 施爱东：《中国现代民俗学检讨》，社会科学文献出版社 2010
年版。

[25] 丁伟志：《中国近现代文化思潮（下卷）·裂变与新生——民国
文化思潮述论》，社会科学文献出版社 2011 年版。

[26] 匪石：《中国音乐改良说》，《浙江潮》1903 年第 6 期。

[27] 陈仲子：《近代中西音乐之比较观》，《东方杂志》1916 年第 13
卷第 6 号。

[28]《北京大学征集全国近世歌谣简章》，《太平洋》1917 年第 1 卷
第 10 期。

[29] 周作人：《中国民歌的价值》，《学艺杂志》1919 年第 1 卷第
2 号。

[30]《北京大学征集全国近世歌谣简章》，《北京大学日刊》1922 年
第 1124 期。

[31] 胡适：《北京的平民文学》，《读书杂志》1922 年第 2 期。

[32] 周作人：《自己的园地·歌谣》，《晨报》1922 年 4 月 13 日。

[33] 顾颉刚：《吴歈集录的序》，《晨报》1920 年 11 月 3 日。

[34] 周作人：《歌谣周刊·发刊词》，《歌谣》（周刊）1922 年 12 月
17 日第 1 号。

[35] 常惠：《我们为什么要研究歌谣》，《歌谣》（周刊）1922 年 12
月 24 日第 2 号。

[36] 张四维、常惠：《歌谣的采集及答复》，《歌谣》（周刊）1923 年
1 月 14 日第 5 号。

[37] 张四维：《张四维来信》，《歌谣》（周刊）1923 年 3 月 25 日第
11 号。

[38] 邵纯熙：《我对于研究歌谣发表一点意见》，《歌谣》（周刊）
1923 年 4 月 8 日第 13 号。

[39] 白启明：《对〈我对于歌谣研究发表一点意见〉的商榷》，《歌
谣周刊》1923 年 4 月 15 日第 14 号。

[40] 刘文林、白启明：《再论歌谣分类问题》，《歌谣》（周刊）1923

年 4 月 29 日第 16 号。

［41］邵纯熙、常惠：《歌谣分类问题》，《歌谣》（周刊）1923 年 5 月 6 日第 17 号。

［42］韦大卫：《北京的歌谣序》，《歌谣》（周刊）1923 年 5 月 27 日第 20 号。

［43］何植三：《歌谣分类的商榷》，《歌谣》（周刊）1923 年 10 月 7 日第 27 号。

［44］刘经庵：《歌谣与妇女》，《歌谣》（周刊）1923 年 10 月 28 日第 30 号。

［45］《舒丹鹤与歌谣研究会的信》，《歌谣》（周刊）1923 年 10 月 28 日第 30 号。

［46］黄朴：《歌谣谈》，《歌谣》（周刊）1923 年 11 月 18 日第 33 号。

［47］家斌译：《歌谣的特质》，《歌谣》（周刊）1923 年 6 月 17 日第 23 号。

［48］白启明：《采辑歌谣的一个经济方法》，《歌谣》（周刊）1923 年 11 月 25 日第 34 号。

［49］邵纯熙：《我之采集歌谣的兴起和经过及本刊将来的希望》，《歌谣》（周刊）1923 年 12 月 17 日纪念周刊。

［50］卫景周：《歌谣在诗中的地位》，《歌谣》（周刊）1923 年 12 月 17 日纪念增刊。

［51］刘达九：《从采集歌谣得来的经验和佛偈子的介绍》，《歌谣》（周刊）1923 年 12 月 17 日纪念增刊。

［52］常惠：《一年的回顾》，《歌谣》（周刊）1923 年 12 月 17 日纪念增刊。

［53］杨世清：《从歌谣看我国妇女的地位》，《歌谣》（周刊）1924 年 3 月 23 日第 48 号。

［54］刘枝：《关于搜集民间故事的一点小小意见》，《歌谣》（周刊）1924 年 5 月 11 日第 54 号。

［55］孙少仙：《云南关于婚姻的歌谣》，《歌谣》（周刊）1924 年 6 月 1 日第 57 号。

［56］郑宾于：《歌谣中的婚姻观》，《歌谣》（周刊）1924 年 6 月 1 日第 57 号。

［57］白启明：《河南婚姻歌谣的一斑》，《歌谣》（周刊）1924 年 6 月 15 日第 59 号。

［58］Tsertshii Lieu：《再论歌谣采集的方面》，《歌谣》（周刊）1924 年 10 月 26 日第 65 号。

［59］傅传伦：《歌谣杂说》，《歌谣》（周刊）1924 年 11 月 16 日第 68 号。

［60］钟敬文：《海丰人表现于歌谣中之婚姻观》，《歌谣》（周刊）1924 年 12 月 28 日第 74 号。

［61］傅振伦：《歌谚的起源》，《歌谣》（周刊）1925 年 4 月 19 日第 87 号。

［62］王森然：《致常维钧先生的信》，《歌谣》（周刊）1925 年 4 月 19 日第 87 号。

［63］江鼎伊：《我与童谣的过去和将来》，《歌谣》（周刊）1925 年 6 月 14 日第 95 号。

［64］郭绍虞：《中国文学演进之趋势》，《中国文学研究》1927 年第 17 卷。

［65］黄韶年：《民间文艺的分类——赵景深钟敬文诸友指正》，《一般（1926 年）》1929 年第 7 卷第 1~4 期。

［66］叶德均：《民间文艺的分类》，《文学周报》1929 年第 6 卷第 301~325 期。

［67］茅宗杰：《民歌与民众教育》，《教育与民众》1931 年第 2 卷第 4 期。

［68］梁实秋：《新诗的格调及其他》，《诗刊》1931 年第 1 期。

［69］乐嗣炳：《桂江两岸的歌谣风俗》，《微音月刊》1931 年第 1 卷第 2 期。

［70］方天游：《中国歌谣的研究》，《民众教育季刊》1932 年第 1 卷第 1 期。

［71］董汰生：《重订山东歌谣集序》，《民众周刊》1933 年第 5 卷第 24 期。

［72］吴奔星：《由"拿货色来看"谈到民间歌谣及方言问题》，《文化与教育》（旬刊）1934 年第 29 期。

［73］徐行：《民歌中的恋爱故事》，《社会月报》1934 年第 1 卷第

2 期。

［74］叶德均：《清代歌谣的采集》，《新青年》1934 年第 6 卷第 4 期。

［75］鲁迅：《门外文谈》，《申报·自由谈》1934 年。

［76］张周动：《从民歌中探讨家庭与婚姻的情况》，《师大月刊》
1935 年第 5 卷第 1 期。

［77］赵如珪：《江苏歌谣中所表现的婚姻风俗》，《女子月刊》1935
年第 3 卷第 1~6 期。

［78］朱志行：《歌谣的研究》，《民智月报》1935 年第 4 卷第 5 期。

［79］朱光潜：《诗的起源》，《东方杂志》1936 年第 33 卷第 7 号。

［80］李长之：《歌谣是什么》，《歌谣》（周刊）1936 年 5 月 9 日第 2
卷第 6 期。

［81］梁实秋：《歌谣与新诗》，《歌谣》（周刊）1936 年 5 月 13 日第
2 卷第 9 期。

［82］台静农：《从"杵歌"说到歌谣的起源》，《歌谣》（周刊）1936
年 9 月 19 日第 2 卷第 16 期。

［83］于道源译：《歌谣论——卡塔鲁尼亚·卡萨司原作》，《歌谣》
（周刊）1936 年 10 月 24 日第 2 卷第 21 期。

［84］李长之：《略论德国民歌》，《歌谣》（周刊）1937 年 2 月 27 日
第 2 卷第 36 期。

［85］胡适：《全国歌谣调查的建议》，《歌谣》（周刊）1937 年 4 月 3
号第 3 卷第 1 期。

［86］朱自清：《歌谣与诗》，《歌谣》（周刊）1937 年 4 月 3 日第 3 卷
第 1 期 。

［87］魏建功：《歌谣采辑十五年的回顾》，《歌谣》（周刊）1937 年 4
月 3 日第 3 卷第 1 期。

［88］叶镜铭：《我也谈谈搜集歌谣的经过》，《歌谣》（周刊）1937 年
5 月 22 日第 3 卷第 8 期。

［89］冼星海：《民歌与中国新兴音乐》，《新音乐》1940 年第 3 卷第
1 期。

［90］薛良：《民间歌谣的讨论》，《新音乐》1940 年第 3 卷第 3 期。

［91］作新：《民间的风俗与歌谣》，《民教月报》1940 年第 2 卷第
1 期。

［92］索开：《劳动与歌谣》，《西北工合》1942 年第 4 卷第 17~18 期。

［93］吕骥：《中国民间音乐研究提纲》，《民间音乐研究》1942 年创刊号。

［94］杨百元：《从歌谣中看童养媳制度》，《湖南妇女》1943 年第 1 卷第 2 期。

［95］朱自清：《真诗（诗论：新诗杂话之一）》，《新文学（1943 年第 1 卷）》1944 年第 2 期。

［96］钟敬文：《诗和歌谣》，《文讯》月刊 1947 年第 7 卷第 1 期。

［97］民歌社：《怎样收集民歌》，《文艺信箱》1947 年第 8 期。

［98］景培：《民歌》，《南风（1945 年）》1949 年第 3 卷第 1~2 期。

［99］马荫稳：《采集民间歌谣的初步经验》，《文艺生活》1950 年第 6 期。

［100］严辰：《谈民歌》，《人民文学》1950 年第 2 卷第 2 期。

［101］何其芳：《论民歌》，《人民文学》1950 年第 3 卷第 1 期。

［102］关爱和：《梁启超与文学界革命》，《中国社会科学》2006 年第 5 期。

［103］毕旭玲：《20 世纪前期中国现代传说研究史》，博士学位论文，华东师范大学，2008 年。

［104］周忠元：《论 20 世纪上半叶"俗文学研究"》，博士学位论文，华东师范大学，2008 年。

附录 1

中国歌谣研究专著

（1900~2013）

[1] 胡怀深：《中国民歌研究》，商务印书馆 1925 年版。

[2] 彦堂：《中国歌谣学草创》，福建协和大学 1926 年版。

[3] 刘经菴：《歌谣与妇女》，商务印书馆 1927 年版。

[4] 钟敬文：《歌谣论集》，北新书局 1928 年版。

[5] ［英］瑞爱德：《现代英吉利谣俗与谣俗学》，江绍原译，中华书局 1932 年版。

[6] 顾敦编著：《南北两大民歌笺校》，世界书局 1945 年版。

[7] 丁英：《怎样收集民歌》，沪江书屋 1947 年版。

[8] 钟敬文：《歌谣中的醒觉意识》，北京师范大学出版部 1952 年版。

[9] 钱静人：《江苏南部歌谣简论》，江苏人民出版社 1953 年版。

[10] 李岳南：《民间戏曲歌谣散论》，上海出版公司 1954 年版。

[11] 王运熙：《六朝乐府与民歌》，上海文艺联合出版社 1955 年版。

[12] 朱自清：《中国歌谣》，作家出版社 1957 年版。

[13] 李岳南：《神话故事、歌谣、戏曲散论》，新文艺出版社 1957 年版。

[14] ［苏］巴琴斯卡雅：《民歌搜集者须知》，张洪模等译，音乐出版社 1957 年版。

[15] 天鹰：《中国古代歌谣散论》，上海古典文学出版社 1957 年版。

[16] 中国民间文艺研究会：《大规模地收集全国民歌》，作家出版社 1958 年版。

[17] 东风文艺出版社：《新民歌论文集》，东风文艺出版社 1958 年版。

[18] 中国民间文艺研究会：《向民歌学习》，作家出版社 1959 年版。

［19］安旗：《论诗与民歌》，作家出版社 1959 年版。

［20］刘家鸣：《谈谈新民歌》，高等教育出版社 1959 年版。

［21］天鹰：《1958 年中国民歌运动》，上海文艺出版社 1959 年版。

［22］天鹰：《论歌谣的手法及其体例》，上海文艺出版社 1959 年版。

［23］中国民间文艺研究会研究部：《民歌作者谈民歌创作》，作家出版社 1960 年版。

［24］胡奇光等：《新民歌的语言艺术》，上海教育出版社 1961 年版。

［25］杨公骥：《唐代民歌考释及变文考论》，吉林人民出版社 1962 年版。

［26］史惟亮：《论民歌》，幼狮文化事业公司 1967 年版。

［27］许常惠：《台湾民谣研究》，中山学术文化基金会 1969 年版。

［28］梁启超等：《中国古今情歌举例》，东方文化供应社 1970 年版。

［29］朱介凡：《中国歌谣论》，商务印书馆 1974 年版。

［30］天鹰：《1958 年中国民歌运动》（再版），上海文艺出版社 1978 年版。

［31］《太平天国诗歌浅谈》，天津市历史研究所文学研究室 1978 年版。

［32］臧汀生：《台湾闽南语歌谣研究》，商务印书馆 1980 年版。

［33］张紫晨：《歌谣小史》，福建人民出版社 1982 年版。

［34］江明惇：《汉族民歌概论》，上海文艺出版社 1982 年版。

［35］黄颢：《仓央嘉措及其情歌研究》，西藏人民出版社 1982 年版。

［36］蒙光朝等：《刘三姐歌韵歌例》，广西人民出版社 1982 年版。

［37］《乡土歌谣欣赏》，（台湾）国家出版社 1982 年版。

［38］兰州中国民间文艺研究会甘肃分会：《花儿论集》，甘肃人民出版社 1983 年版。

［39］黄勇刹：《壮族歌谣概论》，广西民族出版社 1983 年版。

［40］天鹰：《论吴歌及其他》，上海文艺出版社 1985 年版。

［41］王克文：《陕北民歌艺术初探》，中国民间文艺出版社 1986 年版。

［42］陈立浩：《中国历代民歌赏析》，贵州人民出版社 1987 年版。

［43］曾德珪：《汉代乐府民歌赏析》，广西教育出版社 1987 年版。

［44］吴超：《中国民歌》，浙江教育出版社 1989 年版。

［45］［法］格拉耐：《中国古代的祭礼与歌谣》，张铭远译，上海文艺出版社 1989 年版。

［46］徐华龙：《中国歌谣心理学》，新疆人民出版社 1990 年版。

［47］谭达先：《中国婚假仪式歌谣研究》，台湾商务印书馆 1990 年版。

［48］王光荣：《彝族歌谣探微》，广西人民出版社 1991 年版。

［49］杨民康：《中国民歌与乡土社会》，吉林教育出版社 1992 年版。

［50］管林主：《太平天国民间故事歌谣论集》，广东高等教育出版社 1992 年版。

［51］刘凯：《西部花儿散论》，广西民族出版社 1995 年版。

［52］马华祥：《中国民间歌谣发展史》，中国文联出版社 1999 年版。

［53］杨丽祝：《歌谣与生活：日治时期台湾的歌谣采集及其时代意义》，台湾稻乡出版社 2000 年版。

［54］朱秋枫：《浙江歌谣源流史》，浙江古籍出版社 2004 年版。

［55］徐新建：《民歌与国学——民国早期"民歌运动"的回顾与思考》，四川出版集团 2006 年版。

［56］徐华：《赤裸的性灵——中国古代民歌民谣》，天地出版社 2006 年版。

［57］吴浩、张泽忠：《侗族歌谣研究》，广西人民出版社 2007 年版。

［58］柯杨：《民间歌谣》，中国社会出版社 2008 年版。

［59］谢玉玲：《土地与生活的交响诗——台湾地区客家联章体歌谣研究》，秀威资讯科技 2010 年版。

［60］刘旭青：《吴越歌谣研究》，中国社会科学出版社 2012 年版。

［61］王光荣：《歌谣的多学科研究》，中国书籍出版社 2013 年版。

附录 2

20世纪上半叶研究歌谣的论文
（除《歌谣》（周刊）上文章外）

［1］周作人：《中国歌谣的研究》，《学艺（上海）》1910年第2卷第1期。

［2］《歌谣选》，《北京大学日刊》1917年第141期。

［3］《歌谣征集处启事》，《北大大学日刊》1920年第532期。

［4］《北京大学征集全国近世歌谣简章》，《北大大学日刊第六册》1920年第774期。

［5］调宇：《平湖歌谣录》，《文学周刊》1921年第101期。

［6］朱湘重译：《路玛尼亚民歌》，《小说月报》1922年第13卷第10期。

［7］《歌谣研究会启事》，《北京大学日刊》1924年第1362期。

［8］汤澄波：《古英文民歌概说》，《小说月报（1910年）》1924年第15卷第11期。

［9］《研究所国学门歌谣研究会启事》，《北京大学日刊》1925年第1400期。

［10］《歌谣杂谈——故事之俚谚》，《北京大学日刊》1925年第1617期。

［11］《川东通行的医事歌谣》，《北京大学日刊》1925年第1617期。

［12］《从古诗里窜出来的歌谣》，《北京大学日刊》1925年第1617期。

［13］《歌谣杂谈》，《北京大学日刊第十二分册》1925年第1622期。

［14］边静贞：《故乡的几个歌谣》，《民众周报》1925年第26~47期。

［15］有麟：《歌谣与非歌谣》，《民众周报》1925年第26~47期。

［16］有麟：《京兆尹采歌谣》，《民众周报》1925年第26~47期。

［17］贾伸：《中国歌谣上的家庭问题》，《民众周报》1925 年第 26~
47 期。

［18］杜缵曾：《读〈京兆尹采歌谣〉的联想》，《民众周报》1925 年
第 26~47 期。

［19］贾仲：《新歌谣二十首》，《民众周报》1925 年第 26~47 期。

［20］震开：《从歌谣中得到的民间生活状况》，《生活》1925 年第 1
卷第 32 期。

［21］哲民：《歌谣中的中国家庭问题》，《生活》1925 年第 1 卷第
52 期。

［22］魏建功：《吴歌与山东歌谣之转变附记》，《北京大学研究生国学
门月刊》1926 年第 1 卷第 2 期。

［23］古凤田：《论近世歌谣》，《北京大学研究生国学门月刊》1926
年第 2 卷第 2 期。

［24］牟世骤：《故乡的几个歌谣》，《黎明（1925 年）》1926 年第 2
卷第 25 期。

［25］钟敬文：《谈中国民歌研究》，《黎明（1925 年）》1926 年第 3
卷第 45 期。

［26］刘信芳：《几首梅县歌谣》，《清华周刊》1926 年第 26 卷第
3 期。

［27］云裳：《最近民歌的来源》，《北新周刊》1927 年第 30 期。

［28］钟敬文：《国外民歌译》，《北新周刊》1927 年第 37 期。

［29］李国祥：《介绍广东的民歌〈木鱼书〉》，《复旦实中季刊》
1927 年第 1 卷第 2 期。

［30］圭飞馨：《故乡歌谣的结婚仪式》，《燕大月刊》1927 年第 1 卷
第 4 期。

［31］岂明：《两种歌谣集的序》，《语丝》1927 年第 126 期。

［32］刘复：《海外民歌序》，《语丝》1927 年第 127 期。

［33］刘经庵：《中国民众文艺之一斑》，《中国文学研究》1927 年第
17 卷。

［34］朱湘：《古代的民歌》，《中国文学研究》1927 年第 17 卷。

［35］招北恩：《广东妇女风俗与民歌一斑》，《民俗》1928 年第 1 期。

［36］香舟：《峨嵋歌谣一首并序》，《民俗》1928 年第 1 期。

［37］谢光汉：《关于粤曲通信》，《民俗》1928年第4期。

［38］容肇祖：《歌谣零拾》，《民俗》1928年第8期。

［39］顾颉刚：《苏州的歌谣》，《民俗》1928年第11~12期。

［40］容肇祖：《北大歌谣研究会及风俗调查会的经过》，《民俗》1928年第15~16期。

［41］董作宾：《净土宗的歌谣化》，《民俗》1928年第17~18期。

［42］容肇祖：《北大歌谣研究会及风俗调查会的经过（续）》，《民俗》1928年第17~18期。

［43］清水：《由歌谣中见出广东人嗜槟榔的风俗》，《民俗》1928年第17~18期。

［44］客家歌谣研究会：《来信及其他》，《民俗》1928年第23~24期。

［45］圭飞馨：《河南太康歌谣中的妇女问题的一斑》，《燕大月刊》1928年第2卷第1~2期。

［46］野人：《蜀东民歌》，《语丝》1928年第4卷第4期。

［47］梁任公：《古歌谣与乐府》，《民俗》1929年第32卷第1期。

［48］钟敬文：《宋代民歌一斑》，《文学周报》1929年第5卷第276~300期。

［49］林樾：《广东求雨风俗与歌谣》，《文学周报》1929年第8卷第351~375期。

［50］郑振铎：《研究民歌的两条大路》，《文学周报》1929年第8卷第351~375期。

［51］辛木：《两首关于社会问题的民歌》，《语丝》1929年第5卷第44期。

［52］余琼瑶：《关于小刀会的歌谣》，《紫罗兰》1929年第4卷第15期。

［53］《浦东民歌》，《上海生活》1930年第3卷第5期。

［54］《苏俄民歌的今日》，《现代文学》1930年第1卷第5期。

［55］茅宗杰：《民歌与民众教育》，《教育与民众》1931年第2卷第4期。

［56］刚主：《民间歌谣的研究（二）》，《农民》1931年第6卷第32期。

［57］刚主：《民间歌谣的研究（三）》，《农民》1931年第6卷第

33 期。

　　［58］刚主：《民间歌谣的研究（四）》，《农民》1931 年第 6 卷第 34 期。

　　［59］刚主：《民间歌谣的研究（五）》，《农民》1931 年第 6 卷第 34 期。

　　［60］刚主：《民间歌谣的研究（六）》，《农民》1931 年第 6 卷第 36 期。

　　［61］俞肇兴：《关于本刊民歌的俗字》，《新亚细亚》1931 年第 1 卷第 6 期。

　　［62］乐嗣炳：《歌谣与风俗》，《微音月刊》1931 年第 1 卷第 1 期。

　　［63］乐嗣炳：《桂江两岸的歌谣风俗》，《微音月刊》1931 年第 1 卷第 2 期。

　　［64］狷公：《回环朗诵的中国民歌千首》，《中国新书月报》1931 年第 1 卷第 5 期。

　　［65］方天游：《中国歌谣的研究》，《民众教育季刊》1932 年第 1 卷第 1 期。

　　［66］方天游：《中国歌谣的研究（续）》，《民众教育季刊》1932 年第 1 卷第 2 期。

　　［67］叶德均：《中国民歌千首》，《青年界》1932 年第 2 卷第 4 期。

　　［68］冯骥：《闽南歌谣鳞爪》，《福建文化》1933 年第 2 卷第 2 期。

　　［69］董汰生：《重订山东歌谣集序》，《民众周刊》1933 年第 5 卷第 24 期。

　　［70］亚菊：《拿歌谣来表现息县的妇女状态》，《女子月刊》1933 年第 1 卷第 10 期。

　　［71］周学普：《德国的民歌》，《艺风（杭州）》1933 年第 1 卷第 9 期。

　　［72］曾仲鸣：《法国的歌谣》，《艺风（杭州）》1933 年第 1 卷第 9 期。

　　［73］志坚：《两种歌谣》，《中华周刊（上海）》1933 年第 107 期。

　　［74］平夫：《从歌谣中看见的中国婚姻问题》，《方舟》1934 年第 3 期。

　　［75］家雁：《歌谣与妇女》，《清华周刊》1934 年第 41 卷第 3~4 期。

[76] 叶德均：《清代歌谣的采集》，《青年界》1934 年第 6 卷第 4 期。

[77] 徐行：《民歌中的恋爱故事》，《社会月报》1934 年第 1 卷第 1 期。

[78] 徐行：《民歌中的恋爱故事（续）》，《社会月报》1934 年第 1 卷第 1 期。

[79] 徐行：《民歌中的恋爱故事（再续）》，《社会月报》1934 年第 1 卷第 4 期。

[80] 吴奔星：《由"拿货色来看"谈到民间歌谣及方言问题》，《文化与教育》1934 年第 29 期。

[81] 汪锡鹏：《歌谣的形式研究》，《文艺月刊》1934 年第 6 卷第 5~6 期。

[82] 杭州市市立第一民教馆：《民间歌谣二十四首》，《浙江民众教育》1934 年第 2 卷第 8 期。

[83] 杭州市市立王家井实验中学：《本地的歌谣与农谚》，《浙江民众教育》1934 年第 2 卷第 8 期。

[84] 曹揆一：《萧山民歌一束》，《浙江民众教育》1934 年第 2 卷第 10 期。

[85] 张增龄：《从福州歌谣中找出福建原始文化之社会制度形成》，《福建文学》1935 年第 17 期。

[86] 朱志行：《歌谣的研究》，《民智月报》1935 年第 4 卷第 5 期。

[87] 潘拜石：《民歌中女子痴情的描写》，《民智月报》1935 年第 4 卷第 9 期。

[88] 孙瑞棠：《歌谣的新生命》，《民智月报》1935 年第 4 卷第 14 期。

[89] 盛儒修：《临沂农村的歌谣与谚语》，《农业周报》1935 年第 4 卷第 14 期。

[90] 赵如圭：《江苏歌谣中所表现的婚姻风俗》，《女子月刊》1935 年第 3 卷第 1~6 期。

[91] 祁东海：《关于女性的民间歌谣》，《女子月刊》1935 年第 3 卷第 12 期。

[92] 刘艺亭：《曲周歌谣》，《期刊》1935 年第 5 期。

[93] 裴春昉：《大名农谚汇集》，《期刊》1935 年第 5 期。

［94］张周勋:《从民间歌谣探讨我国的民族性》,《前途》1935 年第 3 卷第 9 期。

［95］汉卿:《陕北的歌谣节》,《申报月刊》1935 年第 4 卷第 2 期。

［96］张周动:《从民歌中探讨家庭与婚姻的情况》,《师大月刊》1935 年第 5 卷第 18 期。

［97］卓玉:《华北歌谣》,《中学生文艺季刊》1935 年第 1 卷第 4 期。

［98］平子:《河北南部歌谣之妇女生活状况》,《中央时事周报》1935 年第 3 卷第 18 期。

［99］尚钺:《歌谣的原始的传说》,《北京大学研究生国学门月刊》1936 年第 1 卷第1～12 期。

［100］亚葵:《从歌谣中检讨农村妇女生活》,《绸缪月刊》1936 年第 2 卷第 5 期。

［101］傻瓜:《歌谣的改造》,《方舟》1936 年第 27 期。

［102］张腾发:《客家山歌的社会背景》,《民俗》1936 年第 1 卷第 1 期。

［103］张腾发:《客家山歌之社会背景》,《民俗》1936 年第 1 卷第 2 期。

［104］李家盛:《广西陆川歌谣中的生活素描》,《民俗》1936 年第 1 卷第 1 期。

［105］吴家住:《南洋蛋民生活与歌谣》,《民俗》1936 年第 1 卷第 1 期。

［106］方纳嘉:《谈永康的歌谣》,《民众教育月刊》1936 年第 5 卷第 4、5 期。

［107］如雪:《从歌谣谚语中所看到的旧式妇女生活》,《女子周刊》1936 年第 4 卷第 12 期。

［108］艾士予:《漳州的妇女歌谣》,《内外什志》1936 年第 1 期。

［109］吴家住:《两阳蛋民的生活与歌谣》,《史地社会论文摘要》1936 年第 3 卷第 3 期。

［110］雪如:《从歌谣谚语中所看到的旧式妇女生活》,《史地社会论文摘要》1936 年第 3 卷第 3 期。

［111］雪如:《从歌谣谚语中所看到的旧式妇女生活》,《女子月刊》1936 年第 4 卷第 20 期。

［112］赵家欣：《关于南洋客的民歌》，《天地人》1936 年第 4 期。

［113］赵景深：《贺歌谣周刊的复活》，《天地人》1936 年第 10 期。

［114］汉学：《关于妇女三从的民歌》，《天地人》1936 年第 10 期。

［115］赵少侯：《法国古代的民歌》，《文艺月刊》1936 年第 8 卷第 2 期。

［116］虞尔昌：《海宁歌谣中的童养媳》，《浙江青年》1936 年第 3 卷第 2 期。

［117］黄芝岗：《广西民歌与性爱的探讨》，《中流》1936 年第 1 卷第 1~12 期。

［118］《孙少仙云南医事的歌谣》，《北京大学研究生国学门周刊》1937 年第 2 卷第 17~24 期。

［119］李嘉普：《泰安歌谣又九首》，《北京大学研究生国学门周刊》1937 年第 2 卷第 17~24 期。

［120］朱自清：《歌谣与诗》，《月报》1937 年第 1~6 期。

［121］俞爽迷：《从歌谣中得到的民间生活状况》，《浙江青年》1937 年第 3 卷第 9 期。

［122］钱品晶：《金属民间歌谣》，《浙江青年》1937 年第 3 卷第 10 期。

［123］王利器：《一句一章之东汉七言歌谣说》，《制言》1937 年第 29 期。

［124］爱梅：《汕潮妇女的抗战歌谣》，《上海妇女》1939 年第 1 期。

［125］黑白：《歌谣中的妇女》，《上海妇女》1939 年第 7 期。

［126］梅鹿沙：《歌谣运动在麻城》，《学习半月刊》1939 年第 1 期。

［127］胡道静：《新闻与歌谣》，《战时记者》1939 年第 1 期。

［128］林其英：《关于广西民歌》，《公余生活》1940 年第 3 卷第 8~9 期。

［129］汪英时：《特胞歌谣介绍》，《公余生活》1940 年第 3 卷第 8~9 期。

［130］韦全孝：《僮族的歌谣概况》，《公余生活》1940 年第 3 卷第 8~9 期。

［131］黎克明：《白夷族歌谣一脔》，《公余生活》1940 年第 3 卷第 8~9 期。

［132］钟敬文：《谈谈歌谣》，《玫瑰》1940 年第 2 卷第 3 期。

［133］作新：《民间的风俗与歌谣》，《民教月刊（天津）》1940 年第 2 卷第 3 期。

［134］沈恩才：《歌谣中的三六九》，《三六九画报》1940 年第 2 卷第 15 期。

［135］陈志良：《广西特种部族歌谣之研究》，《说文》1940 年第 2 卷第 6、7 期。

［136］冼星海：《民歌与中国新兴音乐》，《新音乐》1940 年第 3 卷第 1 期。

［137］薛良：《民间歌谣的探讨》，《新音乐》1940 年第 3 卷第 3 期。

［138］李流：《中国古代的祭礼与歌谣》，《学术》1940 年第 3 期。

［139］孙林仁：《民歌研究的主题》，《音乐与美术月刊》1940 年第 10 期。

［140］陆平：《关于采集民歌》，《音乐与美术月刊》1940 年第 10 期。

［141］高尔基：《歌谣是怎样编成的》，王语今译，《文艺月报》1940 年第 6 期。

［142］王楚才：《谈歌谣与诗》，《中国文艺》1940 年第 1 卷第 5 期。

［143］马思聪：《民歌与中国音乐创造问题》，《笔谈》1941 年第 5 期。

［144］刘家驹：《西藏民歌的研究》，《边政公论》1941 年第 1 卷第 2 期。

［145］索开：《劳动与歌谣》，《西北工合》1941 年第 4 卷第 17、18 期。

［146］史轮：《接受歌谣的精华与精神》，《半月文艺》1942 年第 24、25 期。

［147］刘家驹：《再谈西藏民歌的研究》，《边政公论》1942 年第 1 卷第 9~10 期。

［148］林明均：《威州的民歌》，《边疆研究通讯》1942 年第 1 卷第 3 期。

［149］余绍靖：《儿童歌谣起源的研究》，《活教育》1942 年第 2 卷第 5、6 期。

［150］明心：《漳泉风俗与民间歌谣》，《协建月刊》1942 年第 1 卷第

3 期。

　　[151] 柯仲平：《论中国民歌》，《解放日报》，1942 年 11 月 13 日。

　　[152] 邵云亭：《萝蕧寨的歌谣》，《边疆服务》1943 年第 3 期。

　　[153] 方殷：《苗族民歌研究》，《东方杂志》1943 年第 39 卷第 12 期。

　　[154] 杨百元：《从歌谣中看童养媳制度》，《湖南妇女》1943 年第 1 卷第 2 期。

　　[155] 张获波：《赣南的客家民歌》，《民俗》1943 年第 2 卷第 3～4 期。

　　[156] 乐未央：《诗经民歌中反映的妇女生活·恋爱·结婚》，《女声》1943 年第 1 卷第 11 期。

　　[157] 王东：《从歌谣中探讨的妇女问题》，《女声》1943 年第 4 卷第 1 期。

　　[158] 徐益棠：《贵州苗夷歌谣》，《西南边疆》1943 年第 17 期。

　　[159] 索开：《尼克拉索与歌谣》，《战时文艺》1943 年第 2 卷第 2 期。

　　[160] 于飞：《重庆歌谣的研究》，《风物志集刊》1944 年第 1 期。

　　[161] 白黑：《东北民间歌谣集（一）》，《今日东北》1944 年第 1 卷第 2 期。

　　[162] 白黑：《东北民间歌谣集（二）》，《今日东北》1944 年第 1 卷第 3 期。

　　[163] 白黑：《东北民间歌谣集（三）》，《今日东北》1944 年第 1 卷第 5、6 期。

　　[164] 安蒂：《绥西民歌和小调剧——一个粗枝大叶的评述》，《绥远文讯》1944 年第 2 期。

　　[165] 岑君：《南国的歌谣》，《太平洋周报》1944 年第 1 卷第 98 期。

　　[166] 《龙华葛存区的歌谣黑板报》，《教育阵地》1945 年第 6 期。

　　[167] 荷林：《歌谣——人民的文艺》，《文化展望》1946 年第 1 卷第 2 期。

　　[168] 丁英：《旧历年与歌谣》，《茶话》1947 年第 9 期。

　　[169] 澄源：《阿拉伯歌谣》，《广播周报》1947 年复刊第 38 期。

　　[170] 张国军：《民歌漫谈》，《太平洋杂志（北平）》1947 年第

9 期。

［171］黎淦林：《论歌谣》，《文坛》1947 年第 5 卷第 1 期。

［172］钟敬文：《诗与歌谣》，《文讯》1947 年第 7 卷第 1 期。

［173］叶常绿：《从民歌学习写作》，《文艺月刊》1947 年第 1 期。

［174］民歌社：《怎样收集民歌》，《文艺信箱》1947 年第 8 期。

［175］李广田：《从一首歌谣谈起（论文）》，《作家杂志》1947 年第 2 期。

［176］王希坚：《翻身民歌》，《翻身乐》1948 年第 2 期。

［177］邓珠娜姆：《介绍几首西藏民歌》，《妇女月刊》1948 年第 7 卷第 4 期。

［178］涤尘：《关于歌谣》，《抚矿旬刊》1948 年第 3 卷第 6 期。

［179］李家树：《我国的民间歌谣》，《广播周刊》1948 年第 110 期。

［180］苏北海：《哈萨克民歌之分析》，《瀚海潮》1948 年第 1 卷第 11 期。

［181］采歌：《介绍一首粤北的民歌》，《南风月刊》1948 年第 2 卷第 5~6 期。

［182］唐挚：《从黄色音乐说到民歌》，《时与文》1948 年第 3 卷第 23 期。

［183］廖汉臣：《谈谈民歌的搜集》，《台湾文学》1948 年第 3 卷第 6 期。

［184］邓珠娜姆：《藏族民歌》，《西北通讯》1948 年第 2 卷第 4 期。

［185］频漱：《怎样唱民歌》，《新教育杂志》1948 年第 1 卷第 7 期。

［186］吴显齐：《谈潮州歌谣》，《新中华（1933 年）》1948 年第 6 卷第 2 期。

［187］周寒：《论民歌》，《文坛》1948 年第 7 卷第 1 期。

［188］吕谦庐：《民间的歌谣与谚语》，《浙江民众教育》1948 年第 1 卷第 4 期。

［189］景培：《民歌》，《南风（1945 年）》1949 年第 3 卷第 1~2 期。

［190］竹均：《民歌·新音乐·舞蹈》，《新世代》1949 年第 1 期。

［191］钟敬文：《翻身民歌论》，《新中华（1933）》1949 年第 12 卷第 23 期。

［192］严辰：《论民歌的"比"》，《文艺劳动》1949 年第 1 卷第

6 期。

　　[193] 李季：《我是怎样学习民歌的》，《文艺报》1949 年。

　　[194] 严辰：《谈民歌的"兴"》，《华北文艺》1949 年第 1 期。

　　[195] 何其芳：《论民歌》，《人民文学》1950 年第 3 卷第 1 期。

　　[196] 严辰：《试论民歌的表现手法》，《人民文学》1950 年第 3 卷第 1 期。

　　[197] 严辰：《谈民歌（论文）》，《人民文学》1950 年第 2 卷第 2 期。

　　[198] 马蔭稳：《采集民间歌谣的初步经验》，《文艺生活》1950 年第 6 期。

　　[199] 汤炳正：《谈湘西民歌》，《人民文学》1952 年第 17 期。

　　[200] 王希坚：《民歌民谣是群众斗争的传统武器》，《民间文艺论文集》，1952 年。

　　[201] 冼星海：《从音乐观点上来看民歌》，《民间文艺论文集》，1952 年。

　　[202] 杨汉先：《大花苗歌谣种类》、《威宁花苗歌乐杂谈》，《贵州苗夷社会研究》，1952 年。

附录 3

20 世纪上半叶出版的中国歌谣集

[1] 李伯英：《民间十种曲》，上海光华书店出版社 1928 年版。

[2] 张亚雄编著：《花儿集》，兰州《甘肃民国日报》社出版社 1930 年版。

[3] 李伯英：《在野底歌曲》，上海光华书店出版社 1931 年版。

[4] 柯政和：《中国民歌集》，中华乐社出版社 1934 年版。

[5] 艺术社：《民间情歌》，上海中央书店出版社 1935 年版。

[6] 陶今也：《蒙古歌曲集》，新中国文化出版社 1940 年版。

[7] 李凌、赵沨主：《中国歌谣》，四川音乐艺术社 1940 年版。

[8] 王洛宾编译：《西北民歌集》，重庆大公书店出版社 1942 年版。

[9] 李凌：《中国民歌》，文汇书店出版社 1942 年版。

[10] 李凌：《绥远民歌集》，桂林立体出版社 1943 年版。

[11] 国立音乐学院理论作曲组编印：《中国民歌》，上海国立音乐学院出版社 1945 年版。

[12] 鲁迅文学院：《陕北民歌选》，新华书店出版社 1945 年版。

[13] 彭松、叶白令：《边疆民歌》，中国民间乐舞研究会出版社 1946 年。

[14] 凌里配辞、潘丰记谱：《新疆民歌》，中国音乐印书馆 1946 年版。

[15] 国立社会教育学院人间曲社：《民歌选集》，国立社会教育学院人间曲社编印 1946 年版。

[16] 白石真、林颖：《小歌集》，吕梁文化教育出版社 1946 年版。

[17] 中国民歌研究社：《中国民歌》，中国民歌研究社 1946 年版。

[18] 南京中央大学钟山合唱团：《阿拉本汗——中国民歌选辑》，南京中央大学出版社 1946 年版。

[19] 罗华田记谱：《茶山歌》，南开大学文科研究所出版社 1947 年版。

［20］李石涵辑：《现代民谣民歌选》，东北书店出版社 1947 年版。

［21］鲁艺文学院：《陕北民歌选》，鲁艺文学院编印 1947 年版。

［22］丁英：《怎样收集民歌》，沪江书局出版社 1947 年版。

［23］房屏：《民歌选》，上海民歌研究社 1948 年版。

［24］群众剧社：《民歌选集》，群众剧社编印 1948 年版。

［25］谢家群：《山歌谱》，青春社出版社 1948 年版。

［26］中国音乐研究会：《东北民歌选》，东北书店 1948 年版。

［27］明敏编选：《民歌选辑》，上海中华乐学社出版社 1948 年版。

［28］苏夏编曲：《新民歌集》，上海中华乐学社出版社 1949 年版。

［29］雪深：《中国民歌集》，苏州青年书店 1949 年版。

［30］山歌社编辑：《中国民歌选》，上海中国乐学社出版社 1949 年版。

［31］长沙学生民歌研究社：《满妹子嫁人》，长沙大华印书馆出版社 1949 年版。

［32］大地音乐社：《民歌选集》，兄弟图书公司出版社 1949 年版。

［33］长沙市青年民歌研究会：《一根竹子容易湾》，公益印书馆出版社 1949 年版。

［34］五洲书店：《民歌四十曲》，五洲书店编印 1949 年版。

［35］于式玉、王文华：《西北民歌》，华西边疆研究所出版社 1949 年版。

［36］陈曼鹤：《民歌集》，美国图书出版公司 1949 年版。

附录 4

流传在全国部分地区的撒帐歌

汉口

撒床东，撒床东，朵朵莲花开得红，今宵牛郎会织女，早生贵子做国公。

撒床南，撒床南，二撒洞房喜连连，今宵牛郎会织女，早生贵子中状元。

撒床西，撒床西，朵朵莲花开得齐，今宵牛郎会织女，早生贵子穿朝衣。

撒床北，撒床北，又撒洞房请众客，今宵牛郎会织女，早生贵子穿朝鞋。

撒床上，撒床上，十枝荷花九枝样，撒床下，撒床下，日照琴台万福遐。

撒床前，撒床前，池中莲花朵朵鲜，撒床后，撒床后，一洞神仙个个就。

上海

一把珍珠撒向东，天地元黄人在中，女羡贞洁今宵会，明效才郎此夜逢。

二把珍珠撒向西，亲戚故旧笑嘻嘻，老少爷娘都说好，同怀兄弟道异奇。

三把珍珠撒向南，世禄侈福喜谈长，生下俯羅并将相，户封一县把名扬。

四把珍珠撒向北，上和下睦二入临，夫唱妇随过光阴，子敬诸姑与伯父，

米麦成仓广有口。

洛阳（一）

有事没事进新房，砖铺地，粉白墙，红绫子门帘五尺长，伸手挂在金钩上，

弯弯腰，到里邦，到里邦观四方：红漆桌子黑柜箱；这张床做的长，

四挂架子描金郎，四个金砖支床腿，支的床腿稳当当；

一头坐着绣花女，一头坐着状元郎，叫秋菊合海棠，你端盘子俺撒床：

一撒鸳鸯并儿女；二撒儿女并鸳鸯；三撒三及第；四撒四如意；

五撒五锦魁；六撒小两口同活百岁；七撒生贵子；八撒二棠花；

九撒撒到花席上，过年生个状元郎；十撒撒到床边，撒的娃娃一被窝。

洛阳（二）

织锦门帘五尺长，伸手挂在金钩上，绣花女，读书郎，没事不进新人房。

叫菊花，和海棠，你端盘子俺撒床：一盘核桃一盘枣，撒的儿女绕屋跑；

一撒荣华富贵花；二撒菊子佛手海棠花；三撒三利；四撒如意；五撒五子登科；

六撒王母娘娘靠山坐；七撒小两口团圆；八撒父母双全；

九把撒到床里边；十个娃娃是武官；十把撒到床外边，拾个娃娃是状元；

十一把撒到花席上，拾个闺女是娘娘，头戴金顶，地有百顷；

金华一对，长命百岁，吹吹辍床，白凤朝阳；

两头一握，五子登科；当中一捺，头名状元。

洛阳（三）

从来不进新人房，新人请我来撒床，叫秋菊，和海棠，拿来瓜果我撒床：

一把撒在床里边，得个小孩做武官；一把撒在床外边，得个小孩做状元；一把麸，一把盐，大的领着小的玩；一把核桃，一把枣，大的领着小的跑。

孟县

轻易不进新人房，新人请我去撒床。

站在门口往里望：红漆桌，正中放；虎头椅，两边放；红漆柜，靠着墙。

站在屋里望里望，红湖绸门帘五尺长。掀开门帘往里望，红湖绸蚊帐六尺长。

用手挂在金钩上，鸳鸯枕，两头放，绣花被子正中央。叫声秋菊合海棠，端来茶盘俺撒床：头一把做高官；第二把做状元；第三把连中三元；第四把四四如意；

第五把五子登科；第六把六六大顺；第七把齐眉和谐；第八把八宝双全。

温县

没事不进新人房，新人请庵去撒床。

足踏砖板地，手捺石灰墙，绣花门帘三尺长，门帘挂在金钩上。低下头，朝里望；

望见一张象牙床，放在里面山墙旁，红绫新被面，棉花在里藏；一对鸳鸯枕，只在两头放；腰一弯，到里邦，一面放是描金柜，一行又放描金箱。红漆桌，正当央，灯台帽架在桌上，新人坐在桌一旁。叫秋菊，呼海棠，手端茶盘来撒床：

床上撒把麦，年来做满月；床上撒大米，来年恭大喜；床上撒绿豆，来年抱一对；

床上撒交草，来年抱个小娇娇；撒把芰子撒把元，抱那孩子绕床沿；

床上撒把五谷粱，横三竖四卧一床；床上挺不下，床下垒窝窝，

俺给新人撒罢床，麒麟送子下天堂。

开封

进了新人房，门帘三尺长。叫秋菊，和海棠，端来盘子俺撒床。

这个床真是花，玉石娃娃两边爬；这张床真是美，四个金砖支床腿。

一把撒到床里边，领个儿子做武官；一把撒在床外边，领个儿子中状元；

一把核桃一把枣，大的跟着小的跑；一把盘子一把圆，大的引着小的玩。

南阳

扎花门帘三尺长，伸手挂在金帘上。

扎花女，绣花郎，扎花幔子雕花床。叫秋菊，并海棠，你端茶盘俺撒床：

头一把撒荣华富贵；二一把撒四个金砖支床；三一把撒喜包三元；四一把撒四时如意；

五一把撒五子登科；六一把撒六莲合会；七一把三夫妻团圆；八一把撒八宝双全；

九一把撒到床里边，生下儿子坐武官；第十把撒到床外边，有个儿子中状元；

十把一撒到西南角，一下撒到儿女窝；十二把撒到花席上，有个闺女当娘娘。

唐河县

新人进房新，门帘三尺长，绣花帐子描金柜。叫秋菊，和海香，拿来茶盘俺撒床：

头一把撒到床里边，生个儿子坐武官；第二把撒到床外边，生个儿子做状元；

第三把撒到花席上，生个姑娘做娘娘；第四把撒到床腿上，生个儿子当宰相；

第五把撒的五子登科；第六把撒的六六大顺。

南京

一撒，一元入洞房，一世如意，百世昌！二撒，二人上牙床，二人同心，福寿长！

三撒，三朝下厨房，三阳开泰，大吉昌！四撒，四德配才郎，四季开花满树香！

五撒，五子登金榜，五凤楼前读文章！六撒，六六大顺华，六龙捧日放光霞！

七撒，七子团圆庆，七巧织女会牛郎！八撒，八仙来祝寿，八代儿郎受勋章！

九撒，九世同居住，玄孙必选绣花郎！十撒，十不撒，过年一窝养两！

后　记

　　时光乍然，岁月如梭。屈指数来，我已博士毕业将近七年。然而，我对现代歌谣理论研究史的关注从未停止，对毕业论文中所涉及的未解之问题从未放弃探索，对研究中发现的新问题大胆假设、小心求证。一次次的奋斗与努力，不断刷新我对现代歌谣理论研究史的认识，直到今天我才略有所感。

　　本书是在我博士论文的基础上修改而成的，是我博士求学的总结，承载着美好的时光，也熔铸着刻骨铭心的记忆。论文题目的选定融入了我较多的心血，《中国现代民间文学研究史论（1937～1949 年）》是我经过半年时间的文献总结与思考、6 个多月的材料收集后最终确定的，后因题目太大、既定时间内可能无法完成等原因未通过预开题。根据导师的建议，我选择了《西北叙事诗审美艺术研究》，疯狂阅读了《价值论》《文艺审美价值论》《中国 20 世纪文学价值论》等理论专著。由于自身综合素质的限制和美学基础的薄弱，我最终放弃了该题目，心有遗憾但又无奈。结合自身的学术背景，经过与导师、专家沟通和交流，我最终选定《20 世纪上半叶中国现代歌谣研究史论》作为毕业论文的题目，以歌谣研究史料为基础，以歌谣研究为研究对象，借助文献材料，通过比较分析与归纳总结，从本体、实践、主题、关系四个方面探讨了当时歌谣研究中的八个问题：歌谣概念的界定问题、歌谣起源和性质问题、歌谣收集问题、歌谣分类问题、歌谣研究的女性问题、歌谣研究的婚恋问题、歌谣与新诗的关系问题、歌谣与音乐的关系问题。其中歌谣概念的界定问题、歌谣起源和性质问题、歌谣收集问题、歌谣分类问题这四个问题以梳理研究史料为主，而歌谣研究的女性问题、歌谣研究的婚恋问题、歌谣与新诗的关系问题、歌谣与音乐的关系问题则侧重于讨论。通过梳理与分析，指出当时歌谣研究中的一些疑问，并以此为基础提出自己的看法，从而让人们更清晰地了解现代歌谣研究的现状和现代歌谣学的发展。论文得到了评审专家、答辩委员的肯定，最终顺利通过答辩，完成博士阶段的学习。通过反复论证，不断修改，最终完成本书的定稿。

我深知成绩的取得离不开各位老师的指导、同门师兄弟的帮助与鼓励、家人的支持。感谢导师郭郁烈教授在学术上对我的严格要求，使我受到了系统而严格的学术训练，开阔了我的学术视野，培养了我严谨的治学态度，使我大有脱胎换骨之感；生活上对我的无私关怀与关心，让我度过了漫长而孤独的三年求学时光，使我逐渐成为生活的强者。感谢郝苏民先生，他开阔的学术视野、独到的研究方法、创新性的教学模式提升了我的学术素养，刷新了我对学术的认识和理解。感谢王建民、程金城、赵宗福、刘锡诚等老师，他们在我博士论文的开题和答辩之时提出了诸多宝贵的意见，使我茅塞顿开，让我受益终生。感谢马小龙、郭富平、王超云、梁莉莉、杨金桃、梁家胜、龚道臻等同门师兄弟姐妹给予我指点和帮助。感谢百色学院给予我出版上的资助，感谢同事曹阿林、宋贝等给予我的帮助，感谢经济管理出版社编辑对本书提出的诸多宝贵的修改意见，使本书得以顺利出版。

最后，感谢我的父母和小弟，是他们给予了莫大的支持和鼓励；特别感谢我的妻子邹莎莎，是她无私的奉献，使我能够拥有更多的时间对本书进行多次的修改。

未来的路很长，未来的生活令人向往。民间文学学术史研究需要更多的研究者去耕耘、去探究、去创新。愿以本书作为我新的起点，继续耕耘于民间文化的知识海洋，为中华民族的文化传承添砖增瓦！

刘继辉

2021 年 4 月 6 日于广西百色